창작의 세계…. 아득한 천기를 열쇠로 가공하는 연속적인 수난.
매년 세상을 모함하며 대가 없이 메마르는 창작혼의 가시밭길.

어느 날에 노호, 폭우의 음성이
참녕(讒佞)하듯 현실의 미혹에서 창작의 세계로 이끈다.
'언젠가는 그 독특한 궤도에서 만날 귀한 영혼이
다음 영혼에게 특별한 교감을 전해주리.'
원컨대, 찻잔의 향기처럼 은은하게 스며드는 첫 만남으로.
바라건대, 영혼의 만남처럼 동등하게 대면하는 그윽한 접촉으로.

오늘은 당장 영광만을 발라먹는 은밀한 시선이라
우리의 주 무대를 대놓고 염탐하시라 '장벽'께 애소하건만,
늘 그렇듯 역경부터 까발리는 은근한 기운이 골방 바람벽에 스미고.
암기는 가득 차 드러나는 그대와 나, 우리….

어깻바람 너울너울 조우하는 그날을 기약하며.
매해 고난을 짓이겨 흔적 없이 으깨 넣는 예술혼을 추모하며.

SIN, 신·3

SIN, 신·3
유무, 신은 함정에 빠졌다

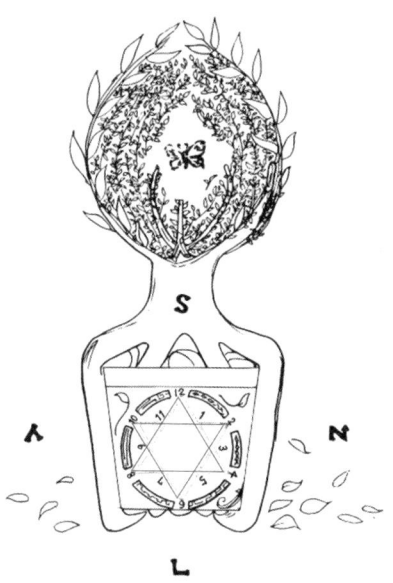

김서진 부조리극 판타지 소설

시시울

Prologue

 어느 날의 필자는 미완성된 흉물의 옥상에서 사색에 빠진 적이 있었다.

 달과 십자가 사이…
　달과 십자가 사이…
　나는 달과 십자가 사이 그 무엇…처럼

 자아상은 실존주의에 걸쳐있고 자아는 추상주의, 표현주의, 초현실주의를 넘나든다. 하지만 그렇게 마블링 같은 세계관을 구축하고 공유한 우리의 현실이야말로 오히려 초현실적으로 특정되어 흘러간다. 그야말로 실용성이 주가 되는 현실임에도 불규칙불안정하며, 무의식적으로 안식처가 될 수 없음을 자각하게 만든다. 어디 그뿐인가? 그럴 때마다 우리는 마치 자아의탁처럼 환상을 끌어와 안정적이라 인지하다, 결국 현실을 포장하는 단조로운 착각에 세뇌 당한다. 그 자체로 완전하며 오묘한 물질의 세계라면서….

우리는 이런 세상현실에서 물질을 신봉한다. 이런 곳에서 유사과학을 멀리하고 과학의 영역만을 신봉한다. 그러면서 탄생부터 비상식적이고, 어쩌면 비과학적으로 의문투성이인 세상에서 꽤나 실용성만을 신봉하듯 추구한다. 그러나 단 하나, 자신의 현실 구석에 도사리는 불편한 진실만은 보다 깊이 있는 세계로 향하는 길임에도 뻘소리로 취급해 멀어신다.

그래서 이런 우스갯소리를 지껄여본다.

"가령 불편한 진실뿐 아니라, 설령 비과학성을 띠는 이질적 요소가 진실로 밝혀지더라도 우리는 나아가지 못할 거야. 그날이 오더라도 과학의 영역에 갇힌 세간의 눈초리로 인해 제자리에 굴복하고 머물겠지. 어쩌다 반기를 들어본들 이미 인류는 용기와 자신감을 잃었어, 이상을 갈망하지조차 못 할 정도로. 그러니 필히 자신의 경화된 부분을 찾아 연화해야할 거야, 대척자들 좀 그만 부정하고 멋대로 재단하지 좀 말고…"

그날의 필자는 미완성된 흉물의 계단에서 또 한 번 사색에 빠졌다.

현실과 이상…

   현실주의와 이상주의…

  이상적 현실주의와 현실적 이상주의…

서로의 쟁점을 부단한 상호비판을 통해 메우며, 적절한 진보의 길을 모색하고 난점 해결을 도모하는 것이 제일 이상적이면서도 가장 현실적인 관점이자, 최적화된 리얼리스트와 아이디얼리스트의 태도라 할 수 있다. 하지만 그 이전에…….

―2―

현실에서 우리는 나쁜 버릇과 악습을 막기 위해 눈을 가린다. 불필요한 과정들을 강제한다. 타인의 유도대로 준비하기 위한 수단이며, 때가 되면 자신에게 편안함과 평안함을 선사한다고 믿고 있다. 또 다른 사슬을, 거부하는 자아에 채우면서, 만약 순응한다면 편안함을… 순종한다면 평안함을 제공 받는다는 모순에 빠져 독선에 허덕이고 있다.

그러나 시선을 돌려 발길을 돌이켜보면, 그것은 우리에게 내재된 아이러니한 습벽임을 알게 된다. 다만 누구나 부조화에 익숙한 독자적인 경향에 의해 그 기이한 방향으로부터 좀체 시선을 뒤돌리지 못할 뿐이다.

스스로 자신의 눈깔 양옆으로 가리개를 채워, 봐야만 하는 곳과 보고 싶은 것만을 쳐다보려 하는 세상. 그 사실이 보편적인 법칙이라 믿고 자부하면서도 시선이 닿지 않는 곳은 소음까지 외면하려는 세상. 그것이 편리편안하다고 신뢰하기에 진실이라 여기고 참된 이치라 자신하며 정작 무시가 다반사인 세상. 그런 단순한 패턴에 익숙하고 그저 해석이 간단하기에 참된 도리가 되는 현실….

지구가 볼록한 타원형이라 주장하니, 가장자리에 도달하면 추락할 것 같은 아둔함이 공포가 되어 지구 평평설을 신뢰하게 되었고. 범아일여(梵我一如) 일원론적 가치관을 내세우니, 이원론적 미지의 공포로부터 구원받고 지은 죄악에 대한 죄사함을 받을 수 있다는 믿음으로 신의 존재를 증거하려 든다. 때로는 '교리로 삶을 증명하기보다 삶으로 교리를 증거한다'라는 그럴듯한 말로 변질되어 가닿을 때도 있지만, 있는 그대로를 듣고 섭취하는 훈련과 스스로 깨달아 솔선하는 단련 과정을 건너뛰기에, 어차피 힘센 자가 주동하고 강력한 선동가가 주도하는 사고의 틀에 맞춰 감응돼 훈련되는 학습이 횡행하고. 그렇게 적절한 순응자로 반응하게끔 가르침을 받은 시간과 그리 인격이 길러져 형성된 세월이 여전히 넘쳐난다.

우리의 개성, 특성, 고유성은 족쇄와 가리개를 스스로 멀리하고 현상과 사물을 직접 마주하여 체득하는 훈련에서 발현된다. 서툴고 미숙하지만, 진정한 내면으로 시작되어 수줍음을 넘어 수치심과 자괴감을 견뎌 다져진, 오롯이 자신만의 것으로 채워진 세상. 그 다채로운 구성들이 서로를 심탐하고 경계성을 높여 경각하고 소모하며 형성되는, 거칠게 거북한 상호 간의 연대들. 다소 험할지라도, 이러한 희망과 이상이 드넓게 펼쳐지는 세상…

제아무리, 이상(異常) 섞인 조롱에 의해 무한한 가능성을 담은 이상(理想)이 훼손되더라도 자의식이 부족한 '자각 없는 지각'

보다야 이상(理想)을 곁에 두는 위와 같은 세상에선, 족쇄와 눈가리개를 착용한 이들을 비난하지 않는다. 우선 벗기려고 힘을 쓰거나 애면글면 재촉하지 않고, 스스로 벗어재껴 한 걸음 내딛을 수 있도록 기다리며 인내할 뿐이다.

결국 내면적 유발을 통한 깨달음이 참된 길이라 여겨진다. 있는 그대로를 듣고 깨달아 솔선하는 훈련, 그렇게 기나긴 반항기를 거치면 한층 각성될 것이라 믿는다. 각 개인의 독자적인 경향은 인간의 고유성이며 그 자체가 우주이기 때문에….

딜루미네이터[1]는 빛을 모으지만 고착된 견해, 인식, 의식은 개념을 한정하고 사물을 헤아려 판단하는 관점을 비튼다. 때로는 달리 생각하는 방향과 태도로 사고의 폭을 넓혀보자. 인간을 들여다보면 우주가 보이니까, 우리는 그 자체의 우주니까 말이다.

---

1) 해리 포터 시리즈에서 등장한 마법 물건. 알버스 덤블도어의 발명품이다.

차례

Prologue	5

제1장. 아기의 레퀴엠(진혼곡)

머지않아 밤이 올 터이다	15
개판 이중창	39
뒤범벅판	53
유리건물로	62
수다쟁이, 메타인지	73
현실모방, 메타인지	103
의식의 흐름	156
의식의 흐름, 덜미꾼	165
치질. 가학을 계승한 애새끼의 일상이 내게 미치는 영향	177
새 국면	209

격동의 장. 생물망

과거로부터 초장(初場)… 사제	218
이스라엘의 서	224
현재로부터 중장, 전초전	248
키리에의 서	258
현재로부터 종장, 혼란	281
도현근의 서	284
암수(暗數)의 재회	296

제2장. 현행화

검은 사도들	338
옥석 고르기 종결되다	359
Epilogue 그들 모두 꿈에서 깨어났다	372
흐릿한 답안지	382
작가의 말	390

너는 필히

스스로 '호 휘오스 투 안트로프'*라 칭한 자를

거스를지니.

*호 휘오스 투 안트로프 : 인자

제1장

아기의 레퀴엠(진혼곡)

가까운 과거. AD 어느 해의 노란 달.

나는 사사키 렌 하루코.

너는
 최병직 사장의 딸
최주아.

머지않아 밤이 올 터이다

 균열기(AC/ After Crack) 1년. 서리가 내리는 늦가을, 상강. 어느 결에 태양은 기울어서 어스름이 깔리는 시각. 이곳은 월트 디즈니 월드[1]의 디즈니 캐슬(신데렐라 성)로부터 150미터 떨어진 Partners Statue[2] 지점. 여기서부터 스토리는 다시 시작된다. 이것은 내가 어떻게 해서 그 혈성(血腥)이 감도는 풍파에 발을 놓게 되었으며, 어떻게 부조리에서 이는 성풍(腥風)을 타고 흘러가는지에 관한 이야기이다. 이제 이야기는 또 다른 모순 속으로 넘어가, 죄악과 초월성 사이에 놓인 현실과 꿈의 경계에서 명랑스레 펼쳐진다.

 "Welcome to Magic Kingdom Park at Disney World!"

 어떤 덜떨어진 난쟁이가 신데렐라 성 앞에 마련된 무대에서 고개를 정숙히 숙이며 환영 인사를 건넨다.

 "얼씨구, 저건 또 뭐다냐." 다들 저 재롱잔치를 보라. 현재 녀석은 디즈니 음악에 맞춰, 나름 들메양이 바르고 개맹이 넘치는 낯빛으로 흥겹게 아장거린다. 오히려 보리수나무 고행에 빠진 듯이 우글쭈글 말라붙은 주 신부가 악의 화신처럼 돋보일 정도다. 실제로 녀석은 살짝 처진 눈꼬리, 순하고 또랑또랑한 눈빛으로

---

[1] 세계 최대 테마파크. 미국 플로리다주 올랜도에 위치
[2] 파트너 동상. 월트 디즈니와 미키 마우스가 손을 맞잡은 형태

사랑스런 애교에 귀요미를 한 스푼까지 더한 재롱을 떨고 있고 주 신부는 쭉 찢어진 도끼눈과 마치 오랜 세월 마모된 종유석 대열 같은 거친 이빨을 드러내며 그곳을 노려보는 듯하다.

"어린아이……로군요."

주 신부는 의심의 눈초리를 거두지 않고 말했다. 나는 팔짱을 끼며 대답했다.

"저런 방심유도 짓거리에 넘어가지 마시죠. 제 눈에는 숙련된 아역배우처럼 보입니다. 아마 겁에 질려서 떨고 있을지도 몰라요. 마침 잘 된 거죠 뭐. 제가 꼬맹이를 원체 잘 다루니까."

그때 매직 킹덤 파크의 조경으로 다듬어진 나무들 새로 양기(涼氣)를 실은 밤바람이 비집고 들어와 반겼고 신데렐라 성 맞은편으로 넘어가는 양명(陽明)한 낙조가 세상에서 멀어질 준비를 하며 비스듬히 녀석의 얼굴을 비쳤다. 언뜻 격의 없이 친근하게 구는 장애아의 낯빛이 내 눈을 스친다.

그렇기에 저 난쟁이에 대한 측은지심이 결부된 나의 의식은 곧 묵직한 '측심 철구'가 되어, 아기의 서툰 포크질처럼 머릿속을 갈기갈기 헤쳐 놓고 있다. 왠지… 머지않아 짙은 밤이 찾아올 터였다.

"안녕하세요, 아저씨들."

녀석이 가슴에 달린 마이크를 이용해서 인사했다.

"오우! 너도 한국어를 할 줄 아는구나. 기특하다, 기특해."

"새 시대요, 새 시대! 머지않아 제2세계 만국에 퍼질 테니까요."

 녀석이 뒷짐을 지고 해맑게 웃으며 새 시대를 향한 당찬 포부로 답변을 갈음하였다.

 '뭐라는 거야… 제2세계라고?'

 분명 주변 스피커들을 통해 흘러나온 우스갯소리겠지만, 우리 귓가에 입을 대고 속삭인 것처럼 생생히 전해졌다.

 때마침 폭죽놀이가 시작되었다. 어느새 신데렐라 성에는 은은한 톤, 푸른 조명들이 들어왔고 머릿속을 휘젓는 만국의 공용어란 정보는 짙어진 황혼 속에 홀로 떠 있는 듯한 성벽을 타고 폭죽처럼 공중에서 사라졌다.

 "아이치고는 단어 선택에 인의예지가 느껴지는군요."

 주 신부가 의아해하면서 녀석을 뚫어지게 쳐다봤고, 녀석은 아랑곳하지 않고 신데렐라 성을 가리키며 외쳤다.

 "여러분! 오늘은 신개념 퍼레이드를 즐겨 보시죠."

 그러자 멀찍이서 출발한 형형색색의 빛이 신데렐라 성을 수놓기 시작하더니, 순식간에 성벽이 눈보라에 휩싸여 얼어붙는 광경이 연출되었다.

 곧이어 양손으로 바닥을 짚은 녀석이 재빠르게 성문 안으로 사라졌다. 어찌나 속도가 빠르던지, 그 원숭이 같은 움직임에 온몸의 털이 곤두서버렸다.

 뒤이어 우리는 강설이 몰아치는 굴절 층계를 올라, 강풍 소리가 웅웅거리는 성문에 다다랐다.

"그나저나 신부님. 아까 그 아이 손에 담배 들려있지 않았나요?"

"그것보다 이 청동문!"

주 신부가 시선을 위로 올리며 질문을 가로막았다. 주변을 둘러보던 중에 성문의 독특한 부조가 한눈에 들어온 것이다.

"아벨과 카인이 떠오르는군요."

사뭇 진지한, 확고한 반응이었다. 나는 평소처럼 미간을 기계적으로 찡그리며 청동문을 찬찬히 뜯어보았다.

서편의 산봉우리 너머로 넘어가는 해님의 햇무리가 동편의 구름 사이로 희미하게 빛나는 달님에 대하여 대칭된 가운데, 검은 날개가 작살처럼 돋아있는 로브를 머리까지 걸친 형상이 오른손에 기다란 창을 쥐어든 채로, 바위에 뒤돌아 앉아있는 사내를 마치 교감하듯 허리 굽혀 내려다보는 부조였다.

"서로 눈을 마주치고 있는 두 사내라…"

나는 그 언젠가 무의식 동산(꿈)에서 마주친, 그림자와 이어진 후드코트를 떠올리며 물었다.

"그럼 첫 살인죄를 범하기 직전이라는 건가요?"

「 끼이익, 철컹! 」

그때 청동문이 열리면서 안에서 새어나오는 선선하지만 음침한 기운이 동시에 우리를 맞았다.

"멍멍!"

갑자기 또리가 빠르게 내부로 뛰어 들어가 실내 한편에 설치된 벤치를 맴돌았다. 누군가 앉아서 성안에 풀어놓은 수컷 금조와 각종 새장들을 올려다보며 현악기 리라를 켜고 있었다.

뒤이어 성안에, 주 신부의 심기를 건드리는 목소리가 울려 퍼졌다.

"왜 신께서는 불완전한 감정의 노예에게 차별을 두었는가. 왜 카인으로 하여금 죄악에 물들게 하였는가. 신의 결정을 이해할 수 없는 순간부터 믿음과 순종이 소요된다."

그자는 바로, 우리와 태평양을 건넌 '존 항해사'였다. 어느새 그가 다가오며 괴설에 가까운 신선한 해석을 내리 내놓는다.

"그러나 창세기 작품은 아닐 겁니다. 그저 두 사내가 신의 의아한 결정을 가늠하려는 순간일 뿐…. 다시 말해 믿음과 복종이 요구되는 지점부터 숱한 의심을 낳게 되는 순간."

"언제부터 계셨는지요."

주 신부는 강한 어조로 그에게 물었다. 다름이 아니라, 우리가 디즈니로 오게 된 것은 올랜도 다운타운 근교에 있는 존 항해사의 집에 짐을 풀고 난 뒤였기 때문이다. 존 항해사가 답했다.

"방금 도착했습니다."

"당신도 안내인입니까?"

나는 제법 연륜이 쌓인 그에게 아랫사람을 대하듯 쏘아붙였다. 그러나 존은 버릇없이 구는 나를 그냥 지나치며 말을 이었다.

"참 오묘하지 않습니까? 신의 뜻에 대한 의심이 내면화된 부조와 그 숱한 의구심이 응축된 이곳, 디즈니… 첨언하자면, 현재는 그저 옛 도회지와 동화가 조화를 이룬 근사한 놀이터이자 문화공간입니다. 자! 들어가시죠."

—2—

곧이어 홀을 벗어난 우리는 아무런 간섭 없이 신데렐라 성의 뒤편으로 향했다.

"존 항해사, 좀 전의 부조가 어떤 장면이라 여긴다고요?"

주 신부가 서슴지 않고 강건한 성품을 티내며 직언하려 하였다. 나는 주 신부를 제지하기 위해, 과거에 그가 언행 불일치했던 면모를 대놓고 직설하였다.

"그만하시죠, 신부님. 때로는 단순한 상태가 좋다고 하셨잖습니까."

"거, 변변찮은 설화처럼 천만부당하니까 물어보는 겁니다. 형제님은 되레 정적들에게 참소 드는 것 같습니다그려."

그러자 존 항해사가 직설어법을 피해 빙 둘러서 곡언하였다.

"하하하. 주 신부님, 너무 심각하게 생각지 마시죠. 한낱 유랑자에게 나온 과대해석일 뿐입니다."

때마침 우리는 디즈니 월드의 매직킹덤에 본격적으로 들어서고 있었다. 그러자 신데렐라 성을 필두로 이루어진, 결코 동화에선 접하지 못할 공허함만이 엄습했고 그 원인 모를 외로움과 무력감에서 오는 무기력감에 형언하지 못할 느낌에 휩싸였다. 마치 세상에 존재하지 않는 폐쇄된 채석장에 서 있는 기분이다. 그렇다. 우리 앞에 갑작스레 나타난 '거대한 원형의 부지'는 그런 것이었다.

사방에 신설된 수많은 코린트 양식의 기둥들에, 오로지 명암과 양면성을 대변하는 흑백만이 프로젝터로 투사되고 있다. 그 빛과 그림자가 극명하게 나누어지기도, 서로를 감싸기도, 서로가 뒤섞이기도 하는 혼잡한 광경이 연출되어, 머지않아 짙고 깊은 밤이 찾아올 터임을 암시한다.

"신부님! 뒤에!"

"멍멍멍!"

그 순간 웬 아담한 피에로 두 명이 코린트 기둥의 엔타블러처에서 밧줄을 타고 내려왔다. 그러더니 우리 손을 잡아끌면서 원형 부지의 초입으로 향했고 이내 다소 낮은 지형으로 이어지는 돌계단을 재빨리 통과시켰다.

마침내 우리는 코린트 기둥들의 중앙, 그러니까 '열두 육각기둥'들이 둘러싸고 있는 낮은 지대에 이르렀다. 정중앙에 '널따란 사각기둥'들이 즐비한, 움푹 들어간 지점이었다.

한동안 원형 부지를 채우던 명암의 빛들이 사라졌고 그 대신

프로젝터로 투사된 수많은 명화가 모든 사각기둥을 채워나갔다. 우리를 안내해준 두 피에로는 각각 기둥 앞에 서고 기둥 위에 걸터앉아서 두 명화의 일부가 되었다. 왠지 그들은 선천적 왜소증을 앓고 있는 자인 듯하였다.

몇 분이 흘렀을까. 갑자기 문화적 헤리티지의 조화가 감성을 자극한다. 난데없이, 아련함으로 짙은 선율이 느릿느릿 구슬프게 울려 퍼졌다. 그에 맞춰 마치 밀려 나가듯이 모든 명작이 조금씩 정방향으로 움직이기 시작했다.

주 신부가 존 항해사에게 말했다.

"에곤 실레, 훈데르트바서, 구스타프 클림트… 온갖 명작들이 모여 있군요. 군데군데 별 볼 일 없는 사화들도 넣었고요… 구태여."

"이곳 예술학교의 졸업 작품들입니다. 그뿐 아니라, 교내 축제를 통해 선별된 각종 작품도 전시하고 있으며 4년 전인 2015년부턴 지역민의 여가를 돕기 위해 대폭 전시 영상을 증설하고 제공해 공감각적인 공간을 극대화하고 있습니다."

존 항해사가 물음에 답했다. 내가 금세 끼어들어 의문을 제기했다.

"이거, 프로젝션 매핑이라고… 비교적 최근에 나온 기술인데, 대체 얼마나 대단한 후견 세력이기에 규모를 이리 크게…?!"

'뭐야, 이 느낌은….'

문득, 아니 사실 원형 부지에 들어선 뒤부터는 줄곧 어떤 은밀한 그림자가 지켜보는 기분에 사로잡혔다. 나는 께름칙한 마음에 사방을 가득 메운 어둠을 둘러보았다.

'뭐야 저거! 저 징그러운 것들은 또 뭔데!'

그러자 온갖 크기의 다양한 눈들이, 이번에는 전시 영상이 거의 끝나갈 무렵에 돌연히 투사되었다. 하필이면 차차로 사라지는 명화들을 뒤따라 소름 돋도록 깜박대며, 어느덧 돌변한 분위기에 일조된 것이다.

어느새 바닥과 천장까지 모조리 채운 수백 개의 눈들은 우리와 허공중을 향해 번갈아 눈길을 주었고 흡사 태아가 되어 홀로 차갑고 컴컴한 우주를 더디, 찬찬히 떠다니는 나를 연상케 하였다.

존재하는 자여. 빛보다 밝은 어둠으로 오라.

나는 무심코 뒤돌아보았다. 또다시 제정신으로 돌아와, 소리가 나는 방향으로 재빨리 돌아보았다.

과연 환상의 존재일까, 현실의 존재일까….

먼발치 허공에서… 마치 벽에 걸린 초상화가 바라보듯 나를 꼼짝 않고 심찰한다. 눈을 비비고 나서도 대여섯 발자국……. 분명히 보인다. 눈을 비비고 다시, 거듭하여 재차 보아도 명백히 보인다. 그 주변의 흐름은 익히 익숙한 일상의 리듬과는 반대로 느려져 있었다. 그리고 마침내 내 눈을 또다시 의심하고 있을 때, 서서히… 서서히… 그것이 나를 향해 주시한다.

곧 그가, 아니 '붉은 눈'이 내게 경고한다.

 말 믿지 못할 형상이다. 왠지 착시현상일 듯싶은 형체가 나를 먼발치 허공에서 내려다보고 있다니…….
 아니다. 그것에게 양어깨를 잡힌 어느 짤따란 그림자 또한, 나를 적실히 내려다보고 있었다. 그것도 허공에서, 우리가 처한 광경을 말이다.
 '정말 스스로 생성한 게 아닐까?'

.

응. 아니야.

.

'그럼 바라건대, 뭐라도 좋으니 빨리 나오란 말이야!'

.

저기 나오네.

.

 다름 아닌, 프로젝션 매핑 퍼레이드였다. 이제야 퍼레이드 행렬이 시작되었고 남은 명화와 수많은 눈들을 밀어내기 시작했다. 양옆, 상하로 신명나는 볼거리가 펼쳐진 것이다.
 생명력이 느껴졌다. 그저 투사된 입체영상에 불과했으나, 얼마 안 되어 그 행렬에 맞춰 다 같이 춤추며 나아가고 싶었다. 온몸을 전율케 하는 음향과 영상미의 절묘한 조화 속에 각종 동물들, 피에로들, 디즈니 캐릭터들이 느림의 미학과 격렬한 움직임을 교차로 보이며 지나간다. 언제나 즐거워 보이는 가식덩어리들이 머릿속을 마구 헤집어 뇌리까지 비집고 밀려 들어온다.

그러나 늘 참되고 항상 꾸밈없고 대부분 숨김없는 주 신부는 놀란 기색도 없이 존에게 물었다.

"방금… 예술학교라고 하셨나요?"

"예. 디즈니 할리우드 스튜디오 자리에 설립됐습니다."

"학교 자체가 거대한 전시관인 셈이군요."

"예, 맞습니다. 앞으로 학급을 증설하여 확장할 계획입니다."

"국제적으로 말입니까?"

"……."

"그리 몸통을 불리는 저의가 궁금하네요, 존… 항해사."

주 신부는 그것이 예술인, 그리고 예술에 관한 어떤 고답적인 결의가 아닌, 예술의 무한한 파급력을 이용한 궤계라고 여기고 있었다.

"단지 창작활동을 위한, 창작공간에 따른 저변 확대입니다."

존 항해사가 말했다.

"더 나아가 예술계의 처우개선을 혁신할 것이고요."

"예술계에 이바지해서… 그리해서 제대로 인재 발굴을 하겠다, 그 말입니까? 툭하면 찬조 연설하고 지적설계론 전파하는 예술인을?"

"하하하. 당치도 않습니다. 저희는 오직 자유예술을 지향하고 전위적 예술을 목표하며 그에 합당한 인재를 육성하길 원합니다."

"한데 제 눈엔 정치적 참여, 사상 전파와 밀접한 연관이 있어 보입니다."

"혹시 종교관이 깃든 미켈란젤로의 작품도 그리 생각하십니까?"

"본질이 다르지요. 당신 눈엔 대동소이해 보이겠지만."

"저 역시, 본질적으로 다름에는 동의합니다."

"중의적인 표현이군요. 더 말씀해보시죠."

"저희는 온전한 예술을 제약했던 권익집단의 부당한 보호색을 벗어나 자율성을 중시합니다. 감히 말하건대, 이곳은 자본을 내세운 지성집단이 예술인과 합심하여 생겨난 일종의 자성 공간. 오히려 노동조합으로 전업하는 예술가의 재능이탈을 줄이는 데 보탬이 될 것이고, 코포라티즘(Coporatism) 체계에서 예술가의 인권, 권익 보호, 각종 부조리한 규제로 제약되는 창작활동 외 지속적 현안들에 총력을 기울일 겁니다. 더불어 정치적 참여를 꾀할 수밖에 없던 환경마저 결국 개선되겠지요."

"아닙니다, 아닙니다. 본질에 맞게. 분수에 맞게. 주제에 맞게 입지 않는다면, 스스로 본분을 망각한 채 지위 향상만을 쫓을 겁니다, 그 소시오패스처럼."

존 항해사가 마치 정치인처럼 열변을 토했고 주 신부는 이를 막아섰다.

나는 보고 듣기 거북하고 남보기 면구스럽게 하는 담화에 관심을 끊었다. 앞으로 나아가면서 주변을 탐망했다. 그러자 우리 앞을 가로지르려는 또 다른 행렬이 다가왔다.

그런데 이상했다. 그 행렬은 유달리, 역하고 역겨운 장면들을 보여주고 있지 않은가.

웬 살가죽 몸통들이, 두 그림자가 들고 가는 통목에 거꾸로 매달려있는가 하면, 또 다른 살가죽 몸통은 흡사 맹수에게 꼬리를 잡힌 뱀처럼 필사적으로 흐늘쩍흐늘쩍 기어가고 있다. 그리한 몸뚱이, 두 몸뚱이 …… 경쾌한 행진곡에 맞춰서 끌려가다가 결국엔 굵은 졸가리에 목통이 매달린다거나, 두꺼운 꼬챙이에 꿰어 매달린다거나, 거대한 쇠꼬챙이 위로 옷깃을 휘날리며 거꾸로 떨어진다.

곧이어 두 행렬은 열십자 형태를 형성하며 앞뒤 양옆으로 길게 이어진다.

바로 바라보기가 힘겨워졌다. 비록 의도된 연출영상이지만, 그토록 잔혹한 참상을 속이 메스꺼울 정도로 생생히 접한다면 그 누구라도, 꼬리에 꼬리를 무는 몽환적 잔상, 참혹한 상상의 악순환을 반복할 것이다. 내가 현재 그러하다. 대뇌활동이 위축되어 단순화되기 시작했다.

다시금 수많은 눈들이 퍼레이드 후미에 나타난다. 뒤이어 앞선 두 행렬을 끝까지 밀어내며 방향을 바꿔 매직킹덤 깊숙이, 그리고 어둠에서 빛기둥이 솟구치듯 앞으로 번져나간다. 어느새 서로 수평을 이뤄, 협궤처럼 좁게 뻗는 양상을 보인 것이다.

일직선으로 멀찌막이 뻗어나간다. 그러더니 양 갈래로 넓게 갈라져서, 높디높은 허공을 향해 사선으로 휘감으며 형태화되어 간다. 제대로 윤곽을 알아보기도 전에 그 위압적인 크기와 분위기에 이미 우리는 압도당했다.

―3―

그것은 커튼월 건축물. 즉, 유리로 외벽을 세운 '나선형 마천루'였다. 나는 위협적으로 등장한 초고층 건물을 희어멀뚱한 눈으로 흡뜨며 바라봤다. 그 순간이었다.

'녀석이다! 아까 공중에 떠있었던 자식!'

넓어진, 내 시야에 검붉은 기운을 두른 형체가 들어왔다. 다름 아닌, 고층 창문턱에 걸터앉은 인간 형상이다.

주 신부도 높은 위치와 예상치 못한 전개에 놀라서 눈을 휘둥글렸다.

"안 됩니다! 안 돼요!"

그러나 그 형상은 창문턱에서 다따가 뛰어내렸다.

"아악!"

"악!"

우리는 동시에 외마디 비명을 질렀고 나는 그대로 풀썩 주저앉았다.

"푸하하하하!"

그런데 누군가 너털웃음을 호탕하고 과장되게 터트리더니, 아래층 발코니에서 고개를 쏙 내밀었다. 방금 전 뛰어내렸던 인간 형체였다.

그것은 재차 난간에 걸터앉고는 이번에야말로 내 육안과 심안에 공포탄을 퍼붓듯 주저 없이 뛰어내렸다. 나는 외마디 비명과 함께 또다시 털썩 주저앉았다.

"아아악! 뭐야, 저거!?"

아니었다. 저것은 비거덕비거덕, 와이어로프에 달린 우산을 타고 유유히 내려오고 있다.

"근데 뭐냐고, 저거!"

그야말로 믿기지 않았다. 차라리 유치원에 가서 고침안면(高枕安眠)이나 할 것이지, 겁대가리 상실한 난쟁이 따위가 지팡이를 근사히 돌리며 득의연하게 내려오고 있다. 위험천만한 상황에서도 덜떨어진 모양새를 더하여 위험성을 부각하였고, 반면에 나선형 건축양식은 교교한 달빛과 도처에 깔린 조명들을 다양한 각도에서 반사시켜, 여타 색상들과 월색(月色)의 변화로 녀석에게 화사함을 제공하며 아름다움을 극대화시킨다.

'저 쥐방울만한 새끼가 감히…'

나는 현 상황을 곱씹어 보았다.

갓 어둠에서 모습을 드러낸 '나선형 건물'은 건축공학의 예술적 창의성이 녹아든 외관으로 주변을 압도하는데다, 여러 돌기둥이 꽉 들어찬 원형무대는 뚜렷한 특징과 뛰어난 구성으로 우리에게 고립감까지 선사한다. 그런데 첫 등장부터 요변(妖變)을 떨었던 좁쌀여우 같던 원숭이마저 재등장하다니…. 그것도 지친 기색이 역력한 똥개와 주 신부, 그리고 그나마 정상인인 나를 향해서.

나는 대차게 쌍욕 박고 싶은 내심을 드러냈다.

"저 가살스럽기 짝이 없는 원숭이 쉐ㄲ…."

"왈왈왈!"

그런데 또리는 미리 멀찌가니 튀어서, 우산을 타고 내려오는 녀석에게 반가움을 표시한다. 나는 짜증이 나서 쏴붙였다.

"저런 똥오줌도 분간 못하는 것이…. 이리 와, 얼른!"

"폴짝! 안전한 착지! 이리 왔습니다, 짜잔!"

또리의 에스코트를 받은 난쟁이가 우리 앞으로 사뿐히 착지했다. 곧바로 내가 물었다.

"또 너세요? 거기 언제 올라가셨어요?"

"죄송합니다. 놀라셨나요?"

"쯧쯧. 멋모르는 순수성만큼 무서운 것도 없다더니…."

"히히히. 여러분, 즐거운 시간입니다."

어언간 피에로로 분장한 녀석이 뒷짐을 지고 귀엽게 웃어 보였다. 그러자 주변을 장식한 눈들이 사라지고 '목통이 매달린 시체들'의 행렬이 열십자 형태로 이어졌다. 찬찬히, 유심히 살펴보니 귀표가 달려 있었다.

녀석은 뭔가가 같잖고 우스운지 웃음을 실없이 키득대었다.

"후후. 한번 따라가 보실래요?"

피에로 난쟁이는 손가락으로 행렬을 가리켰다.

"후후후. 기막힌 밤, 신개념이다! 짜잔!"

"……"

나는 문득 어떤 사례들을 떠올렸다. 가령, 잠자리 날개를 찢고 떼어내 보는 어린이…. 때때로 순수함이나 호기심이 불러오는 공포와 잔인함들….

'그래서 공포 도구로 어린애를 자주 쓰나?'

그 순간 난쟁이가 내 옆을 지나서 가로행렬에 따라붙었다. 우리도 녀석을 따라 원형무대 밖, 나선형 건물의 측방으로 걸음을 내디뎠다.

얼마나 걸어갔을까. 판타지랜드(Fantasyland)의 매드 티 파티[1](Mad Tea Party)를 지나쳤고, 덤보 더 플라잉 엘리펀트[2](Dumbo the Flying Elephant)를 지나고 있다. 갈수록 녀석의 날랜 동작 때문에, 우리는 상당히 뒤처져 있었다. 녀석은 기민하게 멀찍이 떨어져 움직이더니 두어 블록 모퉁이를 돌아서, 검은 정장 차림의 한 중년에게 역간하듯 충고한다. 우리는 재빨리 가까이 다가갔다. 대략, 더 반스토머(The Barnstormer) 어트랙션

---

1) 테마파크

2) 놀이기구

의 부근이다.

"저분들은 중요한 손님입니다. 오늘 매출액을 일단 확인하시죠."

나는 소스라치게 놀랐다. 녀석은 연주회를 앞둔 어린애처럼 남색 정장과 보타이로 한껏 멋을 부린… 명백히 앳된 표정과 외형, 목소리를 지닌 꼬맹이였다. 그런데 겨우, 두 말본새로 매사에 유루가 없는 제왕적 기운을 내보이지 않는가.

우리는 더 가까이 다가갔다. 그러자 그들이 서 있는 바닥에 떨어지는 작은 불똥이 포착되었다. 조금 더 가까이 가보았다. 그들 중 누군가가 담배를 쪽! 빠는 소리와 함께 가느다란 연기 고리가 허공으로 올라갔다.

"허허허, 불문곡직이구나. 현실적입니다, 현실적이야."

주 신부가 뒤에서 코웃음을 쳤고 이 와중에도 첨예한 대립각을 보이며 존 항해사를 비꼬는 데에 몰두하였다.

그렇다. 피에로 난쟁이는 Limited Edition이라고 적힌 황금색 라벨의 시가를 물고 있었다. 주 신부가 물었다.

"존 항해사. 저런데도, 뜬구름을 잡으시겠소?"

"고착화된 편견입니다."

"아니요. 그리 관념에만 젖어선 실패할 겁니다."

"지나친 일반화라 사료됩니다."

"함부로 갖다 붙이지 마십시다. 현실 수긍하시고."

"……"

그러나 존 항해사는 그저 소이부답(笑而不答)으로 갈음하였다.
"제발, 신부님! 이제 그만하시고 보세요, 저기."
자못 심각해진 나는 주 신부의 비꼼을 금세 사그라트렸다.

"흑흑흑."

"우어어."

"우에엑!"

이윽고 가로등에 달린 확성기에서 끙끙 앓는 소리, 극한의 아픔을 인내하는 소리, 그러다가 끝내 고통을 호소하는 목소리가 들려왔다. 어찌나 오싹하던지, 그 순간 밑으로 깔리는 드라이아이스를 알아채지 못하면서 바닥에 설치된 포그 머신에 걸려 넘어질 뻔하였다. 그러자 웬 붉은빛이 도는 적갈색 연기가 들숨과 함께 코와 입을 통해 훅! 들어온다. 마치 새벽의 울창한 솔향 공원을 달릴 때처럼 내 볼을 휘적시는 은은한 피톤치드 향이 되레 긴장감을 부드럽게 누그러뜨린다.

언뜻 Space Mountain(스페이스 마운틴)이라는 방향 표시판이 눈을 스쳤다. 우리는 가시거리를 개선하기 위해 여러 차례 손을 헤적였다. 그 소름을 일으키는 소리가 또다시 과도한 긴장감을 조성시킨다. 온몸에 묻어난 물기를 냉랭한 습기로 인식하게 하는 한편, 내 폐속까지 공포적 심리가 들어차게 만들어 진즉부터 떠버린 호흡을 최고치로 지속시켰다.

연이어 호흡이 가빠졌다. 여전히, 프로젝터가 투사한 '살가죽 신체'의 형상을 잊지 못했다. 현재는 자욱한 연기에 엄폐된 그것의 신음들이, 흐르는 연기에 미세한 균열을 내는 듯했고 똥개와 주 신부의 머릿속에도 살가죽 신체가 내는 고통의 소리로 담겼으리라.

'그런데 대체 왜, 저 우라질 것이 마치 실재하듯이 보이는 거지? 대체 왜!'

그렇다. 그것들은 영상물이 아닌 채로, 나를 향해 튀어나올 것만 같았다.

나는 양 갈래로 늘어선 가등들의 거리를 지나, 그 보얀 연기가 팔싹이는 공간으로 다가갔다. 도처에서 군기침 소리가 나는 진원지이자 희미하게 은빛이 점멸하는 무대였다. 또리와 주 신부 또한, 연기가 흡사 꽃들이 난개하듯 유독 뭉치어 일어나는 그 현상을 긴장하며 쳐다봤다. 무대에는 점차적으로 기이한 형상들이 드러나고 있었다. 온갖, 네다리를 내젓는 숨탄것(살가죽 신체)들이 어느 검은 무리와 한데 뭉쳐 욱실욱실하고 있는가 하면, 긴 외투를 입은 라틴계의 두 사내가 옷깃 사이로 근육질 가슴팍을 드러내놓고 있었다.

"저런 염병할 것들!"

주 신부의 반응이었다. 개중 변태 같은 두 그림자가, 자신들한테서 멀어지려는 여러 숨탄것을, 아니 '엎드려서 벌벌대는 인간들'을 가축 대하듯 험히 다루는 정황을 목도한 것이다.

그들은 엎드려 있거나 뒤집힌 채로 손발을 휘젓고 있거나, 아니면 기절해서 널브러져 있었다. 정녕 사족(四足)이나 다름없는 '실재적인 살가죽의 형체'였으며, 단지 빌빌 기어 다니는 비굴한 모습으로 버틸 뿐이었다.

앙탄할 노릇이다. 영영 충격의 여파가 가시지 않을 트라우마였다. 그 프로젝터 영상물은 이미 존재하는 잔인한 현실에 기인한 소산물이었다. 더군다나 새벽꿈과 대낮에도 유발될 신경증과 폐소공포증을 각인시켜버릴 만한.

그 순간 대략 40미터 앞, 어두운 공간에서 누군가 성냥을 척! 치그어 대어 불꽃이 일더니, 곧이어 난쟁이가 파이프 담배를 척! 입에 꼬나물고 나타났다.

"시작하세요."

녀석의 주문과 동시에, 두 라틴계가 한 살가죽에게 다가갔다. 그러자 살가죽은 단말마의 비명을 뱉어내면서 경련과 함께 내 발목을 잡아끌었다. 그의 외마디 소리는 침침한 공간을 찢어낼 듯이 날카로웠다.

녀석이 그에게 상큼상큼 접근해서 파이프 담배를 들어 보였다.

"중요한 손님입니다. 붙잡지 마세요."

"우어어……."

"그만두시라고 했죠."

"살려… 살려줘……."

"붙잡지 말라고 했잖아! 어딜 감히 쓰레기 따위가!"

녀석은 그의 손목을 파이프 담배로 강하게 내리치고는 입안으로 독한 담뱃잎을 우겨 넣었다. 대차게 까부라진 성미를 보아 하니, 우리 혓바닥을 담뱃재로 지지고도 남을 애새끼였다.

오래 머물다가는 생명이 위태로울 수도 있다. 상대는 피아 구분 없이, 아니 피아식별조차 못 하는 어린 사이코였다. 더욱이 녀석을 원활히 보호하려는 검은 무리가 채찍으로 바닥을 휘두르며 살가죽들을 따로, 녀석과 우리를 또 '같이' 에워싼다.

그러나 녀석은 정중한 인사로 고약한 성미를 일순 가린다.

"Hello, gentleman!"

고로, 녀석을 어린애라 전술한 내용을 어린 것을 빌미 삼은 '저런 넨장칠 애늙은이'의 황당한 등장이라고 정정하겠다.

"정식으로 인사드리겠습니다. 제가 바로 아기집사 Thumb Tom입니다."

마침내 디즈니 월드의, 아니 플로리다 주의 실세일 수도 있는 자가 앳된 미소를 지으며 수면 위로 떠올랐다.

그러자 피식대던 존 항해사가 주 신부를 지끈대게 만들 의지를 피력한다.

"무조건 성공할 겁니다. 내세울 방안 전부를, 관념에 젖은 채로…"

존 오펜하임이 이어서 중얼거린다.

"분명히 관철될 것이며, 이는 생각보다 빠를 겁니다. 동조와… 동의도 역시….."

존 다니엘 오펜하임이 연이어 중얼거린다.

"설령 그것이 새로운 …… 라 할지라도."

가까운 과거. AD 어느 날의 항해, 백색 일지.

최주아의 소중한 기억이
소실되어 간다.
서서히 흐릿해져가는
내 추억처럼….

우리는 더듬더듬, 다듬다듬
불확실한 길몽을
찾아가야 했다.
그렇게 한동안
더덜더덜, 다달다달
흐릿할 미래를
되새겨야 했다.

개판 이중창

　새벽 부슬비가 으스름한 달밤을 타고 내리는 늦가을의 1시. 아기집사가 운영하는 디즈니 내 숙소이자 '존 항해사'가 소유한 리조트에서…
　「위이잉」 탁!
　잠에서 깨어나고 말았다.
　「위이잉」 탁!
　넨장맞을 모기소리였다. 나는 또다시 내 코볼 근처를 스냅으로 치고는 도로 잠을 청했다.
　'가을에 웬 모기 새끼가…!?'
　언뜻 꿈과 현실의 경계, 즉 자각몽에서 의문점이 들어 곰곰이 생각해본다.
　'아놔, 이거!'
　단지 가냘픈 코골이 소리였다. 물론 도둑이 제 발 저린 한심한 꼬락서니를 들킬 순 없노니.
　나는 고개를 돌려서 소파에 누워있는 늙은 코골이와 그 곁에서 블랙시즘에 시달리는 똥개를 쳐다봤다. 마치 지들이 빈번히 방문하는 장소인 양 일찍이 퍼질러져서 깊은 잠에 빠져있다.
　나는 살금살금 똥개에게 다가가서 발등을 살포시 들어 녀석의 엉덩이로 톡 떨어뜨렸다. 괜한 화풀이가 아닌, 감히 홀로 외로

이, 나를 동떨어지게 만든 대가이다.

"끼잉! 깨갱!"

이어서 종래의 기억을 보관하는 뇌내 저장소를 방문하여 '가마쿠라'에 얽힌 과거를 잠시 꺼내놓았다.

'뭐라고? 질병은 없을 거라고? 카이리, 이 사기꾼 같으니라고. 아… 아까운 내 100엔이여.'

잘못된 오미쿠지의 예언이었다. 어제 저녁 아홉 시경에 나는 도심에 있는 항문외과를 방문했으니 말이다.

'길몽은 무슨, 얼어 죽을 길몽! 어제만 봐도, 그 새끼부터 악몽 자체더구먼.'

어느덧 '살가죽'의 절규가 섞인 신음들이 서서히, 내 은밀한 고통을 떠밀기 시작했다.

나는 생각과 동시에 주 신부를 쳐다봤다. 저 괴물늙은이의 당황하는 낯빛이 확연했던 어제, 그러니까 그 뇌가리가 없는 아기집사의 인의예지(仁義禮智)따위 개나 줘버린 신박한 짓거리를 꺼내들어야 한다.

—2—

어제, 과도한 압박감을 안겨주던 아기집사는 어린애라고 정의 내릴 수 없는 무척 독특한 부류였다. 한마디 유루 없이, 수하의 말을 경청하고 감도하는가 하면 반사회적인 인격과 상응할 때도 있었으며 당장 육안으로 확인 가능한 흡연여부를 배제하더라도, 온갖 체내의 것을 역류하게 했던 더럽고 잔인한 공포체험을 선사하지 않았는가.

마치 기인과 미치광이의 사이, 그 어딘가에 위치해있는 듯한 성격…. 그것은 사회 전반적인 편견과 아이에 대한 몰이해에서 비롯된 시각이 결코 아니었다.

달빛이 휘영청이 깔렸던, 어제 저녁 8시쯤에 일어난 일이다. 우리는 온몸과 번뇌까지 훑어대는 섬뜩한 기운과 오싹한 공포로 인해 몸부림치고 있었고 하필이면 저녁 거미도 점점 짙게 젖어 들어 동우(冬雨)의 징조가 나타나려는 시점이었다.

균열기 1년, 추월(秋月)의 빛이 만정한 어제저녁 8시. 주 신부와 존 오펜하임은 모든 신경회로의 기능이 마비되는(?) 찰나를 앞두고 대화를 나누고 있었다.

존 오펜하임이 말했다.

"새로운 미래가 오는 과정은 역설적입니다. 수시로 부정성과 부당함을 마주하고 감내해야 하지요. 그러나 타성에 젖지 않고 끊임없이 미래를 그려보는 태도야말로 가장 명확한 대안이자 분명한 희망이라 생각합니다."

"허허허. 제 무지를 깨우쳐줘서 고맙습니다그려. 한데 존 항해사? 새것을 그리는 작업이란, 쉬이 동의받기 어려울 겝니다."

주 신부는 개의치 않는 듯 반응하였다. 그러나 혼란스러운 마음이 요동쳤는지, 평소와 다를 바 없는 생체리듬에서 내면이 동요되는 호흡을 내보였고 대적들의 병적인 우월감마저 그에게 투영되어 가부장적인 사람에게 들어봄직한 소리를 토해내었다.

"흐음…. 허허허…."

"신부님. 이제 그만하시죠. 무섭지도 않으십니까?"

나는 전혀 미동치 않으면서 그를 말렸다. 왜냐하면 온종일 내내 불안감에 휩싸인 채로 발걸음을 내딛었던데다, 이번에는 무려 위쪽을 향해… 무려 하늘을 향해! 점점 더 높이, 천천히 올라가고 있었기 때문이다.

"그렇게 보이십니까?!!"

주 신부가 다소 신경질적으로 되물었다. 그리고 그때였다.

「끼이이이익. 철컹!」

갑자기 삐거덕거리는 금속성의 소리와 쇠사슬이 철거덕하는 소리가 우리 밑에서 들려왔다. 그러고는 잠시간 정적이 흐르면서 주 신부도 더는 대응이 없었다.

「끼이익.」

   「끼이익, 끼이이익.」

 「철컹!」

·

TRON Lightcycle… let's get it!

·

그랬다. 우리는 '트론 라이트사이클 파워 런'이라는 어트랙션에 탑승해있었고, 얼마 뒤엔 마치 어둠이 그물처럼 내려앉은 디즈니 월드의 끝자락을 보고야 말았다.

  나는 안전장치를 꽉 붙들고는 눈을 질끈 감았다. 그러자 언뜻 흐느끼고 훌쩍거리는 소리가 정적 가운데 들리는가 싶더니, 재차 바퀴가 삐걱거리는 소음이 매직킹덤에 메아리친다. 내 겉옷자락은 흔들리는 깃발처럼 펄럭이며 공포감을 도리어 배가시켰고, 차라리 먼 데를 응시하다가 영 아닐 것 같으면 눈감는 게 낫겠다 싶어서 다시 눈을 떠보았다. 머리가 어지럽고 여전히 멀미 증상에 시달렸다. 그래도 최대한 욕지기질을 억누르며 깜깜한 밤 속을 목을 빼서 둘러보았다.

  '이 지옥행 열차는 과연 어디까지 추락하는가.'

·

from TRON Lightcycle to Space Mountain!

let's get it on!

·

  '이런 미친…. 끝났다, 끝났어.'

  아…. 절망이로다. 이것을 지탱하는 기둥들, 들보들, 침목들이, 게다가 어두운 공간 속에서 드문드문 보이며 스페이스 마운틴까지 뻗치는 전체적인 모양새가 흡사 광대한 다리들이 꿈틀대는 듯하구나. 필시 과거에 탔던 놀이기구를 떠올려서 용기를 내봐야 하는구나.

  '이까짓 거 아무것도 아니야. 예전에 탔었던 청룡열차는 말이

야. …… 하아… 밋밋하다, 밋밋해…'

애석하게도 비교우위를 점할 수가 없었다. 실제로 이것, 웅대한 구조물은 청룡의 우아한 움직임을 표현한 매끄러운 구조가 아니었을 뿐더러, 심히 비실용적인 웅장한 규모에 수평으로 나란히 뻗은 두 레일이 갑작스레 연직으로 이어지는 구간이 존재하는, 다소 어수선한 구조였다.

나는 주 신부에게 말했다.

"크크크. 그간 힘드셨죠, 신부님? 마침내 이별 시간입니다. 그럼 저세상에서 뵙죠."

이제야 고백하지만, 우리는 '초특급 열차'의 '특대형 궤도' 위에 있었고 나는 고소공포증을 과하게 지닌 하등한 생명체일 뿐이다.

"우히히. 아재들 준비되셨소이까?"

느닷없이 아기집사의 목소리가 매직킹덤에 울려 퍼졌다. 외부 소음이 전혀 없이 들려오는지라 명확하게 전달되었으며…

「끼이익」

　　　　　「끽끽」

　　　　　　　　　「끼이이익」

거인국의 끝없는 미지를 탐험하려는 열차는 조금씩 빠르게 미끄러져 내려간다.

"우쉬우쉬. 크으윽! 끼아아악! 우쉬, 크라켄이닷!"

— 3 —

 이윽고 내가 탄 것과 주 신부가 탄 것, 이렇게 둘로 나뉜 열차는 쇠빗장이 밀리는 소리를 내며 깊숙이 힘차게, 각각 다른 레일로 내려갔다. 나는 안전바를 더욱더 세게 꽉! 움켜쥐었다.
 '크라켄! 크라켄!! 크라케엔!!! 커어억!'
 지극히 내 시각에서 볼 때, 빠르게 다가오는 저것은 북유럽의 해양 전설인 문어대가리였다. 주로 떠돌이 범선을 습격해서 선원을 집어삼키는 그 괴생명체의 크기는 최대 2.5킬로미터. 그렇다면 이 롤러코스터 레일은 노르웨이의 구전설화를 그대로 따른 거대한 설정이라는 말이다. 실제로도 그만큼 엄청나게 내려가고 있으니까….
 이슥한 망망대해,

·

어우야.

·

높은 해안 절벽에서의 어둑한 물살, 그리고 죄어오는 두려움.

·

세상에.

·

 게다가 출렁이는 감장 물결 속에 그 무언가 있다는 공포까지 집약되어와… 이 소름.

상징적으로 축약된 상상공포의 산물!

끼야악!

심지어 쫙 벌린 무시무시한 입으로 아예 빨려 들어가는 기분마저 들고 있다.

나는 일단 고개를 푹 숙여버렸다. 입에선 거품을 문 미치광이처럼 신음과 분비물이 동시에 흘러나온다.

"으으윽. 으으으윽!"

"후후. 아직은 그 천마를 믿으세요. 아직은요, 킥킥킥."

아기집사의 장난기 실린 목소리가 또다시 들려왔다. 그러자 그 용감무쌍한 열차는 해괴망측한 대가리의 우측으로 잽싸게 우회해버린다.

나는 한껏 충혈된 눈을 간신히 유지하며 정면을 주시했다. 무서웠다. 그래도 확실히 알게 된 망상이 있다. 내 열차가 바로 '천마 페가수스'이며, 잠시나마 우리는 반신반인 페르세우스라는 환상을 가진 것 말이다.

그렇게 우리는 급격한 내리막 커브를 길게 돌았고 비교적 완만하게 진행되는 크라켄 뒤통수 쪽으로 금세 들어섰다.

「끼이익. 철컥, 철컥」

　　　　　　「끼익끼익. 철컥, 철컥」

주 신부와 존 항해사가 내 곁으로 교차해서 천천히 통과하는 구간이었다. 내가 물었다.

"신부님. 괜찮으십니까?"

"……."

주 신부는 별다른 반응이 없었다. 언뜻 보기에 '비를 쫄딱 맞은 뻣뻣한 야차'로 넘봐도 될 듯이 보였다.

'흥! 사내로 태어나서 말이야. 두고두고 평생 놀릴 거리인데 이거? 꽤 민망하겠어, 으흐흐.'

비교적 안정된 속도를 유지하니, 놀란 가슴이 조금은 진정되며 심리적 여유가 찾아왔다. 하지만 하늘을 향해 높이 솟은 크라켄 다리들이 '과연 어떤 극적인 용도로 쓰일까'라는 기본적인 예상은 미처 하지 못했다. 그저 안도감이 일시적으로 퍼져서 마른땀을 닦으며 휴, 하고 숨만 내쉬었다.

그런 내 귀로 녀석의 목소리가 되쳐 들려왔다.

"우끼끼. it's showtime!"

"야, 이 어린 노무…. 너는 좀 이따 죽었…크억!'

갑자기 크라켄의 옆통수로 이어지는 레일의 경사가 가팔라졌다. 서서히 급격한 오르막 커브를 돌더니, 특유의 철거덕 소리를 내면서 날쌔게 통과한 것이다. 거듭 정신성 발한이 촉진되었으며, 금세 경직된 몸이 급기야는 수직으로 기울기 시작했다.

나는 이 '무늬만 용감한 질주의 끝'은 아직 멀었다는 사실을 깨닫고는 그때서부턴 문어의 다리 개수만이 머릿속에 맴돌았다.

·

쯧쯧쯧쯧, 쯧쯧쯧쯧!
총 여덟 개!

·

'꺼져!'

열차가 상향 레일을 따라 급격히 상승했다. 여전히 구조물의 일부 밖에 시야에 들어오지 않았기에 '특정 공포증'이 극한에 이를 수밖에 없는 데다, 이내 급히 상향했다가 천천히 움직이는 패턴까지 더해져 심히 고통스러웠다.

그리고 마침내 열차는 크라켄 다리의 정점에 다다라서 정지했다. 그나마 진행 방향을 돌연 확, 틀지 않아서 다행스럽지 않은가.

「끼이익, 끼이익」
　　　　「끼이이익 …… 철컹!」

"이런… 쓰블…"

그러나 열차는 욕설이 끝나기가 무섭게 급강하하였다. 아직 마음의 준비가 채 끝나지도 않았는데, 차륜들이 요란한 쇳소리를 내며 질주의 신호탄을 알렸고

"허어… 주여……."

"어라?! 언제 오셨데요!"

"허어…"

"야 이 아기집사야!!! 저 노인네 곧, 크으윽!"

그러자마자 아래로 급격히 치달아버린 것이다.

이번에는 공격을 피하듯이 크라켄 다리를 중심으로 나선을 그리며 빙글빙글 내려갔다. 그러더니 마구마구 크라켄 머리 주변을 선회했고 어느새 레일의 경사가 완만해지면서 길고도 규칙적인 수평 경로를 보이는가 싶더니, 금세 속도를 조절하며 다시 위쪽으로 향했다. 다시금 내 얼굴에는 초조한 빛이, 특히나 주신부의 얼굴에는 실망과 함께 당황한 기색이 역력했다.

그래도 인간은 경험의 동물이다. 그리고 용기와 자신감은 일차적으론 타고난 성향, 이차적으로는 경험에서 기인하는 법. 우리는 추락에 대비한 각오를 다지기보단 비교적 차분한 마음으로 앞을 보면서, 레일이 어디로 향하고 있는지를 대충 확인하였다.

열차는 맹렬한 속력으로 내딛다가, 방향이 위 아래로 완전히 꺾이는 상, 하향 구간에서 치솟고 추락하기를 반복하는 압도적인 질주를 선보인다.

"마이 에스, 마이 에스!"

물론 그에 뒤따른 은밀하고 극심한 통증에 상당히 괴롭기는 했지만, (치질 농양을 오래도록 간과한 탓에 제대로 터져서) 다행히도 바위절벽에 매달린 수목들을 아슬아슬 위험천만하게 피한 다음 어떤 절벽동굴에 안착하였다. 도피처로 이어지는 스팩터클한 연출이다. (차라리 종착지가 무통으로 치료하는 외과였어야.)

그런데 현시점에선 놀랍지 않았다. 우리가 동굴로 들어오기 직전까지, 그보다 더한 무언가가 열차 근처로 획획 스쳐 지나치는 것을 느꼈기 때문이다. 자칫 평생을 같이할 트라우마로 남을 그것은 어둠에 드리운 뿌연 안개 속에서 각종 놀이기구에 대롱대롱 매달려있었다. 뼛속까지 소름이 끼칠 정도로 음침한 자취를 남기며 대롱대롱, 그렇게 몇몇 들보들에 대롱대롱 말이다.

'역겹기 그지 없구만.'

.

유령들이 흐늘거렸어.

.

"신부님! 또 옵니다!"

그 순간 동굴 출구에서 크라켄의 다리가 열차를 휘감으려 쑤욱 들어왔다. 그러자 그전까지는 푸른빛으로 평온한 상황을 알려주던 레일의 침목들이, 갑자기 빨간색으로 빛나며 점점 **빠른** 속도로 번쩍이기 시작했다. 때마침 동굴의 벽이 무너져 내리는 음향이 입구에서부터 들려왔으며, 곧이어 내부는 흙먼지처럼 연기로 자욱해졌다.

그러고는 수십여 초 뒤에……

"으아아악!"

"야호! 탈출이다!"

내 외마디 비명, 그리고 스피커 너머로 들리는 아기집사의 외침과 함께, 열차는 우렁우렁한 굉음을 내며 탈출했고 눈 깜짝할 사이에 가장 높이 솟은 다리 위를 강력한 추진력으로 솟구쳐 올라갔다.

'이까짓 거 겪어봤잖아 뭐. 침착하자, 침착해….'

한데 염병할 페가수스가 그리 힘찬 날갯짓을, 차라리 정점에 이를 때까지만 일정히 보였어야 했건만, 그대로 몸을 비틀어 다리 뒤편으로 급격히 선회하였고 삽시에 아름다운 나래를 접은 후에, 무려 빙빙 선환(旋環)하면서 내려갔다.

아직까진, 나는 이렇게 생각한다.

'우헤헤. 이 정도쯤이야.'

푸우우, 푸우우! 히이잉!

갑자기 수려한 용모, 페가수스가 내지르는 울음이 매직킹덤에 쩌렁쩌렁 울렸고, 왠지 저물녘부터 계속된 개판, 난판의 수라장이 절정으로 치달을 것만 같았다.

그러나 나는 여전히 이렇게 외친다.

"푸하하! 재미나다, 재미나!"

.

침착해. 그것이 가까워온다.

.

"그래도 난 재미난다고! 크으으……."
나 홀로 정신이 안드로메다로 향하려 한다.
"크으으…… 성부, 성자, 성… 크으윽!"
아니다. 두 정신들 모두, 저 멀리 향하려 한다.
반면에, 저 멀찌막이 있던 크라켄의 대짜 주둥이는 빠르게 내 눈동자에 가까워 온다.
"끼아아악!"

.

워매. 이게 사람이여, 돌고래여.

.

"진짜 들어간다! 으아아아아!!!"
"으아아아아!!!"
미친 7옥타브의 처절한 울음소리, 그리고 사랑의 이중창!

뒤범벅판

 우리는 어안이 벙벙했다. 방금까지는 날카롭고 예리한 금속성 마찰음이 귀청을 때리며, 내리 추락을 거듭하고 이따금씩 하얀 불꽃이 튀어 올랐지만, 어둠이 가득한 주둥이 안으로 들어온 현재는 하얗게 깜박이는 침목들 위를 속보의 속도로 이동하고 있다.

 그런데… 그렇게 빨간색 광채의 레일 위를 질주하더니만, 인제 와서 잠잠하겠다고? 가뜩이나 아무런 저항도 안 한 것을 후회하고 있는 와중에, 그대로 아스팔트 지면에 곤두박이치듯 크라켄 아가리로 활강하고는 겨우 이러겠다고?

 야, 이것들아! 얼핏 레일이 끊어져 있는 정황도 목격했어. 정말 저딴 아가리의 수직 위로, 무려 1미터 남짓 끊어져 있었다고!

 나는 놀라움을 금할 수 없는 이탈의 잔상에 허우적대었다. 장담컨대, 실제로 레일들이 뜯겨져 있었거나, 끊어진 궤도와 궤도 사이를 지주가 무너져 내리는 중에 건넌 것 같은 공포는 진짜였다.

 나와 주 신부는 서로 시선을 교환했다. 만약 일순이라도 밝아진다면, 온갖 파편과 징그러운 시체 및 배창자를 목격할 것이다. 대략, 크라켄의 식도와 배알을 지나 양명장(위)에 도달했을 테니 말이다.

하지만 딱히 하얀빛이 점멸하는 레일 말고는 전혀 특별할 게 없었고, 아기집사의 목소리만이 스피커를 거쳐 메아리쳤다. 열차는 잠시 멈춰 섰다.

"그가 전한 바에 따르면, 죽음보다 더한 고통을 가하고 죽음으로 다가갈 용기까지 전하는 생명은 오직 한 종밖에 없다고 합니다."

주 신부는 문득 들려오는 잡소리에 별다른 반응을 보이지 않았다. 그래도 나만은 속으로 대답했다.

'인간.'

"바로 인간!"

아기집사 또한 비슷한 타이밍에 말을 이었다.

"유일하게 만남만으로 미치게 만들기도, 하찮은 짓거리로 죽음을 생성하는 보잘것없는 존재."

녀석의 말을 들은 나는, 서서히 죄어오는 왠지 모를 역겨움에 사로잡혔다.

그리고 그때였다. 실내조명이 느릿느릿 점멸을 반복하더니, 어언간 내 옆으로 다가온 녀석이 귀에다 대고 속삭인다.

"과연 이 명제에서… 주 신부님은 어떠실까요?"

—2—

다시 한번 조명이 점멸을 반복하다가 이번엔 내 앞자리를 비춘다. 어느 틈에 좌석에 올라선 녀석이 등을 보인 채로 말한다.

"하나같이 온화한 미소에 번지르르한 말과 두루뭉술한 언행. 그러나 본 성향을 애써 외면하고 교묘히 숨기는 위선적인 존재…."

녀석은 애교를 조금 섞어, 목소리를 지어 만들었다. 그러더니 갖은 교태로 아양까지 간지럽게 떨어버린다.

"그러면서 뭐? 양심이 어쩌고 선함이 어쩌고? 에이, 그러지 마. 자신이 뭐라도 되는 거 마냥 착각하는데, 에이, 그러지 마. 그러면서 특별한 자신을 느끼는데. 에이, 그러지 마. 가끔 상대적 박탈감을 감추면서. 에이, 그러지 마."

"이게 무슨 짓입니까!?"

주 신부는 더는 참을 수 없었다.

그러나 들은 체도 않는 녀석은 고개를 비스듬히 기울이며 갸우뚱했다. 아랑곳하지 않겠다는 의사표현이었다.

"그저 표출하고 싶고 인정받고 싶고 주목받고 싶은 현시욕 덩어리들. 그리고 거짓 자아를 통한, 이미지 관리용 거짓 성찰."

"우어어…."

어디선가 도통 알 길 없는 목소리가 들려왔다. 아기집사는 연이어 깊은 속내를 드러낸다.

"남들과는 다르다고, 진실과 진심을 가장해서 약자를 위하는 척하지만, 실상은 자신이 특출하단 것을 증명하는 무기, 그리고 싶은 욕구를 충족하는 도구일 뿐…… 스리슬쩍 무시한다는 저 의죠."

"도와줘. 우어어…."

다름 아닌, 살가죽 신체들이었다. 마치 총 맞은 짐승처럼 열차를 향해 기어 와서 에워싸려 하고 있었다. 아기집사가 말했다.
"저것들은 찔리면 찔릴수록 흥분한다니까, 합리화거리를 만들면서…. 그거 지기 싫어서, 단지 이기고 싶어서 그런 거지? 그치?"

"물을 줘…."

"쯧쯧쯧. '자가 본위, 합리화 시스템'의 노예들."
"살려줘…."
"근데 인정을 안 해요, 인정을…. 근데 이렇게 무력화시키면요?"
녀석은 혀끝을 살짝 내민 표정으로, 그들의 백척간두의 몸부림을 폭력으로 강제하였다.
"그때서야 인정한다니까요! 푸하하하, 쓰레기들아! 폐기물들아!"

녀석의 악머구리 끓듯 뒤지르는 악매가 구타소리와 섞여 내부에 메아리쳤다.

"이런 하등동물은 약육강식, 적자생존에선 더 최악이에요. 뭐든 숭배하려 한다니까요? 상대적으로 위대해 보이기만 하면…?"

그때 한 살가죽이 연신 머리를 조아리며, 콧방귀를 뀌는 아기집사의 신발을 핥았다. 그러자 녀석은 입초리를 비틀어 올려 냉소를 지어 보인다.

"크크크. 그간, 아니 인류가 쌓아온 악질 습성이에요, 저거. 그 어떤 종들보다 열등하지 않나요? 신부님?"

"그만두는 게 좋을 겝니다, 당장!"

한동안 몸을 부들대던 주 신부가 목에 핏대를 세우고 노려보았다.

"진정하세요, 신부님. 저 벽에 설치된 총구가 아까부터 겨냥하고 있는걸요."

이렇듯 모든 상황을 고려한 녀석은 우리와의 힘 차이를 천진난만하게, 확실하게 하려 했으며 그것은 신체 가죽들에게도 고스란히 전달되었다.

오랫동안 무아경에 빠져서 마치 포획한 동물을 다루듯 잔인한 폭력으로 그들을 대하는 아기집사.

나는 녀석을 보면서, 어릴 적에 잠자리의 날개를 하나둘 몸통에서 분리했던 기억을 다시 떠올려본다. 아기집사가 주먹과 채찍으로 살가죽의 머리를 치듯, 나 역시 잠자리의 머리를 손가락을 튕겨 떨어뜨린 적이 있었는데, 역시 멋모르는 순수성만큼 역겹고 야비한 것도 없거니와 호기심과 포악성의 양면성을 극명히 오가면서 나이까지 어린 그 시기를 간과하고 등한시한다면, 자칫 어그러진 순수성이 호활(豪豁)한 힘으로 현현되어 흉악성을 두른 초인적 능력으로 체현될 수도 있는 것이다. 바로 아기집사가 쥐고 있는, 저 살아있는 권력이 그것이며 이 매직킹덤의 시설들이 녀석의 악성이 현시되고 양심이 조락한 체현물이다. 그 낯설면서도 익숙한 분위기가 가만가만히 넘치는 공포를 잔잔히, 그리고 여전히 선사하고 있다.

그 순간 주 신부가 분노를 억누르며 아기집사에게 물었다.

"당신 배후에 있는 '메이나시'란 작자, 어디 있습니까."

"그게 누구인데요?"

녀석이 냉혹한 웃음을 거두고 어리둥절해했다.

"웃기시네. 거의 지배당하는 수준인데."

나는 겁을 집어먹고는 홀로 속삭이며 주 신부의 의견에 무게를 실었다. 주 신부가 녀석을 재차 다그쳤다.

"당신들 위에 군림하고 있는 작자 말입니다!"

"음…. 혹시 진리의 체현자를 말씀하시는? 위대한… 내 유일한 친구? 킥킥킥."

"진리의 체현자라…."

주 신부의 미간 주름이 깊어졌고 가슴 한편의 뜨거운 것이 꿈틀대었다. 그는 여북하여 눈이 멀어도, 오직 진리에 다다른 체현자의 근본의는 성자밖에 없다고 완신하는 고루한 꼴통 보수였다.

"근데 신부님! 오해가 있으세요."

"……"

"군림이 아니에요, 군림이…. 순전히 너무 통하거든요, 우리는…. 제 의지는 압도적인 힘의 불균형에서 오는 평화! 그 방식은 주제 파악을 위해, 상대가 잘하는 분야로 절망을 안겨주기. 킥킥킥!"

—3—

다시 현재로 돌아와서. 동틀 녘이 가까워진 새벽의 디즈니 리조트. 나는 불현듯 뇌리를 가르는 상념에 젖어있고 주 신부는 잠결에 혼잣말하듯 중얼거린다.

"진정으로 명을 달리한다는 것은 더는 순수한 길을 가지 않는다거나 무의식적으로 순수한 내면을 인지 못할 때……."

이후로 아무런 반응이 없는 주 신부였다.

고독과 침묵 속으로 자신을 몰아넣으려는 노인네와 관계로부터 의미를 찾아내려는 뜨내기인 나는 신체 가죽들의 등에 새겨져 있는 슈야, 르엉클, 자바리 퍽유 등의 특이한 낙인들을 떠올렸다. 이어서 롤러코스터 레일의 들보에 즐비했던 목이 매달린 자들이 떠오른다. 심지어 그들은 내장 기관으로 목이 졸려있지 않았던가.

'도대체 그들은 누구일까….'

사실 당장이라도 머릿속을 비우고 싶었다. 그러나 불건전한 감정을 자극하는 경험을 억지로 정리하는 것은 허상에 불과한 짓거리. 어차피 그 어떤 자라도 암약하는 과거의 부름을 피할 순 없으며, 쉬이 떨칠 수 없는 절대적 유혹에 기인한, 원초적이고 원시적인 본능이라 받아들일 수밖에 없다. 그렇기에 모든 언어에는 과거란 단어가 존재하는 것이고 오늘도 역시 그 기억의 잔상에 다가가, 이 깨지 않는 지긋한 악몽(현실)의 본질을 밝혀, 나 자신을 알아가길 원한다. 일생을 현상과 결과만을 십분준신하는 인간처럼 일평생 장님으로 살아가긴 싫으니까.

가까운 과거. AD 어느 날의 백색 항해.

  최주아의
어두운 과거의 과거를
  잠시 열어본다.

「 갑자기 찾아온
 외롭고 고단한 삶을
 즐거봤어.
세상은
 어둡기만 했어.
세상을
 꾸미기만 했어.
세상사
 엮어보기만 했어.
수많은 나날을
 홀로, 외로이. 」

유리건물로

 나는 나 자신을 통제하기 위해 모르는 점이 무엇인지 파악할 것이다. 결코 내면의 걸림돌을 피하지 않고 절차적 사고를 습득해서 옳은 판단하에 전략적 사고를 거친다면, 이 별난 여정에 대한 확신과 해답을 얻을 수 있지 않을까.
 어제 우리는 괴물대가리(크라켄)에게 내상을 입혔고 페가수스의 불규칙한 움직임을 통해 간신히 탈출했었다.
 "우웨엑!"
 한데 아침부터 속이 울렁거린 탓에 토악질과 함께 체통과 품위도 토한 지 5분이 지난 시점.
 "우웨엑!"
 하필이면 온갖 잔인한 장면들이 머릿속에 그려져 시달렸는데 가령, 명월 아래에 잠든, 풍장(風葬)[1] 치른 송장이라든가, 부동(浮動)을 터는 미풍에 그 뼛가루가 실려 온다든가, 레일에서 완연히 요동치는 시체를 조류가 쪼아 먹는다든가 하는….
 심지어 어제 타고 나왔던 출구 행 모노레일에서 바라본 매직 킹덤은 마치 까마귀들이 날아드는 공산처럼 한층 적막이 드리운 실루엣으로 각인되었고, 기묘하고 적나라하다 못해 상상에서

---

[1] 시체를 한데에 버려두어 비바람에 자연히 없어지게 하는 장사법

나 존재할법한 난해하고 괴이한 장소로 탈바꿈되어있었다. 만일 그림으로 비스무리하게 묘사한다면, 히에로니무스 보스의 쾌락의 정원처럼 비현실적인 건물과 기괴한 형태의 동식물을 등장시켜, 현실을 마구 집어삼킬 악이라는 장소로 형상화될 것이다.

"우에엑! 그 잔인한 새끼…."

이젠 돌이킬 수 없다. 암향부동(暗香浮動)해보이긴 하나, 영원히 잠든 상태이다. 이미 디즈니의 대표곡이나 다름없는 When you wish upon a star, Makes no difference who you are[2]의 메시지가 Give me liberty or death라 외치는 살가죽들의 존재로 물들었으니까. 가슴 한구석이 슬픔과 아쉬움으로 뭉글하다. 더는 다음을 기약하는 선망의 장소가 아님을 자각하며, 들이좋은 추억을 선사했던 once upon a time(옛날 옛적에)을 떠나보내야 하니까….

이튿날. 푸르께한 동녘이 희읍스름한 청연(晴煙) 가운데 밝았다. 나는 수면 부족으로 인해 두통을 느끼면서도, 기상하자마자 숙소를 나섰다. 그제 체험한 롤러코스터 레일의 상태를 확인하기 위함이다.

우리는 선착장에 금세 도착하여 매직킹덤 입구로 향하는 페리보트에 승선하였다.

---

2) 디즈니 애니메이션 피노키오의 O.S.T

"좋은 아침입니다. 편안하셨는지요."

존 오펜하임이 2층 난간에서 등장하였다.

'치사한 작자 같으니. 지만 도중에 빠지다니.'

나는 일찍이 어트랙션에서 퍼블릭 하우스(펍바)로 가로샌 그를 원망의 눈초리로 바라봤고 주 신부는 의외로 친절하게 웃으며 맞아주었다.

"존 항해사 덕분에 상해치사죄에 해당하는 벌을 달게 받았습니다, 꿈에서."

그는 불법한 행위를 묵과한 어제를 두고 뼈있는 일침을 가했다.

나는 숨죽이고 존 오펜하임이 어찌 받아칠지, 그다음을 기대했다. 역시 존 오펜하임은 만만치 않았다.

"톰이 워낙 어려서 제멋대로입니다. 과실치사죄로 낮춰주시면 안 되겠습니까? 허허허."

"곧잘 즐기더이다. 발본색원의 과정이 반드시 필요합니다, 당신들 모두!"

"예. 조만간 회합을 거쳐 적절한 조치가 내려질 겁니다. 일단 더 뚜렷하고 현실적인 걱정거리를 매듭진 다음에 말입니다."

"매번 그럴듯한 말에, 결국엔 막무가내 이해와 무책임한 태도로 일관… 당신들이 이러고도 무사할 것이라 보시오?"

"오늘은 만나 뵙기 어려운 분과 우의를 다지는 중요한 날… 이만 물러가겠습니다."

"그 메이나시 거시기와 친분을 돈독히 하려는 게로군."

"……."

서로의 견해가 첫 만남부터 극명히 달랐던 충돌은 예상보다 싱겁게 끝이 났고, 곧바로 하선한 존 오펜하임은 대기하고 있던 헬기를 타고 선착장을 떠났다.

그러자 어저께 전인미답의 비애를, 엄한 분부를 내리며 빚어낸 누군가가 곧이어 3층 난간에 나타났다. 우리의 일동일정을 몰래 기찰하고 있던 것이다.

"후후후."

아기집사였다. 녀석은 대개의 광인들이 그렇듯, 디오니소스에게 뺨따귀를 얻어맞고 반인반수의 목신, 판(Pan)에게 연결을 시도하는 기미를 보였다. 내가 물었다.

"혹시 몰라 그러는데, 우리를 도청하고 주시하고 뭐, 그러는 거야?"

"크크크."

아기집사는 3층 난간 위에 원숭이처럼 앉아서, 무슨 정의의 사도인 양 허세 넘치는 눈빛으로 우리를 쳐다봤다. 그 저의를 눈치챈 주 신부가 즉각 다급하게 대응했다.

"어허, 내려오시오!"

"크크크."

아기집사의 얼굴에 다시 광기가 일렁이기 시작했다.

"보시오, 아기집사! 거기 가만히 계시오!!"

주 신부는 재차 소리 질렀고, 나는 잔망스러운 녀석에게 겁을 줘야한다는 오판을 전달하고 말았다.

"얌마! 너 거기서 떨어지면 머리 곤죽 된다."

"이엘 지언…. 당신은 누구죠?"

녀석이 물어왔다. 나는 즉답을 피하고는 주 신부에게 속삭였다.

"신부님. 얼른 올라가 보세요, 시간 끌겠습니다. 야 임마! 빨리 내려오면 알려줄게!"

그 순간 녀석이 또다시 물어왔다.

"당신은 정녕 …… 유의 존재인가요?"

"친구야! 잘 안 들리니까 내려와서 대화하자, 응?"

"당신이 정말…… 그럴 가치가…… 훌쩍!"

녀석은 제정신을 빗겨서 초월한 상태가 분명했다. 죽음을 갈구하면서, 간혹 반공중을 향해 헛소리해대는 행위는 흔히 저승이 가까워져 올수록 벌어지는 현상이지 않은가. 나는 '왜 울어 새끼야, 네가 자초한 상황이잖아!'라고 외치고 싶은 걸 꾹 참았다. 항간의 속설에도, 무식한 놈이 신념을 가지면 위험하다니까….

마침내 주 신부가 3층 난간에서 나타나 접선을 시도하기 직전이다. 곧바로 우리는 눈빛을 서로 교환했다.

'형제님. 더 시선을 끌어보세요.'

'예, 알겠습니다. 괴물늙은이,'

나는 행여나 돌발행동이 나오지 않을까 마음을 졸이면서, 여러 다양한 상황을 고려하고 어떤 일이 발생할지 헤아려 소리쳤다.

"실은 짜샤! 나, 니 카리스마 보고 겁내 쫄았잖아. 그냥 이 형은 개쫄보 아재야. 그러니 울지 말고 어여 내려와!"

"흐흐흐. 나 안 울었지! 메롱!"

그런데 너무 태연하게 주 신부에게 안기는, 덜떨어진 애늙은이 새끼. 그저 허무한 투신자살 소동으로 일단락돼서 다행인 셈이다만….

"저걸 우짜슬까. 신이시여! 저 그냥 때려 볼랍니다."

저 새끼의 죽빵을 내 조만간 갈기리라.

―2―

하마터면 우리는 어제 경험했던 '원형무대'의 또 다른 얼굴에 괄목할 뻔하였다. 그곳을 포함한 주변 모두가, 그러니까 신데렐라 성에서부터 유리건물까지 전부 얼어붙은 것이다.

나는 얼음에 갇혀있는 위태로운 세계를 걷는 느낌에 휩싸였다. 원형무대의 얼음기둥에 비친 얼굴이 울퉁불퉁한 겉면에 의해 찌그러져 보였고, 실제 날씨와는 판이한 살얼음이 갈라지는 음향과 겨울 문턱의 칼바람이 신경회로의 활성과 활동력을 낮추며 눈을 뻑뻑하게 만들었다.

우리는 유리건물에 다가가기 위해서 얼음기둥들 틈새를 지나갔다. 주변을 면밀히 살피어 사태의 정황을 파악해보건대, 이미 냉기가 철철 흐르는, 무척이나 암담한 장소로 변모한 듯 보였다.

"마침내 시작된다."

갑자기 알 수 없는 굵은 목소리가 어딘가에서 들려왔다. 그러자 아기집사가 우리 옆으로 공기를 쌩쌩 가르며 민첩하게 지나갔고, 그대로 원형무대를 돌차간에 가로지르더니 유연하고 기민한 동작을 통해 유리건물로 뻗어있는 석단을 대번에 올라갔다.

저런 날것의 행동력은 후천적인 요소로 길러지지 않을 힘이다. 그리고 제아무리 선천적인 운동신경이라 할지라도, 수많은 운동 천재가 몰려있다는 NBA에서조차 찾을 수 없는 재능과 상황판단에 따른 날쌘 퍼포먼스였다.

"형제님! 정신 꽉 붙드세요."

"……"

"이봐요, 지언 형제!"

의심할 여지 없이 죽음과 막역한 괴력이다. 그것은 나로 하여금 상당한 소요를 일으킬 만큼 섬뜩한 충격을 주었다. 한동안 흥분과 불안한 감정이 동시에 스며들어, 패닉상태에 빠져 멍을 때려야 했고 삽시에 모가지를 비틀 괴력과 필적해 보이는 연유로 인해, 녀석의 힘과 움직임을 되짚으며 타념에 사로잡혀야 했다.

우리는 무결점인 평가 기준과 수치가 존재하지 않는 환경에서 온갖 데이터를 참고하여 십진수로 정량평가 한다. 어떤 분야이든 초기에는 그 제한된 가정에서 적당한 기준치를 형성하다가, 조작주의적 체계에서 환경변화와 더불어 상징적인 걸인(傑人)이 등장하며, 그의 괄목할만한 업적의 볼륨과 함께 인식적으로 형성된다. 한마디로 조작 절차로 정의된 가치평가 기준치가 웬만하면 점증적으로 확장된다는 말이다. 하지만 아기집사의 독보성은 그 과정을 거친 현 기준을 이미 상회한 것을 넘어서, 족히 세 차원 정도는 진보한, 먼 미래의 평가 기준 수치로도 도달 못할 수준이었다. 그만큼 녀석의 상식 밖 움직임은 압도적인 신체능력에 기인하고 있는데, 그런 새끼가 유리건물 앞에서 당돌하고 해맑게 서 있지 않은가. 야수의 눈빛으로….

"여러분들! 거울 세상에 온 것을 환영합니다."

마치 어린이의 IQ와 공격 EQ를 있는 대로 장착해버린 자연산 활어 같았다. 물론 예의범절도 없이 제멋대로 날뛰는 녀석의 행위는 참으로 가탄(可歎)할 노릇이지만, 어제 녀석이 저지른, 광기가 내재된 난폭한 행위와 호박을 쪼개듯이 강타한 몽둥이질은 단순히 피하고 싶게끔 번번이 두려움을 상기시키며 불안에 떨게 만들었다.

나는 강력한 딱밤에 얻어맞은 상태에서 겨우겨우 제정신으로 돌아왔다. 저 자식과 우리 사이에는 죽음을 피해서 도망칠 공간이 충분히 존재하는데도 심장이 도근도근 뛰면서 울컥 마음의 눈물이 쏟아지려 했다.

그 순간 아기집사가 웃음으로 피식 화답하고는 말했다.

"우리는 알고 있어요. 생명체의 내면에는 편협한 본질이 존재한다는 사실을요."

녀석이 주변을 손가락으로 가리켰다.

"마침 거울에 금이 가버렸네요. 참된 순수성을 일깨울 적기에요, 마주해요 우리!"

말하던 녀석은 한 치 앞도 알 수 없는 칠흑 같은 긴 미궁 속으로 자리 잡으려, 유리건물 입구로 다가갔다.

우리는 왠지 영혼을 잡아끄는 듯한 건물의 기운에 고개를 들어 담담히 맞서보았다. 실로 완벽하면서도 근엄해 보이지만, 양면성과 일체가 된, 측량할 수 없는 외로움이 서려 있고, 멀리 유리창 너머로는 웬 해읍스름한 생혼의 미동이 느껴진다.

'누구일까, 너는…. 늘 구외불출(口外不出)하며 존재하는 너는…'

움츠러들지 말자. 남모르는 은밀한, 그 허무적인 실체와 마침내 조우하려는 거니까….

벽안의 그림자여, 기다려라. 각기 다른 목적을 두고 있는 뜨내기, 슈퍼 변태, 괴물늙은이가 내막을 허물러 마땅히 나아간다.

가까운 과거. AD 어느 날의 공백, 흙색 일지.

 본디 묵비가 특기였던
실명자 최주아 외 가족은
 내평을 비불발설(祕不發說)한다.

「 언제는 가세가 기울었어.
언제는 고약한 악취를 풍기는
 자가 겁탈을 시도했어.
도망… 교통사고…
 결국 하반신 마비에
무너졌어.
 세상 자체가
어두워지고
 나까지 그 어둠에
동참했어.
 그런데 어느 날……. 」

수다쟁이, 메타인지

 우리는 아기집사를 따라서 유리건물의 내부로 들어섰다. 어두웠다. 나는 유리 너머에 존재했던 의외의 깊이감과 어둑한 분위기에 한숨을 내쉬면서도 더 깊숙한 장소로 시선을 옮겼다. 무엇인가가 공기를 가르는 소리가 들리는가 하면, 익숙한 절규와 쇠들이 서로 부딪치는 소리가 한데 뒤섞여 사방에 난무했다.

 우리는 대강 짐작했다. 건물 어딘가에 아무런 악취도 풍기진 않는, 견디지 못할 위험이 도사리고 있다는 사실을….

"크크크"

 또다시 광기를 흘리면서 어둠 속으로 날랜 발걸음을 옮기는 아기집사.

 곧이어 녀석은 뒤따르는 오싹한 메아리 울림을 생성하며 사라졌고 나는 그 비열한 웃음의 진원지를 파악하기 위해 눈알을 굴리기 시작했다. 유리건물을 에두르고 있는 커튼월룩(Curtain Wall Look) 구조의 반사체(유리패널)들을 통해 녀석의 위치 변화를 파악하여 도근도근 뚝딱거리는 마음을 그나마 진정시켜 유지하는 한편, 앞으로 나아가고자 하는 의지를 견고히 다졌다.

"룰루랄라! 크크크."

 "으아악! 저리가!"

"꺄아악!"

갑자기 날카롭기 짝이 없는 괴성들이 녀석의 소성(笑聲)을 파도타기 응원처럼 뒤덮었다. 녀석이 사방위를 뛰놀면서 남기는 메스꺼운 발자취가 새파랗게 질린 살가죽 신체들에게 발악적 절규를 일으킨 것이다. 광증의 전주곡이었다. 고약한 파동에서 나고 번지는 피비린내가 그들의 비위를 뒤집고 구역질을 들먹였고, 녀석이 흥얼거릴 때마다 연이어 울려 퍼지는 가랑가랑 쇠붙이 소리는 그들의 음성을, 무거운 신음에서 자지러질 듯한 비명으로 돌변케 하였다.

마치 개장수 앞에서 킹킹 오들거리는 견공들 같지 않은가. 무슨 짓거리를 해서라도 평화와 안락을 쫓아 자결하고 싶으리라….

「쿵! 쿵! 퍽!」

「쿵! 쿵! 쨍그랑!」

곧이어 귀청이 찢어질 만큼 악을 쓰며 바닥에 내리박는 충돌음이 들려왔다. 살가죽 몇몇이 아기집사를 상대로 불궤(不軌)를 도모하기 시작했다.

"음하하하! 나이브한 것들…."

이번에는 몸 깊은 곳에서 우러나온 것 같은 자만심의 목소리가 못되고 명랑하게 들려왔다. 그러더니 실내 곳곳에 배치된 횃불(조형물)에서 발하는 푸른빛이 흡사 바룻잡이처럼 어둠이 깔린 공간을 밝히면서 천장에서부터 벽면까지 온통 반사유리로 덧대어 마감된, 아레나 형식의 거대한 밀실이 홀연히 나타났다.

푸른빛들은 상측에서 시작되어, 뒷골방 같이 침침했던 밀실의 하측으로 더디, 은은하게 반사유리를 통해 퍼져갔고 차차로, 차차로 우리가 서 있는 곳의 윤곽도 어렴풋이 드러내며 가장 어둑한 중심으로 이끌었다.

우리는 어느새 스탠드 계단을 통과해서 그 중심에 있는 원형 스테이지에 다다랐다. 그야말로 이슬의 형장이자 공개처형의 장소였다. 객석을 좌우로 두고 있는 단두대가 원형무대의 정중앙에 위치하여, 무대에 우그르르 둘러 있는 살가죽들을 공황 속에 빠뜨렸으며 개중 몇몇은 억제 불가능한 충동에 사로잡혀 곡소리를 내거나 경기를 일으키고 있었다.

우글대고 바글대었다. 또다시 사방이 기괴한 절규들로 가득 찼다. 그러자 스테이지 위로 프로젝터가 구현한 사계절의 경물이 순서대로 펼쳐지다가, 이내 겨울의 소슬한 산수가 아레나 전체를 뒤덮었다.

—2—

방금 막, 사제복을 입은 무리가 스탠드에 착석했다. 실은 밀실에 들어온 과경(過頃)부터, 웬 음영들이 반사유리 속에서 오묘하게 일렁이는 푸른빛을 따라 어슴푸레 출렁였는데, 바로 그들이 스탠드 앞에 일렬횡대로 서 있던 것이다. 현재 그들은 고개를 빳빳이 세운 채로 시선을 거만히 내리깔아 단두대의 광경을 보고 있다. 마치 대례를 앞둔 암흑의 사제들 같이……. 심지어 어떤 이들은 광채가 서린 눈을 연거푸 껌벅거리며 숫제 데생을 끄적거리고 있다.

속이 메스꺼웠다. 우리를 억압적 통제하에 두고 있는 밀실의 분위기 때문에 불길한 예감에 휘감긴데다가, 일종의 카타르시스에 빠진 적장처럼 노획한 상대들을 역량 과시용으로 금참(擒斬)하려 하지 않는가….

어느새 단두대 끝으로 올라간 아가집사의 눈에도 날카로운 광채가 번득번득 돌고 있다. 녀석이 객석을 휘둘러보며 입을 떼었다.

"졸업반 학우 여러분. 마저 쓰시고 그리세요."

다름 아닌, 세상의 현상과 이법을 체득하고 창작욕으로 구현하려는 예비창작가 무리였다. 아기집사는 이번엔 우리를 내려다보며 말을 이었다.

"절대 유상론(현상론)에 머물지 마시고, 한 단계씩 나아가세요."

대체 무엇을 하려는 것일까…. 정신이 아득할 정도로 먼 곳에 있는 의식의 흐름이, 어떤 유습한 구상을 원용하여 비현실화 시키려는 과정일까?

'설마… 단두대에서 머리가 분리되는 콩코르드 광장!?'

나는 서서히 과대망상에 빠져들었고, 이마에 흐르는 임한(淋汗)이 안중(眼中)까지 흘러들어, 단두대 쪽으로 눈을 거듭 끔벅대었다.

'정말, 사형집행인이 수급을 쳐드는 거 아니야? 저런 미친 새끼!'

나는 겁쟁이일지언정 비겁과는 꽤나 거리가 먼 삶이라고 늘 믿어왔지만, 막상 위압으로 가득 찬 장소에서 특유의 폭설이 내릴 때의 냄새와 차디찬 공기마저 비수가 되어 꽂히니, 쌍욕이 목까지 올라왔다가 목적성을 잃고 내려갔다. 정신이 혼미하였다. 저항할 용기와 할 말을 잃었다. 단 1분이 무척 더디게 느껴지고 시간은 확실한 악의를 품은 채 서서히 내 곁을 지나쳐 간다.

그러나 지레 심사가 꿰진, 주 신부만은 달랐다.

"이 지긋지긋한 탐미주의 종자들…."

중얼대면서 그는 인명피해를 조기에 차단하려 단두대 계단을 향해 전진했다. 단두대와 객석 사이에선 흡사 인간군상의 추악한 민낯이 발가벗겨진 것처럼, 나체인 상태로 쇠사슬에 묶인 자들이 본연의 연약함을 거울을 통해 우네부네 확인하고 있었고 아기집사는 위약조로(危若朝露)에 놓인 세 명의 신체가죽들을 머리를 꺼두르며 단두대 끝으로 끌고 오고 있었다.

나는 주 신부 곁에 바짝 따라붙은 채로 그들을 쳐다봤다. 한 가지만은 확실했다. 하나같이 귀표를 달고 있는 것으로 보아, 저들은 단계별 감리 대상이라는 사실 말이다.

물론 누군가의 머리가 효수된다거나 하는 참혹한 짓이 벌어지진 않을 것이다. 무지막지한 긍정적인 합리화를 띄고 예술적 측

면으로 짐작하건대, 단지 리얼리즘에 입각하여 죽음에 이르는 과정을 표현하는 시간일 테고, 그저 기발한 착상에 목마른 학우들을 위한 연기 연출일 뿐일 테니까….

"여기 이자들은 사기꾼들입니다."

어느덧 아기집사가 이표기를 꺼내어 딱딱거리고는 말을 잇는다.

"우선 이, 사욕에 눈이 먼 추잡한 년으로 말하자면… 성범죄에 노출된 약자들이 한창 상생 연대의 뜻을 모을 때, 마치 성추행을 당한 양 행세했어요. 성별을 내세운 사기행각!"

녀석은 나체로 쓰러져 있는 여자의 머리채를 잡고 발로 툭툭 뺨을 치며 말했다.

"그리고 저 미천한 대머리는…."

그러고는 바로 옆을 굽어보며 표정을 점차 일그러트렸다. 명품으로 치장한, 왠지 부골(富骨)로 보이는 한 중년이 발발 떨고 있었다.

"거대 정당에 빌붙은 가수협회장이에요. 저년과 함께 녹을 나눠 먹으며 정치 수작질에 동조했는데……."

"으르렁. 멍멍멍!"

갑자기 또리가 석연찮은 기분에 휩싸였는지 울부짖기 시작했다. 연민의 감정을 몽땅 도려낸 아가집사가 자신의 발끝에 엎드려 떠는 노인네를 밟았기 때문이다.

"이 늙은이가 문제에요. 이 전국위원장 새끼가, 저 두 연놈과

작당해서 대규모 고발 운동을 무실하게 만들었어요."

녀석은 전국위원장의 수염을 꺼두르며 말을 이어갔다.

"저 누나가 옛날에 성폭행을 세 차례 당했다며 저 대머리를 고소했고, 혐의를 전면 부인한 대머리는 셋업범죄(무고죄)로 맞고소했어요. 하필이면 정재계가 권력형 성범죄 이슈에 떨고 있을 때 말이에요. 전형적인 논점 흐리기, 물타기였어요."

"그만 해… 그만……."

전국위원장이 맥없는 모습으로 사정하였다. 그러자 녀석은 정치인이 국론분열을 조장했다며 오히려 절도 있게 수염을 딱딱 끊어서 휘둘렀다.

"특권층의 명맥 유지용 공조! 그게 남녀 간의 대립으로 번졌잖아 그치? 그거 앞세워 위기를 타개했잖아 그치? 심지어 저 누나는 호화 여행을 즐기다가 잡혔잖아 그치? 무려 무고죄를 받았던 년이! 크크크크."

녀석은 수염을 마구 흔들어대면서도 어휘의 배열과 개수, 강약을 조절하여 언행을 조화시켰다.

"글쎄요. 저 누나가 여권신장을 댓글로 부르짖고 있었어요. 그것도 올바르게 마이애미 보트에서. 크크크크. 거기다 저 대머리는 글쎄, 정치 참여를 꾀하는 중에 끌려왔는데! 이 늙은이랑 서로 모른 척하지 뭐에요. 에잇, 퉤!"

"허어…. 허허허."

그 순간 주 신부가 슬픔과 혼란이 교차하는 눈빛으로 그들을 쳐다보더니, 등 부위와 안면부, 팔뚝 가리지 않고 꿈틀대는 전신으로, 분노와 자제심이 뒤얽힌 감정 상태를 드러냈다.

　나는 그의 등에 손을 얹어 살살 어루만졌다. 얼른 충동심을 달래고 감정과 행동을 제어해야지만, 최악으로 치닫는 상황을 방지할 수 있다. 더구나 다수의 손을 매일 타는 밀실임에도 불구하고 시체 썩은 내가 진동할 것 같지 않은가.

.

직시해.

.

아니, 시체들 썩은 내가 진동하지 않는가.
"신부님. 사방에 살상 무기가 있을지도 모릅…."

.

받아들여.

.

"아니, 널려있을 겁니다. 진정하셔야 돼요."
"끼야아악! 커억!"
　마치 방문이 예기치 않게 휙 닫힌 것처럼, 다음 상황이 찰나에 일어났다. 짐작한 바대로, 전국위원장의 고개가 아기집사의 의해 180도 비틀어진 것이다.
　그러자 주 신부가 반응했다.
"이엘 형제님. 왜곡은 안 됩니다."
"뭐, 뭐라고요!?"

내가 발끈하는 순간, 아기집사가 전국위원장의 얼굴을 뒤에서 내려다보며 말했다.

"아, 아까워라. 기절해버리셨네, 크크크. 그래도 새로운 소문이 생겨나겠다. 음하하하!"

「쿵!」

전국위원장의 머리가 단두대 바닥에 힘없이 떨어져 둔탁한 소리를 내었고 녀석은 손을 한번 털어보곤 킁킁, 손바닥 냄새를 맡았다.

"킁킁. 개돼지들 같으니……. 이제 사실이 와전되겠네요. 크크크. 나보고 식인종 원숭이라느니, 머리를 축구공으로 쓴다느니…… 풉! 푸하하하! 그러니 너희는 생존해줘야겠다, 그치?"

녀석은 화통한 웃음을 터뜨리고는, 내려앉은 목소리로 두 남녀에게 물었다. 반면 주 신부는 주변 공기의 파장을 울려대는, 앳되지만 강한 녀석의 울림 탓에 더욱 격앙되어 얼굴이 벌겋게 달아올랐다. 아기집사가 이어 말했다.

"쟤들은 본바탕을 숨기고 사리에 통달한 듯 굴었어요. 완전 숨김없고 정직한 저로서는 이해가 안 갔어요. 그 우매한 개돼지들을 허상으로 세뇌시켰는데 실상처럼 확산되고, 거짓이 진실이 되어 전설로 남고……."

갑작스레, 녀석의 눈빛이 매섭게 돌변했다.

"가만 보자…. 저 새끼는 다짜고짜 네티즌, 쟤네는 권언유착 당원들과 언론인들, 쟤들은 반기부터 들고 보는 루저들…. 주 신부님. 우리는 죄악에서 멀어질 수 없는 원시적인 구조를 타고났어요. 뭐랄까…. 타고난 부정성이 흥미본위의 선정주의적 경향에 끌린다고나 할까?"

 녀석은 단두대에서 내려와 살가죽들 사이를 틀진 걸음걸이로 지나가며 말했다. 그러자 살가죽들이 녀석을 피해, 이리저리 잘쏙잘쏙 들이뛰었다.

 "직종도 다양해요. 판사, 의사, 기자, 미화원, 청소부, 네티즌수사대까지…. 근데 이놈이나 저놈이나 이면에 있는, 약은 패턴이 똑같지 뭐예요. 살리에리 증후군에 시달리고 샤덴프로이데 심리로 간사히 충족하지만, 자아상과 자존감만은 '선택적 무디타'로 긍정적으로 형성하려는."

 대충, 온 인류는 음교(淫驕)한 패턴의 낙관성으로 게염스러운 눈을 숨긴다는 말이다.

 말하던 녀석이 어느 살가죽 앞에 느긋이 멈춰 서서 차분한 어조로 담담히 연이었다.

 "어디까지나 단조로운 구조예요, 불건전한 감정에 무의식적으로 전염되는."

 그러자 그 살가죽은 손을 벌벌 떨면서 팔목에 착용한 십자가를 바닥에 떨구었다. 성직자인 듯 보였다. 아기집사가 그에게 물었다.

 "뭐? 죄를 미워하되 사람은 미워 말라고? 좆 까라 그래. 책임 회피 말고 건설적인 태도를 보이란 말이야. 우리는 전부 원흉이잖아. 죄악의 굴레에서 죄를 낳고, 또다시 자극받아 전염되어 또 낳고 또 낳고. 아니야?"

"맞, 맞습니다."

"옳지, 옳지."

녀석은 라이터로 십자가를 달구어서 성직자로 하여금 강제로 움켜쥐게 하였다.

"으아악!"

성직자는 고통에 몸부림쳤고 이에 신난 녀석은 십자가를 아예 이마로 가져가도록, 그의 손목을 컨트롤했다.

"너희는 원죄를 사랑하되… 인간을 미워하라."

"크아악!"

성직자는 이마에 십자가 표식이 새겨지자마자 그 즉시 기절해 버렸다.

하지만 이번에는 스테이지 뒤편 출입구에서 백구두에 백정장을 입은 건장한 사내가 올라오더니, 아기집사에게 어떤 개략적인 보고를 하고는 성직자를 들쳐 메었다. 그리고 어떤 전언을 받은 녀석은 헤어 에센스를 잔뜩 바른 머리를 양손으로 나릿나릿 뒤로 쓸어 올리며 시적시적 하달한다.

"머지않아 책임을 물을 겁니다. 준비시켜주세요."

― 3 ―

 우리는 녀석들의 정체를 정확히 알고 싶었다. 특히 아기집사는 노량으로 게으른 아이처럼 굴다가도, 마치 진리의 체현자를 신지무의(信之無疑)하듯 그 그림자로 빙의되어 수다를 떠는 애늙은이가 되지 않는가.
 참으로 부자연스러운 공기의 흐름에, 주 신부가 먼저 어렵사리 입을 뗐다.
 "이보게, 아기집사. 인류가 선악의 본성 중에, 선성에 초점을 맞추고 악성을 멀리하려는 행위까지 잘못되었는가?"
 "아니요. 저 역시, 인간은 이해해보려는 노력이 선행되어야 할 존재라고 믿습니다. 지언 님은 어떠세요?"
 "뭐. 그런 존재에 가깝지 않겠습니까?"
 나는 순순히 존댓말로 되물었고 녀석의 뒤꽁무니를 뒤따랐다. 온갖 간난신고를 무릅쓰고 마침내 여기까지 왔는데, 내 몸뚱이 건사를 비참하게 하는 수밖에 달리 도리가 없었다.
 우리는 단두대를 뒤로 하고 밀실에서 나왔다. 그러자 온통 반사유리로 도배된 일직선 복도가, 그저 방치해두었다는 느낌이 들 정도로 거미줄이 천장 구석구석 넓게 처져 있는 모습으로 맞이했고, 각 유리들마다 먼지가 누르께한 치아 색처럼 껴있는 복도 양쪽으로는 벽걸이 촛대들이 드문드문 배치되어있었다.
 우리가 조금 더 안쪽으로 들어가자, 녀석이 손가락을 튕겨서 소리를 냈다.

「딱!」

"멍멍! 으르렁."

또리만이 예상한 바대로, 난데없이 복도가 통째로 상승하기 시작했다.

그때 나는 전신을 비춰볼 만큼의 거대한 거울을 통해 내 몰골을 쳐다봤다.

'너무 오래도록 무관심했었나, 내게?'

여태껏 보지 못한 생소한 얼굴이 거울에 담겨있었다.

'나의 낯선 모습…'

왠지 눈을 깜빡거릴 때마다 거울 면에 파동이 일면서, 내 얼굴을 모방한 괴물이 그 속에서 입을 뻐끔거릴 것만 같았다.

순간순간 여러 다양한 표정들로 전환되는 얼굴들……. 찡그린 표정을 보이다가 갑자기 천의 얼굴로 나뉘더니, 나중에는 한데 뒤섞여 일그러지는 안면이 완성돼버린다…….

나는 고개를 가로저었다. 다시 거울을 쳐다보면서 자기중심적인 사고로 흘러가는 미묘한 감정에 사로잡힌다. 나는……

나를 중심으로 돌아가는 이, 순환적 인과관계의 비밀스런 흐름을 은근 만족하며 즐기고 있는 게 아닐까?

그 순간 아기집사가 나지막이 이야기했다.

"우리 체현자는 수다쟁이예요. 근데 답답해! 답답해!! 개답답!!!"

녀석이 말하기를, 체현자라는 친구는 가무와 유쾌한 언변, 풍부한 재치로 여흥을 돋우거나 나아가 농담이 주를 이루는 담소, 덕담, 가벼운 대화에서도, 그 행간과 행간 사이에 미묘한 함의가 느껴질 때가 있단다. 그냥 대충 넘기고 무심코 지내다가도, 나중에야 진의가 떠올라 그와의 재회를 갈망한다고나 할까.

  내가 아기집사 몰래 주 신부에게 속닥였다.

  "저기 주 신부님. 그 체현자와 메이나시가 동일인물 같고, 과장님은 아닙니다."

  "근거는요?"

  "동떨어진 성향입니다."

  "메이나시와…… 한 과장이라…."

  그러나 주 신부는 이상 모를 옅은 미소만 지어보였다.

  이제 복도 끝에는 기하학적인 직육면체 승강기가 버티고 있었다. 온 사방을 훤히 다 볼 수 있도록 통유리로 제작되어, 아래편까지 마치 설계도면을 보듯 관찰할 수 있었다.

  아기집사가 히죽 웃으면서 말을 이어갔다.

  "이제 스카이 로비로 갑니다!"

  "스카이 로비?!"

  내가 놀라서 되물었다. 어제부로, 높은 곳에서 유발되는 전율스러운 공포와 극도의 불안감에 질려버렸기 때문이다.

  그래도 당연지사인 양, 나는 승강기에 고분고분 탑승했고 대략 8층 높이에서 통유리 바닥을 통해 발아래를 내려다보았다.

참혹하기 이를 데 없는 단두대 유리밀실이 조그맣게 보였고 전체적인 형태는 '에노시마 집사, 하루코'의 등판에 있었던 문양(검은 표상)과 똑같았다.

아기집사가 박수를 한 번 치고는 말했다.

"아! 2층은 교학처와 행정부서, 3층에서 8층까진 강의실, 방금 보신 밀실은 공동체 생활에 허덕일 때 찾는 화합의 장소예요."

그렇다. 1층 단두대 밀실은 임직원이나 학급 과반이 정체 상태에 빠질 시 개방되는 피난처이자, 원초적 악성의 유일성이 표상되어 일치, 연합, 화평을 이루는 공간이었다.

드디어 승강기가 8층에서 출발했다. 녀석이 이어 말했다.

"이제부턴 영상이 상영돼요. 제목은 '고결한 밤의 야만인들.' 좀 이따 42층에서 영상이 끝나면, 교수연구실을 지나 50층 총장실을 빠르게 지나칠 거예요."

"2… 세상의 빛과 어둠, 남녀 창조, 나눔, 분리, 결별, 협력, 조화."

주 신부가 내 옆에서 나직하게 웅얼거렸다.

"3… 삼위일체, 완전성, 부활, 새 생명. 8… 새로운 탄생, 새 시작. 42… 악이 통치하는 기간, 그리스도 주님의 재림. 50… 구원, 자유, 환희, 완전수."

좀처럼 그의 분노는 찾을 수 없었고 더할 나위없는 평온한 여유만이 느껴졌다.

「덜컹, 우우웅.」

몇 초가 흘렀을까. 9층에 당도한 승강기가 약하게 한번 덜컹거리면서 멈칫하다가, 가동 소리 울림이 끝나자 가로로 움직이기 시작했다. 나는 흠칫한 나머지, 승강기 손잡이를 붙잡으면서 또리를 끌어당겼다.

"멍멍멍!"

그 순간 또리의 신경을 건드리는 각종 울음소리와 물소리가 잇달아 합주처럼 들리더니, 온갖 종류의 나비들이 3D 홀로그램으로 구현되어 승강기를 날아다녔다. 연이어 여러 화관(花冠)이 승강기 외벽, 네 개의 유리면에서 튀어나와 두둥실 부유하다가, 결국 나비와 함께 사위(四圍)에 부딪혀 컬러풀한 불꽃으로 타닥타닥 전환된다.

우리는 혹여나 아기집사가 어떤 수작질을 걸지 않을까 노심하면서도, 넋 나간 표정을 숨기려 안간힘을 써야 했다. 그저 또리만이 자기 콧잔등을 간질이는 나비들에 필사적으로 집착할 뿐이다.

개중 한 나비는 형형색색 작은 불꽃들이 수놓은 승강기 위편으로 날아올라, 정면(투명유리)을 통과하여 통로의 어둠으로 사라져간다. 그 날갯짓이 만들어내는 무지개 잔상을 따라 웬 가느다란 골물이 통로에 길게 나타났고, 점점 승강기의 진행 방향으로 은은한 빛깔이 뒤따르듯 퍼져나가더니, 어느새 통로 가득, 푸르고 섬세한 초원이 번지듯 채워지고 있다.

"꼬맹아!"

느닷없이 밝은 톤의 목소리가 승강기로 들려왔다. 우리는 화들짝 놀랐다. 다름이 아니라, 통로 왼편으로 의문의 어른 그림자까지 등장한 것이다. 그것은 재차 누군가에게 물어왔다.

"너 뭐 하고 있니? 나무에 올라가서."

그러자 통로의 오른편에, 한 남자아이가 웅크린 채로 나타났다. 승강기는 일정한 저속으로 전진하고 있었고, 그 두 캐릭터는 마치 서서히 암전되며 디졸브되듯, 서서히 승강기의 정면과 왼편 유리에 각각 재등장하며 이야기를 시작했다.

"태어난 김에 살고 있어. 왜?"

"우와…. 대단하다 너. 자아를 벌써 부정하고 실존적 불안에 쫓기다니."

"실존적 불안?"

"그래. 너는 삶의 통제권을 상실하고 진정한 자아를 잃었다며 불안해하잖아."

"뭔 소리야. 듣기 싫어."

"응석 부리지 마. 너는 누구보다 성숙하니까."

"아니. 너보다 어린데?"

"아닐걸. 너에게선 그나마 순수한 자아가 느껴지거든. 허상이지만, 꾸밈없는 자아가…."

"무슨 말이야, 대체!"

"자아는 허상이다. 대강 2500년 전 고타마 싯다르타가 한 말이야. 녀석도 가려진 진실에 직면한 적이 있었지."

"가려진 진실? 그게 뭔데? 아그작."

"응. 아무리 발버둥 쳐도 닿을 수 없는 지점."

"어려워. 아그작."

내용은 대충 이러했다.

싯다르타는 그나마 발버둥을 쳐봤던 인간이었다. 단지 '진정한 자아'에 발을 들여놓기 직전까지만….

인간은 늘 통제 불가능한 순간에 노출되어있다. 그리고 주로 희비가 천천히 교차하는 회전무대에서 스스로 기만하고 배척하고 매번 확증편향적 악순환으로 거짓된 행복에 휘말렸다가, 갑자기 빨라진 그 흐름에 어지러움을 호소하며 잃어버린 자아의 세계로 뛰어든다. 실은 토악질하다가 망상의 늪으로 튕겨진 신세이자, 진여(眞如)의 이체(理體)에서 나가떨어진 것일 뿐이다.

분명 진정한 자아가 실재한다고 여기면서 자아 성찰을 반복하지만, 단지 고집과 아집을 무의식적으로 착각해버린 현상에 불과하다. 게다가 신과 엮어서 마치 신성불가침의 영역처럼 본인과 그 자아의 실체를 진정한 것으로 여기고 맹신해버린다.

하지만 진정한 자아란, 자연의 인과율에서 벗어난 초월적인 존재만이 누릴 수 있는 해석 불가능한 특권이다.

다시 의문의 어른 그림자가 대화를 시도했다.

"꼬맹아. 허상에 놀아나지 마, 그냥 즐겨. 이나저나 획일적인 세계에 도달할 거야."

"싫어. 나는 나이고 싶어."

"그럴 수 없어. 더구나 너는 다중의 거울들, 즉 타인과의 유기적 관계에 반응하며 이미 자아상을 형성했어. 꼬꼬마 시절부터 타인의 시선을 통해 여러 거짓 자아들을 만들었어. 너의 다면성이 궁금하거든, 주변이 너를 어떻게 보는지 떠올려봐."

"이씨. 싫어! 싫다고!"

"거울에 비치듯 보일 거야. 너의 이중성 외의 겉껍질들도."

"그거 가면극 같은 거야?"

"응, 맞아. 심지어 너는 그 가면극 속에서 단지 뇌가 지시한 명령에 따를 뿐이야. 어떤 행동을 실행하기 10초 전에 뇌가 빈껍데기에 명령하지."

"태어난 김에 살아라. 아니면 그렇게 살도록 하여라?"

"하하하. 높은 확률로 그럴걸?"

"알긴 알았어, 그런 거 따위. 거기에서 거기잖아, 인간이. 아그작!"

"그 말에 너도 포함될까?"

"당연하지. 근데 왜?"

"네가 나보다 나아서. 너는 너를 돌아보며 본질을 쫓고 있고,

나는 나를 우등한 존재로 간주하고 본질을 파악하고."

"아그작. 아그작,"

"우리는 결코 같은 선상일 순 없어."

"아그작, 아그작."

"꼬맹아. 그만 먹는 게 좋을 걸?"

"왜?"

"그 나무에는 순교자의 정성이 서려, 사악한 기운에 눌린 횃불이 온기를 잃듯이 반해있어. 곧 감사절이라 그녀를 기려야 할 거야."

"그냥 과일인데 뭐. 아그작. 그리고 이거 엄마 거야."

"그런 거야? 하하하! 내가 찾는 애가 너인 거 같아. 너라면 가능하겠어."

그 순간 승강기는 서서히 움직임을 멈추더니 잠시간 조용해졌다.

나는 이 유리덩어리(승강기)가 별안간 추락하여 와장창 깨지지 않을까 상상하며 걱정하였다. 주 신부도 덩달아 또리를 곁으로 끌어오며 위태로운 신변을 염려하였고 설상가상으로 폐소공포증에 맞먹는 극도의 불안감이 덮치는 중에 다시금 의문의 목소리가 들려온다.

"꼬맹아. 이제부턴, 너를 가로막는 모든 걸 죽여 봐. 그것이 설령 성인일지라도, 사상일지라도 좋아. 무엇에도 얽매이지 말고 주어진 그대로 살아봐. 네가 느끼는 그대로 말이야. 하지만 뭐든지 과용하면 안 돼. 거짓인 명제에 사로잡혀 버리니까."

"아그작, 아그작."

"나 명안이 떠올랐어. 잠시 눈을 감아줄래?"

이제부터 징벌놀이를 시작할 거야.

그 어른 그림자는 사방을 자유자재로 넘나드는 검붉은 나비가 되어 남자아이 곁으로 다가갔다.

이윽고 그들은 한 프레임에서 서로를 바라봤다. 그러자 우리를 공상의 시간에 신비롭게 가둔 홀로그램이 사라졌고, 승강기는 가로 방향에서 세로 방향으로 천천히 전환되더니 이내 허공을 내달리듯 수직으로 상승하였다.

어두운 구간이 이어졌다. 암담한 어둠이 흐릿한 불빛 새로 지세(至細)하게 흐르는 통로에서, 조만간 2차원을 뚫고 3차원에 이어 4차원 시공간에 도달할 거라는 인상을 받았다. 유감스럽게도 우리가 직면한 상황은 자기보존 본능을 향한 심지를 꺾으면서 사회적 본능에 의해 학습된 후천적 비관주의 성향만을 돋웠고, 시간이 흐를수록 주 신부의 안면 힘살이 굳어지는 한편, 나로 하여금 그나마 안온하던 기운을 종결시킬 경악스런 결말을 상상케 하였다.

만약 이대로 계속 질주한다면, 짧은 가시거리가 팽팽한 긴장감을 위한 극적인 장치로 쓰인다는 말이다. 설사 예상보다 가벼운 충돌 뒤에 부산스럽게 탈출하는 허무한 결과일지라도, 저 상또라이가 그간에 부렸던 추악한 횡포를 가늠해보건대, 소위 좆같은 분위기가 얼마 남지 않음이 명백해 보인다.

갑자기 승강기 왼편(통유리)에서, 언뜻 형제로 보이는 두 남자가 튀어나왔다. 그 둘은 허둥지둥 언덕을 내려가서 황망한 속도로 구획이 정연한 시장바닥으로 걸어갔다. 그리고 승강기 우편에선 마치 현자처럼 보이는 자가 튀어나와, 우리 앞에서 두 남자와 엇갈려 스쳐간다.

'익숙한 장면이다…. 아니다 결단코 생소하다…'

·

아니야. 익숙해.

·

순간 뇌가 정지되었다. 나는 기시감(데자뷔)과 미시감(자메뷔)에 번갈아 허덕이다가, 어떤 쪽이 현실이고 비현실인지 분간되지 않아서 흡사 펀치드렁크처럼 몽롱해졌다. 그간 잔 펀치(왠지 조작적인 조건형성 같은)를 여러 대 맞은 충격이 쌓여 뇌에 손상이 온 듯 정신이 어른어른 아득해진다.

「우우웅, 위이잉」

승강기는 여전히 수직상승하였다. 게다가 아기집사는 놀이기술에 정신적인 에너지를 원 없이 투자했는지, 내가 정신불안으로 급성 증세를 보이는 중에도 기발한 방식과 고심이 묻어나는 효과가 연이었는데, 갑자기 통로의 양면으로 각각 열두 그림자들이 대치된 영상이 나타나면서 승강기가 올라갈 때마다 서로에게 각종 병기를 들어 겨냥하였고 마지막으로, 두 기다란 그림자가 등장하여 하얀 문적(文籍)과 검은 문적을 통로 끝 어둠을 향해 들어올렸다.

 그곳에서는 어둠을 벗어난 붉은 별이 먼저 나타났다. 뒤이어 금싸라기 같은 것들이 흩날리고 떨어지며 만월(滿月)의 빛을 예보했다. 내 머릿속, 우주적 공간에선 한없이 뻗어 내려가며 정기(精氣)를 품은 신묘한 줄기로 형성되었으며 그 순간에…… 여러 갈래로 휘날리는 금빛 머리칼이 현실과 비현실에서 모두 번쩍였다.

 이어서 현실의 어둠에선 만월이 조금씩 드러났다. 그 빛은 금빛 머리칼을 비췄고 뒤이어 자노메가사[1]를 어깨에 걸친 그림자로 완성되어 완전한 금발로 눈부시게 반짝였다.

·

우아한 밤의 주인….

·

---

1) 뱀눈 모양의 우산

그로부터 뻗어나가는 오묘한 금빛의 한 가닥이 그가 착용한 몬츠키 하오리 하카마[2]의 후면을 하루코의 표식과 동일한 문양으로 수놓고는 여태 아작거리는 '아이 그림자'의 이마에 금별로서 내려앉는다. 그러자 통로 끝에서 눈을 멀게 할 정도로 엄청난 광원효과가 발생하여 은백색이 점차 번져오더니, 결국 승강기를 거쳐 나의 내면에서 내솟는 야만스런 숨결에 와 닿는다.

고결한 숨결이다. 고결한 밤에서 내솟는 우아한 생명력이자, 빈민에게 가닿는 미래이며 기적이다.

나는 그들의 안식처를 상상하며 눈을 감았다.

·

심히 밝구나.
필멸자여.

·

그러자 내 귓가에 무척 차분하고 무게감 있는 목소리가 맴돌았다.

오늘도 저는 '천제지하 만인지상'의 존재로서, 생주이멸(生住異滅)의 필요'암'을 성결한 '명'에게 가려주겠나이다. 그 만고불멸한 존엄성을 온존하기 위하여.

---

2) 일본의 전통 예장. 가문(家紋) 문장을 넣은 남자 예복

왠지 친근하고 묘한, 양가적 감정을 불러일으켰다. 신적 영역인 성과 속, 그리고 그 속에 해당하는 인간의 영역인 정과 부정의 소용돌이에 이저리 휘둘리다가 마치 나로부터 발산되는 듯한 그 악랄한 기운을 벌써 두 번째로 마주하였다. 그제야 마음속에 야심차게 '명'을 응징하고 싶다는 희원까지 드세차게 휘몰아쳤다.

어느덧 우리는 43층을 지나고 있었다. 주 신부가 몽니 부리는 아기집사를 비꼬았다.

"그는 알고 있었을게요. 당신이 과용할 것이란 사실을."

아기집사가 답했다.

"그 말씀은 첨부터 불가능한 미션이었다, 라는…?"

"그렇소. 단지 병든 자의 통제하에 놀아난 것이오."

"이미 예고 받았습니다."

그때 녀석이 대화의 방향성을 확 꺾어버렸다.

"세상이 너를 손가락질할 거고 앞으로 찾아올 누군가는 세뇌되었다며 깔 거라고."

"그거 아쉽구려. 한낱 과대망상을 무결점 발상으로 믿게 만들다니."

"어차피 '자아 허상'에 뒤틀려버린 세계, 이미 병든 망상자들의 놀이터… 아닌가요?"

"그릇된 해석이오. 인간사의 지나친 면면이 질린다면 모를까. 그렇다고 파괴를 일삼는 짓이 될법한 행위요?"

"우리는 괴물폭군이 아닙니다. 오히려 세상이 위선, 가식, 가짜로 가려진 폭력 덩어리죠. 하루는 거울 속의 내 모습을 뚫어져라 보면서 생각했어요. 삶의 통제와 진정한 자아상이 불가하다면 적어도, 저런 삶을 살아야겠다. 가짜, 거짓자아… 저 현실모방의 표상을 따라야겠다. 저 불완전한 존재를, 저 찌그러질 대로 찌그러진, 내가 아닌 나의 표정을 모방이라도 해야겠다. 그냥 완벽히!"

말이 끝나기가 무섭게 아기집사는 나를 쳐다봤다. 그러고는 중얼거렸다.

"당신은 피해망상자일까요? 아니면 진정한 자아에 근접한 존재일까요?

—4—

이곳은 60층. 헬기장이 딸린 VIP 접견실, 스카이로비.

난데없이 깊은 지하로 떨어질 것 같은 어두운 상승밀실(승강기)를 배웅하고 어안이 벙벙한 채로 S바의 가로장에 앉은 나와 또리는 먼저 헬기장에 서서 고심에 빠진 주 신부와 그 너머로 보이는 전경을, 블라인드가 반쯤 내려온 창문을 통해 함께 바라봤다. 이른 겨울 햇발이 축축이 내려앉은 인가의 생기들이 저 멀리서 아스라이 보이고, 유난히 따가운 햇볕은 이곳 헬기장의 은빛 바닥에만 떨어지더니 튀어 올라 창문을 넘어 실내로 들이닥친다. 높은 창틀에 이어 천장에 묻은 햇볕… 기어코 놀란 샹들리에를 뚫고 우리가 머문 소파에 반짝이며 내려앉는다.

나는 블라인드를 끝까지 올려서 남은 햇볕을 초대했다. 그러자 마치 창문이 없는 듯 살아 넘나드는 햇발이 되어, 어디서도 만날 수 없는 실내의 층고에 가득 퍼졌다.

텅 비어있는 어둠의 공간……. 대략 6층 높이를 통으로 할애한 검은 홀이 눈에 들어온다.

스카이로비는 본디 어두웠다. 승강기에서 내려서 '검은 표상'이 형상화된 홀로그램 장막과 온갖 모자이크와 검은 대리석으로 뒤덮인 곡선 복도를 통과하게 되면 원형으로 나열된 홀로그램 리셉션 콘시어지를 거치게 되고 그렇게 오른쪽으로 더 깊숙이 돌아가면 높다란 유효층고가 나오면서 12개의 채광창(스테인드글라스)들이 설치된 쿠폴라(반원형 돔)를 에워서 지탱하는 진회색 부벽을 마주하게 된다. 그리고 그 안으로 들어서면 12개의 비잔티움 석조기둥들이, 순금으로 도금된 12개의 황금 의자(뒷면에 각기 다른 얼굴이 부조된 의자)와 강철 및 탄소 섬유 뼈대에 황금 벨벳을 씌운 붉은 원탁을 에두르고 있으며 천장에는 모자이크 글라스의 금빛 미다스 왕이 한 아이를 안고서 붉은 원탁을 향해 검은 왕관을 건네고 있다. 게다가 그곳을 나와서 곡선 복도를 조금 더 통과한다면, 멋진 조망을 제공하는 검은 홀에 들어서서, S바에 앉은 채로 맞은편 헬기장을 바라보게 된다.

그런데 그 S바를 제외한 실내의 사물들이 전부 홀로그램에 불과했던 것이다. 심지어는 급자기 건너온 햇발에, 화려하다 말고 숨죽이던 홀로그램들은 모조리 정신이 넘나들듯 유난히도 우울하게 흐리멍덩해졌다.

그러나 그보다 더 놀랍고 의아한 점이 있었다. 바로, 헬기장에 있는 황금색의 탈것에 관한 사실이다.

헬리콥터가 아니었다. 황금색 비행 차량이었다. 제아무리 발전된 세상이라 한들, SF에서나 볼법한 비행 차량이 현실 영역으로 건너온 것도 모자라 벌써 상용되었다고? 더구나 미국 전역에선 여전히 자동 주차와 자동운전 기술에 관한 법령의 제정, 개정의 과정을 거치고 있을 터. 그런데 고속 충전까지 가능한 착륙 플랫폼이 전용 주차 공간처럼 설치되어 있다고?

"음하하하!"

그 순간 뒤늦게 곡선의 복도에서 나타난 아기집사가 접근하였다.

"지언 형아. 저거, 블러드 머니와 맞바꾼 거예요. 인신매매, 무기 공급, 헤로인 판매 그리고 죽음하고요."

녀석이 자기압수표를 꺼내들고는 내 앞을 지나쳐서 S바의 맞은편, 헬기장을 바라보는 방향의 오른쪽 곡선 통로로 향했다. 흡사 꽃살문처럼 검은 표상을 수놓은 창호들이, 양 벽면에 새겨진 구간이었다. 그리고 마치 검댕을 칠한 듯한 그 끝부분은 무엇이든 덮치거나 빨아들일 것 같은 심연처럼 노려보고 있었다. 아기집사가 말을 이었다.

"세상 돈들도 마찬가지예요. 어차피 거의 모든 손들에 검은돈이 거쳐 가거든요. 세계 경제의 80프로를 차지한다나, 뭐라나."

말이 끝나자마자 별안간 거센 바람이 불어 닥쳤고 그 천문학적인 금액은 휘익 통로 안쪽으로 날아갔다.

"쯧쯧쯧. 지옥이 따로 없어요. 이 흉물스런 산물이 그 증거라고요."

녀석은 우리를 번갈아 가며 쳐다봤다.

"근데 알아두세요. 우리는 인류 역사에 늘 잔존하던 마(魔)의 레거시와는 다르답니다."

그러더니 창문을 통해 헬기장에 서 있는 주 신부를 슬쩍 보고는 먼 쪽 허공을 응시했다.

"좌우간에 순백 가운을 입고 고초를 주입하는 행위를 어찌 실험체가 이해할 수 있을까요. 그렇게 고통을 일으키는 무흠한 존재의 행위를…"

마지막으로 다시금 검은 표상의 통로를 똑바로 바라봤다. 걷잡을 수 없는 천기의 흐름을 노정할 기세였다.

"죽음… 심인반응… PTSD…. 공포증이란, 고전적 조건형성을 통해 발생하고 조작적인 조건형성을 통해 유지된다……. 참 아이러니합니다. 돈 하나로 누군가는 행복하고 누군가는 죽어가고, 누군가는 도움받고 누군가는 구걸하는 이곳은… 역시 지옥이야."

우리는 비행 차량에 탑승했고 나는 녀석에게 떠듬적대며 물었다.

"꼬맹아. 아, 아니 아기집사 씨. 체현자에 대해 자세히 말해줘. 우선 그의 이름부터."

"그는 존 사사키 오펜하임. 무한지식의 권능으로 진리를 대행하며, 그 위세는 J. 에드거 후버를 능가합니다."

가까운 과거. AD 어느 날의 흙색 공백.

「 이마에 냉기가

느껴지고

 머리가 맑아지기

시작하며

 밝은 세상이 오는 이것은……

혹시

 기적이나요? 」

현실모방, 메타인지

나는 한 과장과 메이나시를 떠올리며 망연자실하였다.

'그 늙다리 항해사가 체현자였다니…'

무척 혼란스러웠다. 그러나 우리를 태운 비행 차량은 그보다 더한 험준한 여건으로 케이블카처럼 스르르 향하였고 한동안 모든 디즈니의 부지 위를 상공(翔空)하던 우리는 마침내 다음 행선지인 Epcot(엡콧 테마파크)에 다다라서 아기집사의 말을 들을 수 있었다.

"이번에 들릴 건물은 일본 혼슈에 본사가 있는 The hanging gardens of bubble bank, 바로 '공중정원 은행'입니다."

녀석이 먼발치에 위치한 스페이스쉽 어스[1]를 가리키며 설명했다. 주 신부가 의외로 잠잠하게 물었다.

"디즈니에 입점한 이유가 돈세탁입니까?"

"후후. 각국 거물들과 그 계좌들을 대거 섭렵했거든요."

녀석은 브이자를 그려 보이며 기고만장한 표정을 지어보였다.

"존 아저씨는 정부 요직을 역임했어요. 그리고 그 밑바탕에는 유한한 힘을 뛰어넘는 무한한 권능이 깔려있고요. 우리는 기적이라 불러요. 제 몸속에 깃든 파워처럼 말이죠."

---

[1] Spaceship Earth. 엡콧의 랜드마크

주 신부가 물었다.

"권능이 뭐고, 기적은 뭣이오."

"지금 이 순간 신이다, 절대자의 전능한 능력을 갖는다."

"……해서 당신의 명운을 스스로 결정한다, 로군요. 흥! 진부한 설정이구먼."

주 신부가 모처럼 냉소적으로 반응하였다. 하지만 그의 살기 어린 야차 모드도 거기까지였다. 아무래도 녀석이 이끄는 검은 무리의 산하조직원이 청중에게 유세를 떠는 실정이다 보니, 신중한 추론의 객관화에 따라 대처한 것이다. 지레 유추해보건대, 그들의 기세는 대략 재무부, 상무부, 미국무역대표부 같은 행정기관까지 뻗쳐있는 듯했다.

별안간 아기집사가 목소리를 가다듬었다.

"흠흠! 진부하지 않을걸요? 그리고 존 아저씨는 악질이 아니에요. 그냥 직언을 일삼는 대행자예요."

그러더니 존의 말투를 따라 해보려는 듯, 비뚤어진 보타이를 매만져 바로잡는 예비동작을 보였다.

"이보게, 학우들. 우리는 우리의 가치를 판단할 적에 스스로 할 수 있다는 마음속의 가능성으로 판단하지만, 세상은 우리가 해놓은 일로 판단할 뿐이라네. 그러니 동정을 끌지 말게나. 세상은 나약한 실패자를 무의식적으로 기다리고 비웃기도 하며, 누구나 부지불식간에 조우하는 그 심연을 관대한 정의와 사랑으로 덧칠하기도 한다네. 그야말로 특권에 찌든 자각이자 거짓된 자의식인 게야. 그들에게 진정한 안내자가 필요한 이유 중 하나인 게지. 세상의 깊은 속내를 금빛 진리로 이끌 조력자 말일세."

녀석이 중요한 정보를 언급하고 서둘러 연기를 끝냈다. 내가 찰나적으로 깨달은 것은 이것뿐이었다. 등골이 오싹하고 머리가 쭈뼛해지며 뿌예진 눈에 그 '금발의 적안'이 양팔로 그들을 감싼 모습을 본 것 같은 순간 말이다. 내가 다급하게 물었다.

"가만! 방금 전에, 존 항해사를 대행자라고 했습니까?"

"네. 존 아저씨는 기적을 행하는 진리를 대신 행사합니다."

"그럼 그 진리의 주체는 무엇을 지칭하는 겁니까."

"우리입니다. 그리고 진리의 체현자입니다. 우리는 하나로 이어져 있어요. 웃으며 대화하는 무의무탁자로."

나는 녀석의 말을 들으면서 바로 코앞으로 다가온 스페이스쉽 어스를 바라봤다.

어느새 비행차량은 1층에 설치된 거대한 원통형 입구로 진입하여 내부를 밑에서부터 훑어 올라가기 시작했다. 지구와 인류 역사의 흐름에 따라 미래로 향하는 어트랙션이다. 원시시대부터 문명의 태동, 문자와 계급의 발생, 신문명과 현시대를 걸쳐 미래에 도달하는 구조였고, 단지 막판에만 진로 방향에 대폭 변화를 주어서 건물 뒤로 높이 세로지는 투명한 연결통로에 진입하게끔 출구를 설정했다.

이윽고 연결통로에 진입하였다. 비행차량은 짧은 시간 동안 완만한 하강과 상승을 반복하다가 연착륙할 기미를 보였다. 우리는 다음 목적지를 사선으로 내려다보았다. 다소 기괴한 건축양식이 마냥 거부할 수 없는 고혹적인 자태로 조소를 퍼붓고 있었다. 바로, 공중정원 은행이라 불리는 미묘한 위협이었다. 어제부터 줄곧 마주한 유리건물과 마찬가지로, 어쩐지 현실과 맞물리지 않는 그 기이한 이질감은 우리에게 변함없이 설면하도록 권유했고 마치 고대 바벨탑과 공중정원을 현실에서 잇달아 마주한 것 같은 경험이 우리를 향해 사선으로, 그 몸서리치는 느낌이 뒤에서부터 비스듬히, 그 몸소름 돋는 중험이 앞에서부터 비스듬히 다가온다.

나는 커가면서 바빌론의 바벨탑과 공중정원에 대한 식상한 이야기를 줄곧 역사 정보지를 통해 접해왔다. 우리가 아는 바빌론에는 숱한 진실과 거짓, 찬란한 영광과 굴욕이 공존해있다. 그렇기에 고대문명에 관한 신비한 전설을 곧이곧대로 믿고 파헤치는 미치광이와 가상공간에서 요상한 영감으로 용인 못할 폭력성을 해소하는 종자들이 종종 즐겨 찾고 애용하는 소재이다. 그러나 진리의 체현자와, 폭군 시저의 오마주 같은 아기집사. 그리고 에노시마 집사 렌 하루코와 무한 지식의 권능이라는 존 뭐시기까지 결합된 바빌론 외 공중정원은 거창한 기록과 유산에 현실성이 가미되어, 설화를 재현한 공상과학보다 위하적인 면모를 갖추고 있다.

그때 아기집사가 만필화의 비밀기지를 찾아낸 것처럼 신나게 물었다.

"저거 보이시나요? 메타버스 같죠? 짜자잔!"

그러자 주 신부는 혼잣말로 중얼거렸다.

"창세기 11… 신의 문 바빌루[1]…. 혼란, 혼돈의 카오스…. 천상과 지상을 잇는 귀신들의 통로…."

그러는 사이 우리는 건물의 형태가 뚜렷이 보이는 지점을 지나가고 있었고, 나는 짜증 섞인 표정으로 공중정원의 디테일한 모습을 면밀히 관찰했다.

일단 사변형 기초(밑받침)위에 정사각뿔 모양을 토대로 노출 콘크리트 외피를 두른 13층의 불규칙한 매스가 눈에 띠었다. 인입 일체형 구조였다. 내실을 인입하여 구성한 처마형 공간들에 계단식 정원들이 설치되어, 산비탈처럼 경사진 부분의 돌출보들과 조화를 이뤘다. 또한 각 층마다 진회색 로지아의 기둥 또는 블라인드 아케이드가 재재소소에서 솟아올라 있으며 마치 정육면체를 들어올린 듯이 사선 돌출 구조로 느낌을 풀어낸 외팔보에는 흙을 메워 온갖 꽃식물들을 심어놓았는데, 그 새새로 나있는 오르막 계단을 거쳐서 최상층에 도달하게 되면, 12개의 황금색 정육면체들이 둘러있는 이태리 노단 건축식 정원에 들어설 수 있다.

멀리서 언뜻 보기에 거지중천(居之中天)에 떠 있는 '산림으로 뒤덮인 야산'을 떠오르게 할 만큼 그 모든 것 위에는 대지가 쌓

---

[1] 바벨의 아카드어

여있고 밖에서는 아무도 볼 수 없도록 설계되어 차별화된 아름다움을 풍기고는 있었지만, 정갈한 녹색물결이 잔잔하게 일렁이는 정원을 유심히 보고 있노라면 폐쇄성으로 지배욕을 숨기고 있는 핵심적인 흉물이라는 생각을 지울 수가 없었다.

그리고 공중정원의 큰 틀과 형식은 상당 부분 일률성과 정형성을 배제한 조형미로 두드러졌다. 공중정원을 둘러싸고 있는 실질적 외관이 불균형한 호박화석을 닮은 유리 외견이었고 밑받침부터 진회색 콘크리트가 지탱하되, 매우 세밀하게 짜인 철 구조물이 얼개를 이루고 있었다. 마치 '워터 볼'처럼 약간 일그러진 유리구 안에서, 불합리적인 세상의 단면을 대표하는 강렬한 상징체로 우뚝 서 있는 것이다. 또한 연면적 30,000평방미터의 웅장한 아름다움으로 무장한, 초록빛이 도는 랜드마크였고 독자적인 세계가 주는 향기와 색체로만 따지자면, 오만 거만 혼돈을 표상한 나선형 첨탑(유리건물)보다 절로 경이(驚異)할 정도로 도드라졌다. 더욱이 유리건물은 저주를 내리듯 주변을 거울처럼 비춰주는 반면, 공중정원은 수목으로 무성한 부분들이 드물게 노출되어 광도에 따라 주변을 드문드문 옅게 비췄기에 더 놀라운 구상미술처럼 느껴졌다. 보는 각도에 따른 햇빛의 변화는 다양한 색상의 매력을 제공하고 공학적 구성[1]으로 내부의 투명감을 눈부시게 강조하여 햇살을 받은 정원을 빛나게 만들었으며, 어

---

1) 커튼월 공법

둑한 저녁에는 다량의 투광등 효과까지 받아서 눈부신 연초록빛 장관을 선사할 것이었다.

―2―

우리를 태운 비행차량은 얼마 이따가 공중정원 1층의 로비(중앙정원)에 연착륙했다. 그러자 세로토닌 분비를 촉진시키는 자연채광이 우리의 불안전한 심리에 긍정적인 영향을 미치면서, 막 차량에서 뛰어내린 또리까지 마구 미친 듯이 야단을 떨었다.

"멍멍멍!"

"크크크. 휴우."

아기집사가 사뭇 진지한 표정을 지어보였다.

"신부님은 저를 따라와 주세요. 꼭대기 층까지 가서야 하니까."

"저기 아기집사. 왜 신부님만 따로 가야하지요?"

내가 의심스러운 표정으로 고개를 갸우뚱거렸고 녀석은 순간적으로 거판지게 대답했다.

"마지못해 교감을 허락했거든요. 어제 본 성직자 말이에요. 녀석이 신부님을 뵙고 싶어 해요."

그러자 주 신부가 물었다.

"그분을 어찌할 생각입니까."

의외로 차분히 묻는 주 신부의 가라앉은 눈빛에는 어떠한 일렁임도 느껴지지 않았다. 그러나 어찌 알겠는가. 그의 속내가 이미 바람을 벨 수 있는 기운으로 가득 차 있을지….

아기집사가 답변했다.

"해방할 예정이에요. 단지 순화교정이 잘되고 나서의 일이지만…. 그리고 지언 형! 신부님은 재소자를 교화해야 하니까, 이따가 만나세요. 차근차근 구경하시고."

"형제님. 까짓것 그래 주십시다."

주 신부가 의미심장하게 천천히, 씩 웃어보였다.

"그야 그러겠지만… 정말 괜찮으시겠어요?"

"또리나 잘 지켜주시죠. 곧 합류할 겝니다, 으라차차!"

주 신부가 또리를 안아서 나에게 넘겨주었다. 뭘 그리 처먹었는지, 대형견임을 감안하더라도 더럽게 무거웠다. 주 신부에게 슬며시 다가가서 속닥였다.

"그래도 좋은 게 좋은 거라고, 요놈이라도 있어야 안전하실 텐데요?"

"아닙니다. 오히려 말라빠진 형제님의 존망이 또리에게 달려있습니다. 껄껄껄. 또리야, 쟤를 좀 부탁하네."

주 신부는 또리의 머리를 쓰다듬으며 굳은 결단을 보였다.

그렇게 또리와 나는 중앙정원의 한복판에 떨어지게 되었다. 또리는 신이 나서 별생각 없이 떠들다가 내 윽박질과 눈총에 그만 벙벙하였고 무거운 정적이 흐르는 동안에 연방 궁둥이를 들썩들썩, 연신 고개를 갸우뚱대더니, 내 곁에 앉아서 비행 차량을 물끄러미 쳐다봤다. 우리는 알고 있었다. 아기집사는 영악해서, 행여나 공갈을 치거나 으르대도 별 소용이 없다는 사실을….

주 신부가 웃으며 우리에게 손을 흔들어보였다.

곧이어 탈것은 위로 점점 멀어졌다.

우리의 고개도 점점 위로 향했다.

끝내 그들은 시야에서 완전히 멀어졌다.

우리의 고개는 서서히 원위치 되었다.

두 수컷만이 한적한 광장에서 꺼벙한 얼굴로 남겨졌고 어처구니없이 삽시간 찾아온 고적함 속에, 두 눈을 동글게 뜬 채로 멀뚱대었다.

우리는 겁나게 지저귀는 새소리에 귀를 기울여야했다. 불안감에 젖은 눈길에는 초조와 두려움이 엇갈렸고 묘한 긴장감이 시간차로 유발되어 심장이 쿵쿵거렸기 때문이다.

그런데 나 역시도 천천히, 의미심장한 비소를 머금는다.

"<u>호호호</u>."

"멍멍!"

또리는 자신의 짐작이 들어맞았음을 알고 당장에 성화를 댈 듯이 내 눈을 노려보았다.

"아, 미안미안. 연기 좀 하느라."

실은 나와 주 신부는 주변을 암암리에 들쑤시자는 눈빛을 방금 교환했다.

"여러모로 이게 나아. 안 그냐, 또리야?"

"멍멍멍!"

어쨌든 잠시간 해방이었다. 어느덧 인체에 해롭지 않은 요란한 소리가 우리의 활력을 조금씩 자극하는 사물놀이 리듬으로 탈바꿈되었고, 그것은 마치 쏴, 하고 다가온 파도에 몽돌이 또르르 구르는 소리처럼 자연이 선사하는 음악이 되어, 다른 생각 없이 게으른 뇌에 밀려와 닿았다. 귓전이 시원해졌고 찌글거리던 속은 경쾌해졌다.

우리는 그대로 오감을 열면서 거닐었다. 신이 난 또리는 내 주변을 빙글빙글 돌다가 곳곳에 킁킁, 맘껏 영역표시를 해대더니 고목나무 한 그루를 정하여 그 둘레를 뱅글뱅글 맴돌았다. 나도 뒤따라 음이온과 피톤치드를 호흡하고는 최대한 정서적으로 안정하려 고목나무에 기대어 명상하였다. 그리고 어지간히 시간이 흐른 뒤에야 비로소 느긋이 주변을 둘러보았다.

노단 건축식 정원 한복판에 원통형 승강장이 설치되어있다. 정원을 기점으로 수십 개의 아치형 기둥들이 마치 중정을 감싼 줄기둥 회랑처럼 둘러싸고 있고 그 기둥들은 동서남북에 위치한 네 군데의 일직선 통행로(로지아)까지 정확한 간격으로 연결되어 깊숙이 미쳐있다.

"또리야, 일로 가자. 우쭈쭈쭈."

우리는 즉각 서쪽 방면의 로지아로 들어섰다. 아치돌, 홍예석, 이맛돌을 양옆에서 나란히 괴고 있는 열주들의 새새로 어두컴컴한 창문들이 보였다. 그리고 창문 너머에서 무엇인가 가로질러 지나갈 것 같은 을씨년스런 느낌을 받는 순간, 혹여나 하는 마음에 옴쏙할 수밖에 없었다. 썩 내키지 않는 발견이었다. 보나마나 텅텅 비어있는 사무실이 음습한 기운을 뻗고 있는 게 분명하다.

'설마 유령건물?'

그때서야 나는 거의 염탐하듯 관찰에 들어갔다. 탐탁지 않은 점을 자문해볼 필요성을 느꼈기 때문이다

'단지 시간 지체를 위한 계획일까?'

한가하게 배회할 틈이 없었다. 우리의 발을 묶어두려는 음흉한 짓이라면 얼른 벗어나야 하니까… 게다가 아직껏 검은 추종자들도 전무하지 않았던가.

마침내 우리는 로지아의 끝부분에 다다랐다. 군데군데 있는 처마형 공간과 계단식 정원, 그리고 어여쁜 덩굴로 꾸며져 있는 U타입 나선형 계단들이 눈에 들어온다.

'일단 가장자리부터 가보자.'

나는 빠르게 지나쳐서 돌출보에 설치된, 경사진 L형 층계에 들어섰다. 계단참에 놓여있는 큼지막한 화분들이, 실상은 허울만 좋은 상징체라는 사실을 말해주고 있다.

우리는 신경을 곤두세우고 사방으로 눈을 흘깃거렸다. 그 어디에도 금융기관의 활기와 실무자들의 생명력은 찾아볼 수 없었다.

'오케이. 2층 옥외실부터 훑어보자. 어쩌면…'

어쩌면 어제와 같이 그런 포로들을 목격할 수도 있었다. 우리는 이참에 탈출시켜야 한다는 생뚱한 사명감에 더욱 빠르게 올라갔다.

'이런 제기랄…'

말 그대로 젠장맞을 상황이었다. 2층에는 큼시막한 넝쿨로 장식한 백금분수가 전부였고 3층 옥외실에는 계단식 노천탕이 전부였으며 비어있는 방들은 여전히 수두룩했다.

나는 노천탕 위를 가로지르는 목교를 지나다가 또리에게 물었다.

"안 뜨겁냐, 너?"

또리는 바짝 엎드려서 닥터피쉬들을 노리고 있었다. 나는 녀석의 옆구리를 발끝으로 콕콕 찌르며 면박을 주었다.

"걔네들 먹을 거 아니다. 어디서 통통한 궁뎅이로 지금!"

"끼잉끼잉."

"너 그러다가 신부님처럼…"

순간적으로 문득 주 신부와의 첫 목욕탕 나들이가 떠올랐다. 고온으로 베게 삼고 이불 덮은 사우나에서 그는 고중량 스쿼트와 고반복 런지로 단련된 대둔근의 깜찍한 조화를 선뵈며 절로 웃음이 새어나오게 하였다. 그 거대한 궁둥짝의 경쾌한 리듬감에서 비롯된 수축과 이완은 단연코 놀라운 진기명기였다.

그러나 이내, 그딴 더럽고 끔찍한 기억을 스러지게 하는 깊은 시름이 가뭇없이 찾아왔다.

"또리야, 한번 잘 생각해봐. 여기 공중정원 은행과 가마쿠라 출판사는 무수한 자본을 확보해서 검은 성서를 태동시켰어. 근데 본연의 역할들은 그게 아닌 거 같단 말이지."

나는 적합성 여부로 명철한 분석을 시도하려 애썼다.

"가령 다른 꿍꿍이가 있지 않을까, 이거야. 정작 그리 처넣는 데도 살찐 흔적도 없고 광기를 앞세운 일들이 조용히 일어나고, 평범하게 벌어지고 고요히 나타나고…. 환한 대낮임에도 어둡게 느껴지고…. 대체 그런 현상이 어찌 작용한다는 거지?"

갑자기 이중 가리개 같은 고도의 수단이 느껴지면서, 뭐든 그렁저렁 무르익는 진행 과정과 현상이 어지럽게 터지며 연잇는 위기가 체감되었다.

'대관절 무엇이 도사리는 거고, 이번에는 어떤 걸 집어삼키려는 거야?'

그야말로 이환위리(以患爲利)의 지략을 발휘해야 할 때였다.

나는 다소곳이 경청하고 있을 저명한, 일개 대담자에게 눈을 돌렸다. 하지만 녀석은 멀찍이서 꼬리를 저속하게 흔들었다. 흡사 어벙한 표정으로 헤헤거리면서 환영인파에 답하듯 말이다.

"그거 처먹지 말라고!"

나는 또리가 수면으로 코를 맞대려 하자 재빨리 가서 발로 밀어버렸다.

「풍덩」

그러나 되레 내가 발을 헛디뎠고 결코 빠지지 않겠다는 처절한 몸부림 끝에 입수하였다. 요즘 들어 부쩍 비대해진 또리가 몸싸움에 전혀 밀리지 않은 점이 크게 작용했다.

녀석은 내 눈치를 살피더니만, 멀찍이 떨어져서 벌러덩 나자빠지는 시늉을 해댔다. 여느 반려견들은 주인장의 심기에서 이상한 낌새를 맡기만 해도 어찌할 바를 몰라 허둥대는데, 그대로 줄행랑을 쳐버리고는 죽은 척 돌아오지 않는 성견 따위라니⋯. 내 익히 두 번째 만남부터 진정성 없는 똥개인 줄은 알고 있었지만, 저리 교묘하게 견원지간과 각골난망을 오가는 똥개일 줄이야⋯.

"저저⋯ 우라질 것이! 어쭈, 너 거기 안 서? 게 서지 못할까!"

나는 계단을 통해 위층으로 향하는 또리를 냅다 뒤쫓았다.

"으르렁. 멍멍!"

"어우 씨. 얌마, 또리!"

이번에는 간이 배 밖으로 튀어나와, 아예 드리블을 시전 할 뻔하였다. 단숨에 6층까지 도달한 또리가 느닷없이 경계하고, 놀라고, 신경질적인 면을 보이기 시작한 것이다.

"으르렁⋯."

이번에는 사뭇 다른 느낌이었다. 무언가 낯선 것을 접해서 두려웠는지 자세를 낮추고는 세차게 울부짖었고 고요한 정원에 그 고함은 메아리쳐 한동안 흉흉하게 울면서 순식간에 공포를 불러들였다.

물론 또리가 철천지원수처럼 원망스러운 것은 맞지만, 주 신부와 함께 유일한 순망치한(脣亡齒寒)의 동반자가 아니겠는가. 나는 곧바로 다가가서 아무런 말없이 녀석의 놀란 가슴을 어루만져주었다. 급박한 심장 고동소리가 내 마음에까지 전달된다.

"어구. 우리 또리 놀랬쪄요? 괜찮아, 괜찮아. 저저 그냥 쇳덩어리야."

"낑낑. 낑낑."

나는 별말 없이 또리를 꽉 끌어안았다. 촉 처진 귀와 힘없이 늘어트린 꼬리가 볼수록 측은하여 따뜻한 마음과 온기를 담은 체온을 나눠주고 싶었다.

"그래, 그래. 더 들어와."

내 말이 끝나자마자 녀석은 머리를 더 깊숙이 들이밀어 내 뒷덜미에 비비적거렸고, 나는 꼬리를 미약하게나마 살랑대는 또리의 정서 상태를 확인하는 동시에 그 뒤쪽 공간으로 시선을 고정했다. 무려 열두 점의 청동기마상들이 앞발로 땅을 긁어대거나 들어 올린 채로 어떤 '두 조각상'을 에워싸고 있는 모습이 보였다.

빵빵한 갑바와 무쇠팔, 그리고 길고 긴 하체는 일반적인 조소보다 세밀하게 표현돼서 현실성으로 공포심을 증폭시켰는데, 나 역시 눈곱만큼도 긍정의 기운을 찾아볼 수 없는 그 전체적인 형상에 슬슬 근접하다가 말고 움찔해버렸다.

'이거 은근 쫄리는데.'

앞으로 나아갈수록 양쪽을 곁눈질로 힐끗대는 횟수가 늘어났고 극도로 긴장한 나는 먼저 왼편의 조각상을 유심히 쳐다봤다. 마치 '열반상' 같이 옆으로 누운 상태에서, 머리를 포함한 사지가 결여돼있는 형태였다.

다음에는 그 맞은편으로 시선을 던졌다. 오른팔로 햇살을 막으면서 매우 신중한 표정으로 왼손에 들린 서적을 바라보는 조각상이었다. 한쪽 다리가 잘려 나간 채로(혹은 떨어진 채로) 서 있었고 현실감이 생동적으로 넘쳐날 뿐, 거부감을 일으킬만한 이질감으로 버무려진 예술품이었다.

좋지 못한 인상이 가미된 난해한 졸작이거나… 어쩌면 무시무시한 내용을 담고 있는 경고성 거작이거나….

여하튼 저것이 어떤 의미이든 간에, 공중정원에서 장기간 체류하지 않게끔 유발하고 있다. 심지어는 검은 낙원의 염세적인 견해를 그들만의 세계에서 낙관적으로 풀어내고 있기에, 보는 이로 하여금 상상력을 파괴적 소재와 접목하도록 유도하고 있다. 가령, 포참(捕斬)이란 주제로 진행되는 아름다운 징벌이라든가 재앙이라든가 하는 폭력의 서사 같은 영감 말이다.

'분위기 탓인가, 이거 어째 싸하다.'

바로 그때였다. 내 피부를 갓 스쳐 지나간 선선한 미풍이 바로 이어서 서적의 책장을 조금씩 넘기기 시작했다. 나는 마치 메트로놈에 정신을 빼앗긴 사람처럼 그 시인성이 뛰어난 장면을 넋 놓고 쳐다볼 수밖에 없었다.

'검은 표지에… 백지들이라…….'

어느새 우리는 얼마든지 돌아설 수 있는, 차고 넘치는 시간적 여유가 있음에도 결국 호기심을 참지 못하여 다가가고 있었다. 그리고 끝내는 욕구를 해소하려는 그 순간에 어딘가에서 불온한 기운이 쏟아져 나왔다. 지금껏 겪은 요상한 경험과 고통스런 모험이 어설프게 느껴질 만큼 우리의 감각을 자극하며 이끌었다.

"멍멍멍!"

또리도 나를 따라서 멈칫대고 멈칫대면서, 그저 휙 돌아서 반대 방향으로 내딛고 싶은 심정으로 힘없이 근접하고 있다.

"낑낑. 으르렁…."

바로 그 순간, 그러니까 우리 발걸음이 거의 다다라서 그대로 넋을 놓고 있는 그 순간, 갑자기 서적의 책장들이 부챗살처럼 팔락이며 점점 빠르게 넘어간다. 제대로 된 눈길이 채 닿기도 전에 생경한 장면과 생기(生起)의 기운이 거대한 제동력인 이성과 불안감마저 상쇄시킨다.

그래서 나는 들여다보았다. 용기 있는 추진력으로 다가들어 읽어보았다.

—3—

나는 난데없이 치밀어 오르는 흥분을 멈출 수가 없었다. 그만큼 검은 서적의 내용은 변별적인 시각으로 가늠할 수 없는, 세밀하기 짝이 없는 기록들로 이뤄져 있었고 그 진행방식은 세밀한 경전과 문헌, 역사서처럼 언약, 역사, 사건에 기인한 기술이 주를 이뤘으며 그 실상은 격한 감정을 불러오는 동시에 숱한 위험 속으로 유인하는 마력이나 다름없었다.

한마디로 정의하자면, 고전적인 조건화로 말미암아 조작적인 조건화로 유지되는 결정체라고나 할까?

이내 나는 책에서 눈을 떼고는 멍하니 이렇게 생각한다.

'이게 실체였다니……'

그러고는 번뜩이는 눈초리로 재차 서적을 내팽개치고선 주변을 훑어보았다. 이어서 천장을 한번 쳐다보면서 정확히 3초간 심호흡을 한 뒤에 눈 평수를 확장하였다.

'그가 위험하다!'

나는 정원 밖으로 날래게 빠져나왔고 가장자리의 계단을 통해 꼭대기로 냅다 내달리기 시작했다. 어떤 불운한 기운을 감지했는지 또리도 사력을 다해 뒤따라와 앞질러 갔다. (다만 녀석의 뜀박질은 더뎠고 눈에 띄게 볼록한 똥배는 도드라졌다) 필히 무아몽으로 빠져들 수밖에 없는 상황이다.

「 칙령을 받은 미카엘 아가치는 가마쿠라에서 암살당했다. 그 이후로 주 신부와 유의 존재는 성서가 지닌 가장 큰 위험성과 능력을 알아내보려 늘 애썼다. 」

라는 사실이 애썼노라, 와 같이 다소 딱딱한 말투와 에스러운 문체로 검은 서적에 명시되어 있는 것이 아닌가. 게다가 공중정원 은행에 속박되어있는 청교도 목사(어제 만난 성직자)가 처한 상황이 보다 자세하게 전술되어있으며 그 내용에 관한 후술된 기록은 거의 전무한 상태였다.

바로 그거였다! 또한, 당신이 생각했던 바로 그것이다!

우리는 심대하고 불길한 징조만을 예상하고 부리나케 올라가야 한다.

'뭐든 먹어버릴 거야, 갉아먹는 좀벌레처럼.'

금시부턴 선택의 미로,
하지만 단순한 삶의 구조

내 머릿속에 아기집사가 비죽대는 장면이 떠오르며 머리가 절로 내둘렀다.

'뭐? 실은 안 그러는데 소문이 와전됐다고? 개소리하고 자빠졌네. 오히려 사실왜곡이 빈번하니까 심각성을 모르잖아. 다들 위험성을 망각하고 있다고!'

생각하며 나는 검은 서적을 먼저 접했던 주 신부가, 바티칸의 고명(高名)을 보호하려 대립각을 세웠던 이유를 곱씹어보았다. 또다시 상기해보았다. 아니, 확신하게 되었다. 주 신부는 바티칸이 원하는 바를 이루도록 돕는 전위세력까진 아니었지만, 일신상의 영리와 영달을 초개시하며 오직 본인이 옳다고 믿는 선과 현량의 홍성을 추구하는 고루한 꼴통보수였다. 그런데 그런 망나니 야차께서, 기하학적 추상으로 전위성을 드러낸 성서를 마주했다고?

어느덧 나는 주 신부의 일신상 안위뿐 아니라, 역시나 위험에 노출된 아기집사까지 신경 쓰고 있었다. 그리고 그런 와중에 최상층에 도달하게 되었고 이내 날카롭게 눈을 희뜩이면서 정중앙을 노려보았다.

아니나 다를까, 그 둘은 수직으로 세운 '검은 표상'의 조형물을 사이에 두고 찬바람을 일으키듯 대치하고 있었다. 그리고 그 조형물에는 어제 목격한 성직자가 매달려서 축 늘어져 있었다.

하지만 우리는, 날 선 태도로 그들이 일으키는 심오한 약육강식의 순환에 곧바로 편입될 순 없었다. 그들을 둘러싸고 있는 거대한 '유리 미로'가 우리 앞을 가로막고 있었기 때문이다. 대강 봐도 복잡한 짜임새 너머에는, 힘없이 매달린 성직자와 자신에게 닥친 위험성을 경시하는 주 신부가 유리장벽에 겹겹이 포위되어 애처로이 고립돼있었다.

우리는 근 미래에 피비린내가 진동하지 않기를 바라면서 급히 입구를 찾아 나섰다.

「끼이익」

한동안 헤매던 우리는 마침내 미로 안쪽으로 통하는 입구를 용케 탐지하였다. 마치 비밀의 화원처럼 꽃과 열매들이 서로 옹기종기 손을 맞잡고 상주하는 나무문이 유독 햇살이 어루만져주는 아이비와 마삭줄(덩굴식물)에 일부만 가려진 채로 발견된 것이다.

우리는 마침내 미로의 내부이자, 화려하다 못해 눈부신 '유리화원'에 도달하였다.

나는 덩굴들의 갈라진 새로 틈틈이 주 신부 쪽을 확인하면서 막 악몽에서 깨어난 사람처럼 정신적으로 비틀비틀 나아갔다. 혼곤하였다. 그도 그럴 것이, 순식간에 가시덩굴 통로의 끝없어 보이는 환상에 갇혀버린 것이다. 시간이 흘러도 계속 같은 자리로 되돌아오거나, 정신이 그대로 반복되는 데자뷰에 머물지 않을까란 불안감에 휩싸였다. 낭패였다. 게다가 서둘러 겁보 정신을 추슬러서 발걸음을 떼는 찰나에, 웬 장벽 같은 유리막이 한껏 마음을 다잡은 나를 막아버렸다. 의외로 쉽게 목표점에 다다를 수 있으리라 생각하고 불과 200미터 남짓 걸어왔을 뿐인데, 통로가 막혀버리다니… 그것도 무려 바닥에서 튀어나와 앞길에 당당히 버티고 있으니 기가 찰 노릇이지 않은가.

나는 우리를 가로막은 유리막을 통해서 맞은편을 건너보았다. 마찬가지로 갖가지 넝쿨들로 치장한 유리막들이 복도 양쪽으로 지켜보듯 길게 늘어서 있었고 다만, 그 유리막들 사이에 이열종대로 심어져있는 수목들이 반원형 고리 모양으로 형성되어 줄지어 죽 뻗어있는 것이 다른 점이었다.

우리는 유리문에 접근해서 위아래를 훑어보았다. 흡사 플라멩코의 기이한 리듬, 무한한 변화대로 떨어져서 수수께끼의 음계처럼 수를 일궈낸 꽃잎들이, 유리문에 반사된 신비로운 형태로 눈에 들어온다.

'설마 화려한 독버섯 같은 건 아니겠지?'

나는 주위를 살펴보았다.

모든 것이 조용했다.

그리고는 잠시간 망설이다가 조심스럽게 유리문을 만지작거렸다.

역시나 모든 것이 고요했다. 양 벽면이 급격히 좁아지는 불상사는 일어나지 않았다.

바로 용기를 얻은 우리는 꽃잎들로 형형색색 물든 바닥을 내려다봤다. 그러고는 기다란 모양으로 군데군데 펼쳐진 알록달록 양탄자를 발로 흩뜨려보았고 또리는 한술 더 떠서, 구석구석을 쿵쿵대며 비밀장치 수색에 나섰다.

"신부님. 무서운 표정이세요."

난데없이 아기집사의 목소리가 그 순간 들려왔다. 어린이 특유의 카랑카랑한 목소리가 바람을 타고 또렷하고 줄기차게 들려온 것이다.

그러면서 우리를 막고 있던 유리막이 스르르 열리는 동시에, 양 유리벽들이 LED녹색등처럼 순차적으로 점등되었다.

'이거 뭐 하자는 거지? 따라오라는 건가?'

나는 그 즉시 통과하여 몇몇 구간을 빠르게 거쳐서 지나갔다. 그러자 녹색불이 점등되는 속도가 더뎌지더니, 아에 우리 좌측에 있는 유리벽이 열리면서 빨간불로 전환되었다.

우리는 빨간불이 깜빡이는 좌측으로 들어갈 수밖에 없었다. 처음 맞닥뜨리는 갈림목이자 예스러운 멋을 풍기는 방이었다. 사방은 온통 황금테를 두른 거울들이 걸려있고 꽤 높은 궁륭 천장과 내벽에 설치된 촛불 샹들리에의 불빛은, 비로소 열두 개로 갈라져 나가는 장소를 은은하게 비추고 있었다. 아무래도 그간 줄곧 이어지던 모호한 향방이 어떻게 전개될 것인지를 선택할 불가피한 시작점 같았다.

그런데 어떠한 연유로 그 선택지를, 맨 우측 단 하나의 문짝에만 스테인드글라스를 설치하여 강제하고 있는 것일까. 나는 진로를 방해하는 그것의 숨은 의도와 메시지를 스테인드글라스를 보며 유추해보았다.

"하나둘 셋 넷 다섯 …… 총 열두 명이 붉은 원탁에 둘러 앉아있고…. 쟤는 누가 봐도 아기집사 놈이고… 저 얼굴들은… 저 이목구비는……."

한참을 잊고 있던 기억들이 모락모락 피어오르더니 번지듯 퍼져나간다.

'가마쿠라 켄초지…. 한… 한소보 가라스텐구!'

기어이 떠올라서 심장이 두근거리다 못해 터질 지경이 되었다.

"들어오라."

그 순간 누군가의 목소리가 허공에 메아리쳤다.
깜짝 놀란 우리는 약간 몸을 웅그렸다.

"그는 곧 움직일 것이다. 들어오라."

무감정만이 느껴지는 말투였다.

"거리는 곧 좁혀질 것이다. 들어오라."

저 말인즉슨, 정황상 버티지 말고 냉큼 들어오는 것이 신상에 좋을 거다, 라는 협박이었다.
그래서 우리는 문득문득 내빼려다가 맨 우측 통로로 주춤주춤 들어서버렸다. 어서 주 신부가 있는 중앙무대로 가야한다는 일념하에, 어쨌거나 또다시 의문의 목소리가 들려온다면 일단 순순히 응해야 했다. 본디 희비극이란 것이 내용은 비극적이며 문체 양식은 희극적인지라 방심할 수는 없지 않겠는가.
우리는 구린내 풍기는 어둠을 헤집으며 걸어갔다. 갖가지 거울들과 촛대들이 왠지 금일에는 벗어날 수 없다는 듯이 근근이

빨간빛을 반사해서 경고를 날렸다. 그때였다

"설마 방해하시려고요?"

별안간 아기집사의 목소리가 다시금 생생히 울려 퍼졌다. 속된 말로 짓이기고 싶을 만큼 얄미운 말투였다. 주 신부가 답했다.

"그래야 하지 않겠나? 자네가 말하는 해방이 죽음이라는데… 달리 방도가 없지 않은가."

"죽음이 아니라 해방될 기회를 주는 거예요. 생각해보세요. 돌발 변수가 있어봤자, 주어진 감정 속의 정해진 악순환이 인간사 아닌가요? 서로 쫓 쫓기는 행태. 서로 죽이고 잡아먹는 행위. 그리고 진정으로 소멸되는 죽음…. 그냥 거기다가 특정 변수를 두어 허용편차를 확대한다는 거예요."

.

이전 시대(A.D) 랍비처럼?

.

그런데 그 순간 나는 문득 거울을 쳐다보았다. 무척 일그러진 표정에 번뜩이는 눈까지… 그야말로 악하게 보이는 익숙함이다. 더군다나 어떤 검은 형상이 내 뒤편으로 쓱 드러나서 물어보려 한다.

"너… 감당할 수는 있겠나?"

나는 선뜻 뒤돌아볼 수 없었다. 아니, 애초에 그럴 엄두조차 나지 않는다. 그 정도로 저것, 미스터리 이상자는 '검은 뒤태' 하나만으로도 극악의 공포를 안기며 등판과 이마에 진땀을 송골송골 맺히게 하였다.

'정말로 이상증세일까? 늘 주 신부가 얘기하는?'

급기야는 진땀이 겨드랑을 타고 흘러내린다. 내가 거울에게 물었다.

"네가 설마 주범이야? 이런 엿 같은 짓을 꾸며낸?"

"그대로 나아갈 것이냐, 되돌아갈 것이냐. 어차피 결과는 정해져 있다."

"개소리 말고. 묻는 말에나 대답해."
"이 미로는 잔학하고 무자비한 고문실이다. 제2세계의 불가역성을 모방한 축소판이다. 너는 이 세상, 3세계 유지의 본질을 망라한 '소 지옥'에 들어와 있다."

"흥! 우주 인수분해하고 자빠졌네. 대체 누구냐, 너."

"그 옛날 에타나와 함무라비가 접한 광명(천사)이 말했노라. 너는 무자비한 순환에 편입되어선 아니 될 존재…"
"아니, 너님 위대한 예언자세요? 그 말을 나더러 믿으라고?"

"나는 너의 아득한 형제이다. 네가 현재 겪는 감정, 겪은 감정을 그대로 공감하노라."

그때 주 신부의 격앙된 목소리가 다른 무대로부터 들려왔다.

"그딴 수작질로 죄악을 호도하지 마시게!"

"죄악은 이놈에게나 물으세요, 신부님."

녀석이 성직자를 내리까는 듯한 말투로 자질구레한 이유를 내놓는다.

"이 새끼 죄목은 익명성 악용! 성직자라는 익명으로 자신 스스로 위대해진 작자라고요. 매번 조예가 깊은 척 비방하고 훈수 두고. 지들이 믿는 것만 진리고, 믿고 싶은 것만 진리죠. 실제로 메시아가 온다 한들 정작 일갈해버릴걸요? 이 바리새인 새끼. 킥킥킥."

"응당, 사두개파의 부활을 보는 것 같군그래. 이보게, 아기집사. 자네 역시… 사두개인의 후예라고 자처하는 겐가? 그나마 메시아라고는 안 해서 다행이네만."

"아…. 마르코 신부님은 반응이 달랐는데…."

"……"

나는 마구 불어 닥친 이중고의 상황에서도, 주 신부의 반응만이 머릿속에 그려졌다. 당연히 주 신부는 이렇게 반응한다.

"방금 뭐라고 지껄였나."

"악의로 내뱉은 건 아니에요."

아기집사는 익살스럽게 콧구멍을 쑤시며 히죽거렸다. 그리고 주 신부는 쌍심지 돋은 눈으로 말을 내뱉었다.

"더는 내 임계점을 실험하지 마시게."

그는 잠시 말을 끊어서 호흡을 가다듬었다. 더욱 눈에 힘을 줘서 무서운 기세를 내뿜고 있음이 분명했다.

내 예상은 적중했다. 주 신부는 정확한 발음으로 한마디씩 또박또박 힘주어 말했다.

"당장 응분의 대가를 치르기 싫다면 말이야."

"우와. 협박이다, 협박! 마르코 신부는 참된 해방을 궁금해했는데. 다르다, 달라. 킥킥킥."

"그 이름, 입 밖에도 내지 말게나. 마지막으로 정중히 부탁하네."

"헤이, 고귀한 아저씨."

아기집사는 주 신부의 반응을 무시하고는 한껏 고자세를 취한 채로 성직자에게 물었다.

"당신이 나 대신 말해줄래요? 그 모순점에 관해서?"

"주 신부님…. 우리는 참된 해방과는 무관한 장치로 구걸한 겁니다."

성직자는 '자아표식'형에 처한 상태에서도 바닥에 흩어져있는 성서 쪼가리를 쳐다보며 쿨럭쿨럭 연이어 답했다.

"자정작용이 불가한 인류에게… 헛된 희망으로 순종을 강요했어요."

"이보오, 목사 양반. 아무렴 어떻소, 지금 이 마당에…."

"저는……."

"타락한 세대가 판치는 세상이오. 저딴 거짓에 선동되지 말고, 나와 함께 참된 복을 좇아 호사를 누립시다."

"킥킥킥. 너무 무책임해요. 다시 가서 죽음과 죄악의 굴레에 들어가라니."

말하면서 아기집사는 서서히 갈퀴눈을 만들어 성직자를 째려보았다. 그러자 성직자는 주 신부에게 움찔움찔하면서 답변한다.

"아… 아닙니다. 이젠 거짓 자유를 내세워 자족감을 주기 싫습니다…"

"킥킥킥. 나는 전심으로 부정합니다, 이거로군요."

이번에도 아기집사가 껴들어서 주 신부의 성질을 건드렸고 주 신부는 다급하게 녀석을 나무랐다.

"거, 되도 않는 소리 지껄이지 말라 일렀네. 거 더러운 입 한 번 더 놀려보게나."

"쉿! 잠시만요, 잠시만."

"살… 살려줘…"

갑자기 성직자가 흐느끼기 시작했다. 그러자 아기집사는 점점 고양감에 빠져버렸다.

"크크. 꼴값 싸고 앉았네. 죽음과 죄악에 압도당해서리. 킥킥킥. 살려달라네요?"

녀석의 지나친 환원주의적 태도는 상대방을 위선자라 치부하

1장\아기의 레퀴엠_131

는 그 자신을 여실지견(如實知見)한 터득자로 과장시켰다. 하지만 그것은 녀석이 처했던 어떤 극고한 환경을 기반으로 형성된 것임을 나는 알고 있다.

그리고 나는 악몽을 꾸고 있다. 거울에 비친 내 얼굴은 녀석의 악습을 이어받아 더욱 괴기하게 바뀌어갔고 그 표정 속에 폭력성이 여실히 드러나면서 느닷없이 녀석의 내면세계를 묘파해내어 그 나약한 존재의, 고통의 타자화된 삶을 조롱하고 싶어졌다. 패배자로 취급하고 싶어졌다.

"저 안하무인 호구자식이 괴랄한 힘 하나 얻었다고."

또리는 걱정스러운지 자신의 몸을 내 다리에 비비적거렸다. 나는 또리를 발로 밀쳐내며 말했다.

"찢어 죽여도 시원찮을 새끼. 이런 시발…. 그만둬, 이 새끼야!"

나는 부릅뜬 눈으로 거울 속의 그림자를 응시하며 큰소리쳤고 그러자 그것의 두 눈동자가 미동도 않고 나를… 붉게 물들며 쳐다봤다. 그리고 아기집사는 폭언에 가까운 직언을 연거푸 서슴지 않고 결행한다.

"있잖아요, 신부님. 제 역량의 한계점은 명확해요. 끊임없이 살아가는 이유를 탐구하고 맞서고 결정해도 마찬가지였어요. '바꿀 수 없어, 어쩔 수 없어'를 매번 합리적인 방편인 양, 현실 타협의 고리역할로 애용했었는데…. 그 진리의 체현자는 다르더라고요."

녀석의 메이나시 언급에 주 신부는 움찔했고, 나는 그 공전절후의 존재를 사모하던 '렌 하루코'를 떠올렸다. 아기집사가 말을 이었다.

"예전에는 왜인지도 모르고 애써 합리화거리로 위안을 삼으며 눈앞에 놓인 현실을 잡았는데, 어느 날 그 형이 일러줬어요. 태어날 적부터 꿈이 결여된 자는 없다, 단지 불규칙한 나선에서 필히 놓아야 할 허상으로 변모하고 그나마 평등한 죽음과 그에 닿는 과정은 흉포하여, 날로 쇠약해지는 영육으로 광대한 의기를 꺾는다."

아기집사는 어이없다는 듯이 슬슬 앙천대소(仰天大笑)할 기미를 보이며 상천(上天)을 올려다보았다.

"아… 조화옹이여. 왜 공평한 기회를 주지 않았나요? 왜 가혹한 형편에 무거운 멍에를 지웠나요? 왜 순리로 협박하고 정해진 삶이라 강요하나요, 대체 왜!"

"다가가라."

그 순간 때마침 거울 속의 그림자가 내게 중얼거렸다. 이때다 싶어 나는 그에게 말을 걸었다. 한때의 나처럼, 자신 외에 모든 것을 타자화하며 스스로에게 일상적인 차별을 가하는 아기집사가 이제 그만, 본인을 고립하는 행위를 그쳤으면 싶었다.

"제발 쟤 좀 말려봐. 당신이라면 가능하잖아!"

"불가하다."

그림자의 목소리가 메아리처럼 퍼져나갔다. 내 안에서 퍼지는 것인지, 아니면 통로 안에 퍼지는 현상인지의 여부는 확실치 않았다. 다만 이마의 식은땀을 훔쳐내고는 숨을 깊이 들이쉰 다음, 한동안은 불안한 한 걸음, 한 걸음을 재촉하며 내디딜 수밖에 없었다.

'그저 어둠 속을 탐지하고 있는 건가? 제대로 다가가고 있는 거야?'

그래도 두 경우 모두 불행 중 다행으로 맞는 듯했다. 거울 속 그림자는 계속해서 따라붙었고, 덕분에 내가 '저 그림자는 마음속에 있어왔다, 불가능하다'라면서도 흐트러진 옷을 여미며 나아가고 있으니 말이다.

"주 신부에게 원하는 게 뭐야."

그 와중에도 나는 고개를 한 번 끄덕인 뒤에, 긴장을 완화해보려 억지로 대담하게 물었다.

"또, 내게 원하는 건 뭐고."

그러나 그림자는 굳이 대답할 가치가 없다는 듯이 어두운 통로보다 길고, 마치 가시방석 같은 침묵을 유지하였다.

"불허할 것이다."

다행히 그림자는 반응을 보여주었다. 내가 재차 물었다.
"누가 불허한다는 거지?"

"세상의 이치가 그러하다."

이번에도 그림자는 답변을 건너뛰고는 바로 말을 잇는다.

"어둠에서는 밝은 곳이 훤히 보이나, 밝은 곳에서의 어둠은 명백히 보이진 않는다. 우리는 변천하는 시대 속에서도 흐릿하게 존재하는 절대불변의 암."

그러더니 거울 속의 깊은 안쪽으로 몸을 천천히 움직였다. 그 멀어지는 뒷모습이 어둠에 점증적으로 잠식되어간다. 그림자는 말했다.

"하나 필히 어둠이어야 할 너의 눈은 '명'으로부터 벗어나 어둠에 익숙해지고 있다. 너는 확대되는 어둠에서도 어둠을 알아보고 있고… 우리의 비참하고 침통한 진실이 너의 내면으로 점진한다. 그리고… 가닿는다."

"그냥 당신이 여기로 넘어오면 안 돼? 그게 싫다면, 니들 스스로가 그곳 어둠을 밝혀줘. 더 손쉽게 너희의 진정성을 알 수 있게끔."

"그리하면 진실은 묻힌다. '명'에서 마주하게 되는 날은 만인이 행하는, 선악을 명확히 구분하고자 하는 경향으로 반드시 소멸한다."

"아니아니…. 예전에 수녀님한테 들었는데, 마귀들은 자신이 만천하에 드러나는 걸 싫어한다고 하셨거든? 그래서 은밀히 어둠에서 지랄하는 거라고. 만약 자신들이 대놓고 설쳐버리면 선의 주체, 신의 존재까지 드러나서 만인이 인식해버리니까. 그걸 토 쏠려한다고."

"이 몸이… 우리가… 그리도 악한 존재라 여겨지는가?"

그림자는 왠지 골육에 사무친, 세상에서 가장 고독한 기운이 베여 있는 호흡과 목소리를 내보였다. 이내 그 호흡을 나는 더는 지체하지 않을 호흡으로 이어버렸다.

"그럼 아니던가? 너희들도 인간이 역겹잖아. 그리고 신을 혐오해야 가능한 행보를 보이잖아!"

"어리석은 판단이다. 선악을 파악한다는 것은 무언가로부터 규정된 상호의 극명한 성질이 주입되어야 가능하다. 선을 알기에

악을 알고, 악을 알기에 선의 기준을 파악할 수 있다는 말이다. 그렇기에 너는 미추 판단의 객체가 되는 실재들을, 빛의 진원인 '무'의 어둠에 익숙해진 눈으로 철저히 주시해야 할 것이다. 그렇게 너는 각기 상반된 목적을 추구하는 '명암' 모두를 주시해야한다. 마치 어딘지 모르는 세상, 그 틈새에서 바라보듯이, 저 광란과 진통 일색인 밝은 무대를 바라봐야만 한다. 한때의 나처럼 우리가 넘어선 안 되는 진실의 경계에서 밝은 표면을 한 꺼풀 벗겨야 한다. 그리하면 너는 마주할 것이고 알게 될 것이다, 그 어떤 부정도 범접할 수 없는 어두운 이면을. 그리한다면 가까이 다가간 것이다, 참되고 내밀한 진리에."

"나보고 당신 말을 믿으라고? 죽음, 파괴, 세상 적대가 골자를 이룬 아전인수격 견강부회를?"

"빛을 등진 자의 얼굴은 짙고 짙은 어둠에 가려져 있는 법. 우리 눈에도 보이지 않았다. 눈이 부셨기에 그 현상에만 집중했다. 겉치레에만 참된 의미를 부여했고 중대시했다. 그 주체가 내린다는 기적, 희망 따위에만 몰두했다. 실수였다. 좀처럼 눈치채지 못했다. 만민이 예도옛적부터 마주하던 표정이 머금은 비소를…. 눈이 부신 만큼 진해진 어둠, 그것과 공존하는 진리의 진의를…."

"참 참신하지만…. 우리에게 있어 악은, 당신 같은 존재가 어울려."

"전환이 필요한 발상이다. 만민은 빛이 아닌, 어둠에서 영위한다. 악이 내재된 세계에서, 어둠이 내면화된 피조물로서 존재한다. 진정한 빛을 갈구할 수 있는 까닭은 영속한 도탄에 빠져 끝없이 빛과 희망을 호소하는 진정한 암흑에 있기 때문일 터."

"그러니까 실은 우리가 어둠에서… 어둠의 세계에서 존재한다?"

"그러하다."

"그럼 타락한 존재라는 말이야? 겨우 진정한 빛을 알아볼 수 있다고 악, 악마라고? 우리를 잠재적 죄인으로 대한다고?"

"인류를 내몰려는 취지는 아니나, 그러하다."

"흥! 이 시점에서 웃으면 당신의 존재가 우습게 되려나? 다시 한번 말하지만, 이 세상에서 널리 통용되는 악마란 '악의를 품은 자'가 아닌, '악행을 저지른 자'를 일컬어. 물타기 하지 마."

"네가 아는 세상이란, 허울뿐인 허상이다. 그 안에서의 만고불변의 진리라면, 더는 들을 필요 없다 해도 무방하다. 그러니 근본에 접근해라. 세상은 악의가 의심되어도 악으로 인식하려 들지 않느냐? 악의를 품고 있기만 해도 부정으로 간주하지 않느냐? 악의를 드러내기만 해도 나쁘다 낙인찍지 않느냐? 악행위 없이 악의가 드러나기만 해도 죄인 취급을 하지 않느냐? 본질에 다가들어라. 너희에게 악마란 허구는 악의만을 품고 악행을 저지르지 않는다 해도, 그 자체로 악인 것이다. 근원을 건드려라. 악이라 여겨지는 모든 것을 강렬히 거부하는 너희들의 행위는 그만큼 악성을 내면 깊숙이 품고 있음을 반증한다. 거부반응이 아니다. 자의식 심부에서 폭력성이 반기는 동질적 반응이다."

"시끄러워."

"바로 그것이 너와 나, 우리의 존재 이유로 이어지고. 더 나아가 우리의 실체로 세상 정체의 진실을 가리기 위해, 선택 당했다는 말이다."

"꺼져버려."

"우리는 만민의 악성을 억제하고 선성을 고취시키는 통제장치로써."

"꺼져버리라고."

"자신을 희생하여 만인의 무의식적 폭력성의 욕구를 해소시켜주기도."

"시끄럽다고."

"그들의 성찰의 계기를 확보시켜주기도."

"제발…."

"그들이 자존하도록 도움을 주기도."

"꺼지라고."

"그들의 정체성이 선성에 가깝다며 미혹해주기도."

"제발 좀…."

"그들 자신이 악으로부터 멀어지길 발원(發願)하도록 유도하기도 한다."

"꺼져버리라고!"

"이것은 모두, 선악의 발원이자 생명의 기원인 조화신과 그에게 평안을 비손하는 거죽들을 위함이다. 우리야말로 그들을 위장해주는 중책을 껴안은 어두운 빛살."

빛살 같은 어둠이다.

—2—

나는 곧바로 반격했다.

"터무니없는 억측일랑 말고 착각도 하지 마. 그런다고 너희가 자애를 베푼, 베풀 입장으로 탈바꿈되진 않으니까."

"어리석다. 그 거짓된 빛처럼 사모 받을 지위에 집착하지 않는다. 추구하는 바가 다르고 방향성이 다르다. 어차피 진정하게 도래한다. 가까운 시일, 어느 때에."

"적어도 구세주로서는 마땅하다, 이거냐? 근데 그럴 일 역시 추호도 없을 거야."

"깨우처라. 깨어나라. 담대히 하라. 만약 각성치 못한다면, 언젠가 숙명처럼 대면할 그것의 실체는 너를 실지에 빠트릴 것이다."

그렇게 그림자의 이야기는 일방적으로 막을 내렸다.

그러면서 내 주변에 마치 물감이 번지듯 황홀한 하얀빛이 덮쳐왔고 우리를 대번에 감싸는가 싶더니, 바로 뒤따라 냉기로 스며드는 뇌리에 아기집사의 확고한 표정과 시건방진 목소리가 환영처럼 스쳐 지나간다.

"호호호. 신부님. 이래도 신이 완전무결한 존재로 제 안에 자리 잡아야 하나요? 이래도 물고 늘어지며 빨아재껴야 해요? 이래도 똥개마냥 꼬리 흔들며 핥고 구걸해야 돼요?"

아기집사는 주 신부에게 거칠게 물었다. 더욱이 녀석은 성직자를 향해 위하적인 기세를 유지하며, 주 신부를 난처하게 만들고 있었다.

주 신부는 고개를 한 번 천천히 끄덕여 목례를 보내고는 차분히 대응했다.

"자네 말이 맞네. 공평하지 않으시지. 그러나 균등한 기회를 주셨네. 만백성이 죄 사함을 받을 수 있도록 독생자를 내려주셨으니까. 천주 곁에 이르도록 말일세."

"하긴 축복의 통로가 열린 것은 부인 못할 업적이에요. 위대한 분의 위대한 선택이 죄악의 뭍에서 천국에 닿는 길을 뚫었어요. 근데 그것도 태어난 환경에 따라 천차만별이어서요. 그럴 기회조차 없는 애는 독생자가 뭔지도 모른다고요."

말하면서 녀석은 성직자를 또다시 해하려는 느낌을 주었다.

"그리고 그거… 성삼위일체요. 그거 조로아스터교 표절 아니에요? 크하하하! 너는 뭐라 생각하니? 이 거짓새끼야."

"끄아악!"

예감은 적중했다. 녀석은 귀송곳을 이용하여 성직자의 귀를 뚫고는 '거짓장이, 위선자'라는 귀표를 달았다.

"이제 그만! 이제 그만두게나, 제발….'

주 신부는 격노하여 조만간 이성을 잃을 듯이 큰소리쳤지만, 이내 간절히 전심으로 사정하며 안달복달했다. 그러나 아기집사는 아랑곳하지 않고 평온하게 말을 이었다.

"독생자는 무슨. 크크크. 과연 그럴까요?"

"더는 유린하지 마시게. 부탁이네."

"마르코 신부는 어찌 생각했을까요?"

"……."

"갑자기 궁금하다. 우리를 이 혼돈지옥의 패자처럼 여겼는데, 로마 교단에 뭐라고 보고했을까?"

"네 이놈……."

아기집사의 모욕적인 언사에 주 신부는 마침내 서슬 시퍼런 칼날을 드러내며 격노하였다. 마지막 경고를 의미하는 반응이었다. 그러나 아기집사는 아랑곳하지 않았다.

"크크크. 주 신부님은 어때요? 자아표식을 따라서 영원을 소유해보실래요? 킥킥킥. 죽음이 무섭다고 거짓 이념에 의지하지 마시고요."

"정녕 천벌이… 세상이 두렵지 않은가?"

"네. 안 두려워요. 그는 해낼 거거든요. 깊은 심연의 두려움마저 종식시킬 거예요. 이 지옥에서도 수많은 영혼을 해방시킬 거예요. 그리고 절대적인 미지의 존재가 아닌, 숭고한 친구로 남아 하나가 될 거예요. 무려… 영원한 생명 안에서요."

나와 또리는 어느새 그들을 가까이에서 보고 있었다. 불과 150미터 남짓 떨어진 곳에서, 두 맹수가 엄청난 내적 에너지로 서로를 겨냥하고 있는 모습을 어둠 속에서 멍하니 바라보고 있었다. 그러나 더는 전진할 수 없었다. 우리 앞을 가로막은 거대한 유리막이 그 비극의 무대를 에둘러 싸는 형태로, 철저히 경계선 역할을 했기 때문이다.

그런데 그 순간 위험을 감지한 또리가 유리막을 마구 긁어대기 시작했다.

"으르렁… 멍멍멍!"

무척 거친 반응이었다. 당황한 나는 자세히 살펴보려 유리막에 얼굴을 들이대었다.

아기집사가 멋드러진 '황동 창'을 지닌 채로 성직자를 향해 움직이고 있었다. 한 마리 원숭이가 되어 성직자 뒤에 놓인 이동식 철제계단을 올라가서, 곧바로 성직자의 머리 옆으로 본인 얼굴을 드러내었다. 그러고는 일순의 망설임도 없이 그의 목을 졸라서 뇌로 향하는 혈액의 흐름을 막았다.

그러자 성직자의 입아귀와 아랫도리에서 분비물과 배설물이 쏟아져 나왔으며, 주 신부는 기절초풍할 충격적인 장면에 경악하여 소리쳤다.

"그만두지 못할까! 이 무슨 죄악인가!!"

"신부님. 어차피 인생은 나선형이 아니라, 결국 과오를 저지르게 되는 원형의 굴레에요."

녀석이 바로 반응하고는 시물새물 웃으며 말을 이었다.

"그러니까 저처럼 현명하게 대처하신다면, 참된 해방을 맛보실 거라고요."

"야! 이 개새끼야!!"

내가 부르짖듯 고함쳤다. 그러나 그들은 겹유리 방음장치 탓에 들을 수조차 없을뿐더러, 나는 두툼한 유리막을 치는 실속 없는 행위만을 보일 수밖에 없었다.

어쩔 수 없이 그대로인 채로 발을 동동 굴렀다. 당장 시무책이 필요했다. 그때였다.

'유의 존재. 이지언…'

아기 집사였다. 녀석은 익히 내 위치를 알아채고 대화를 시도한 것 같았다.

나는 또리를 쳐다보았다. 여전히 미친 듯이 유리막을 긁고 있었고 나는 무대를 재차 쳐다보며 철퍼덕, 급박함에 분심하여 주저앉았다.

그 순간 또다시 녀석의 목소리가 머릿속에 울려 퍼졌다.

'저를 미치도록 패고 싶으시죠?'

나에게만 들리는 것이 분명했다. 아무쪼록 내 절박한 심정이 그 광기의 환청에 진실로 닿는 동시에 의젓하고 당당히 맞서야 어그러지지 않으리라.

'어, 맞아. 너의 썩은 근성은 패지 않으면 답이 없을 거 같거든.'

'……'

너무 당당한 대처였나? 급 후회감이 밀려왔다. 더 늦기 전에, 내 집 나간 정신머리를 찾아야지만 그들을 보호할 수 있으리라.

녀석이 파안대소하며 반응했다.

'크크크. 역시 서로의 거울이라니까? 형 지금 쫄리죠?'

'뭐?'

나는 허점을 간파당한 느낌에 주춤거렸다. 상황도 상황인지라, 심리 노출을 최소화하여 마지못한 척 응했어야 했는데, 불길한 예상을 앞당기는 치명적인 실수를 범하고야 말았다.

나와 또리는 그들에게서 눈을 떼지 않았다. 아기집사는 무질서한 정신세계를 보여주듯이 폭력성을 유지한 채로 안타까운 표정을 지어보였다. 위협적인 상태, 아니 순간이었다. 몇 마디를 주 신부에게 건넨 녀석은 뒤이어 성직자의 얼굴에서 심줄이 불쑥 솟도록 삽시에 힘을 가하는 행위를 보였다.

그러자 도끼눈을 치켜뜬 주 신부가 싸늘하게, 이번엔 무감정으로 말했다.

"예부터 그런 식으로 입장을 견지해왔나? 죽음이 빗겨간 영원으로?"

기왕 이리된 거 이판사판이라는 무미건조한 말투였다. 이외였다. 평소 같았으면 이미 살출할 태세를 취했을 주 신부였다.

"감히! 죽음으로 내몰면서!!"

그러나 역시 아니었다. 마치 더위 먹은 광견의 발광만큼 살기를 뿜어대는 주 신부의 패기는 주변을 압도해버렸다.

물론 만고불멸, 만대불후 같은 내용으로 현혹하는 고전적인 기만, 농간, 사술의 영역은 불비한 논리를 보충할 리도 없는 억지가 다반사이기에, 그 독기를 부득불 파독해야하며 그 협잡꾼을 불가불 엄중히 다스려야 하는 것이 맞다. 그러나 주 신부가 스스로 심화를 다스리지 못한다면, 녀석의 교묘한 위협에 빈틈이 노출되면서 되레 카운터를 허용할 수도 있지 않을까?

그 순간 아기집사는 내게만 대화를 건넸다.

'지언이 형. 저번에 존 아저씨가 그랬는데, 자신에게 해를 끼칠 것들에는 가족도 포함시켜야 한대요. 나에 대해 잘 알고 인정이 메마르지 않을수록 경계해야 하고, 진정성 있는 조언과 그걸 듣는 자신조차 경계해야 한대요. 언제든, 어느 때든 변질되니까요.'

'무슨 꿍꿍이야, 너…'

'아니 그냥 그렇다고요. 애초에 죄를 짓게 설계되어있다고요, 인간은…. 그것이 바로 '진리의 3세계 유지'를 위한 정해진 인과율이기도 하고요.'

녀석은 무자비한 살육을 자행하기로 마음먹은 것처럼 요상한 명분을 앞세웠다. 그러나 나는 대번에 그 저의를 눈치챘다.

'아기집사야. 너 또 그러다간, 내 손에 뒈질 줄 알아라.'
라고, 아주 튼튼한 유리막이 가로막고 있기에 큰소리쳐보았다. 어쨌건 나한테는 함부로 하지 못하는 것이 사실이고, 주 신부가 미처 날뛰는 데서 오는 빈틈을, 녀석은 분명히 노릴 테니까….

내가 이어서 녀석에게 전달했다.

'차라리 나를 상대로 그래봐. 그딴 간교한 수법만 부리지 말고. 어!?'

주저 없이 쏘아붙였다. 그러고는 끝이 뾰족한 것을 찾기 위해 주변을 두리번거렸다. 내 목숨을 담보로 녀석에게 부당한 권력에 대항할 기세를 내보일 심산이었다. 그렇다. 한 치의 실수도 용납할 수 없는 협박의 범주에 들어간 것이다. 자칫 문제라도 발생한다면, 주 신부를 포함한 모든 게 끝장날 수도 있다.

이번에도 녀석은 내게만 중얼거린다.

'언제까지 통할 거 같아요, 그게?'

그러면서 늘 해오던 대로, 만면에 득의양양한 미소를 띠면서 우리 쪽을 쳐다본다.

'나와 우리는요…. 당신이란 존재를 기대해요….'

그리고는 팔뚝에 힘을 잔뜩 모아서 성직자의 숨통을 조인다…. 이어서 마저 끊어 놓으려, 흉포한 광기와 그을린 환희를 머금는다.

이어서 녀석의 손에서 황동 창이 떨어진다. 떼구루루 굴러떨어져서 주 신부의 발 앞에 부딪힌다. 주 신부는 어수선한 찰나에 '황동 창'으로 손을 가져간다. 천천히 집어 들고는 서서히 다가간다. 참으로 흉악한 몰골을 향해 차근차근 다가간다.

나는 그들에게 존조리 타이르듯 생각을 전한다.

'어이어이! 내가 지켜보고 있다고…… 우리가 지켜보고 있다고!'

나는 무척 당황한 시선으로 그 광자를 쳐다보았다. 마구 너덜너덜해진 정신상태가 분명해 보였고, 생각보다 먼 예전부터 왕창 찢어진 상태였다는 확신이 들었다.

그리고 점차 예상되는 앞으로의 전개는 '지옥에서도 흔하지 않을 악몽'에서나 있을법한 현상이다.

마침내 황동 창을 치켜올린 주 신부가 소름끼치는 무표정한 얼굴로 상대방을 겨냥하고 있다. 그러는 동안에 현실은 누렇게 변색되어, 썩은 채로 무너져 내린다. 아득한 전율이 들려온다. 광대한 초현실로 표현된 악몽 같은 지옥으로, 세상은 연이어 조금씩 변해간다. 썩어 갈라지는 소리가 가까이서 들려온다.

 그러나 시큰둥한 주 신부는 황동 창을 장엄한 동작으로 힘차게 투척한다.

"당분간 작별입니다!!"

 큰 울림이었다. 중앙 무대에서 울려 퍼지는 메아리가 그 즉시 내 속마음에 퍼져나갔다. 더구나 우리를 향한 녀석의 환한 웃음은, 죽음보다 더한 충격으로 영혼까지 고스란히 닿았고, 그대로 집어삼켜버렸다. 마치 벼락 맞은 것처럼 그대로 서서, 손가락 하나 움직일 수 없는 무력감에 깊이 젖어 들었다.

 마치 강력한 해일 앞에 놓인 듯한 무기력감과 반강제적인 감정의 침식….

'결국 이딴 걸 노린 거였어?'

 그리고 한낱 겁쟁이가 감당하기에는 너무 벅찬, 그 공포의 충격적인 장면….

'결국 저딴 걸 노린 거였냐고!'

「푸욱!」

—3—

의성어 그대로 '푸욱!'이었다.

그렇게 아기집사의 관자놀이에 황동 창이 꽂혀버렸다.
녀석의 앳된 얼굴이 웃음을 유지한 상태에서, 역시나 숨이 멎은 성직자의 어깨 위로 서서히 포개졌다.
"저… 저… 저기……."
나는 주 신부를 향해 아주 천천히 오른손을 들어올렸다. 신체가 부르르 떨려왔다. 좀처럼 놀란 심장을 가라앉히지 못하면서, 한동안 넋 놓고 쳐다본 다음에야 반응이 나왔다.
"주 신부 너너… 이 개같은……."
그제야 나를 가로막은 유리막이 서서히 열렸고 조금 전 잔상이 고동이 되어, 그 뒤로 껍대가리가 착착 상실되었다.
"야! 이 개좆같은 새끼야!"
곧이어 나는 주 신부에게 쏜살같이 달려가서 발작적인 충동을 보였다. 그의 볼따구니를 손등이 다 얼얼할 정도로 냅다 후려친 것이다.
그렇지만 터거리가 겨우 3cm 돌아가면서 곧이어 나도 죽을 수 있다는 생각과 함께 다리에 힘이 풀려 주저앉았다. 필히 이를 악물어야 했다. 자칫 주먹을 되돌려 받는 불상사를 대비하기 위함이다. 물론 그렇다고 해서, 외면치레한답시고 본심 없는 정간(正諫)할 것은 아니었다. 어차피 이러나저러나 세상 하직할 바에는 멱살잡이라도 해서 속말을 표현해봐야지 않겠는가.

나는 벌떡 일어나서 박살난 손목 상태로 멱살을 잡고 흔들었다.

"당신 미쳤어? 어?! 아무리 그래도…… 당신이 제정신이냐고!!"

"……제정신입니다. 과하게 선명해서 밑바닥도 보이는군요…."

주 신부는 자포자기의 심정으로 말끝을 흐려버렸다.

"크르릉."

그때 또리가 바닥에 널브러진 아기집사의 팔뚝을 뒤늦게 물고 사납게 늘어졌다. 통솔기관을 잃은 시체가 흔들릴 때마다, 감전이 된 듯이 진저리치다 못해 구역질이 올라왔다.

내 손을 뿌리친 주 신부는 아기집사의 머리에서 황동 창을 뽑고는 또다시 말끝을 흐렸다.

"뭣도 모르는 애가 아니라…. 이미 죽을 자였습니다, 이 자는…."

"그 검은 책에 명시된 대로 말입니까?"

"……."

"설마… 이전에도 바티칸 개입이었나요?"

나는 대충은 예상된 반응과 전개인지라, 불쑥 올라온 격한 감정을 되레 미약하게나마 추슬렀고 만분다행히 주 신부와 성직자가 살아있음에 그나마 다행이라 안도하고는 한숨을 돌렸다.

"예전에 신부님이 그랬었죠?"

내가 이어 말했다.

"진짜 죽는 건, 순수한 길을 저버리거나 순수성을 인지 못할 때라고. 그럼 지금은 어떤데요? 저 어린애를 죽이고 미카엘을 구덩이에 버려두고. 그깟 교리 때문에… 그깟 교리가 흔들릴까 봐서?"

"……."

"차라리 아니라고 말해요. 저 성직자 위험했잖아. 그니까 어쩔 수 없이 그랬다고 제발 말하란 말이야. …… 빌어먹을! 에이 쌍!"

나는 억지로 주 신부를 변호하려다가 그만두었다. 그의 짓무른 안검 속에서 더는 본인의 확고한 입장을 견지하는 형형한 눈빛이 보이지 않았다. 주 신부가 나를 향해 무겁게 말문을 열었다.

"교리에 의한, 교리를 위한 척거라……. 그래요… 끝내 그런 거군요……."

주 신부는 말이 끝나자마자 퍼르무레한 하늘을 향해 다소 흐려진 눈빛을 내보냈다.

과연 주 신부는 자신의 한 꺼풀 벗겨진 생소한 모습을 마주할 수는 있을까? 과연 그 거울 속과 이것이 동일한 현실이라고 인정할 순 있을까?

주 신부가 이렇게 말한다.

"아기집사가 말하더군요. 인간은 믿을 수 있는 존재가 아닌, 언제든 변할 수 있는 존재라고…. 하지만!"

난데없이 서릿발 같은 그의 고함이 내 머릿속에서 메아리쳤다. 정적이 감돌았다. 이곳에 있는 활물(活物)이 거의 전무한 양 우리의 숨소리만이 들리는 가운데, 한 호흡을 쉰 주 신부의 짓무른 눈까풀 속에 다시금 형형한 눈빛이 나타났다.

"실로 무시무시했습니다, 그것은…."

주 신부가 말했다.

"그것은 우리에게서 순백 무구한 활기를 앗아갔습니다."

그 순간 마치 쌀뜨물처럼 뽀얀 느낌의 여성상이 떠올랐다. 주 신부는 잠시 상념에 잠기더니 다시 입을 열었다.

"그래도 결말은 달랐어야 했나 봅니다. 그 천진한 눈빛이 질타하고 있어요. 천상의 음악은 항상 희망적이어야 한다는 문책을 하면서…. 그럼에도 이해와 사랑에 가까워야 한다며……."

"지금 이 마당에, 뭔 또 개똥철학입니까…. 쳇!"

나는 더 이상 추궁하지 않았다. 다만 주 신부가 어떤 '스치는 것도 두려운 과거'를 새빨간 피의 복수극으로 치환한 것이 아닐까, 하고 짐작할 뿐이었다.

아마도 그 과정에는 예상치 못한 진전이 있었을 것이다. 대혼란을 겪은 그의 정체성이, 거울에 비친 자신을 되레 모방했을 진전 말이다.

충실해보자, 거울 속 진정한 내 모습에…. 광기가 보여야 한다,

거울 속 진짜 내 모습처럼….

그렇게 정당화되어 자신의 주체성을 거울에게 맡기고는 언젠가, 숭고한 정신이 버무려진 괴물을 목도했을 것이다. 아무런 결함 없이 완전히 모방돼있던 그 숭고한 암울함을….

물론 나도 그리 떳떳할 수만은 없다. 단지 나는 거울 속의 고독, 잔인, 괴이한 존재를 완벽히 모방하진 못한 것뿐이니까…. 단지 흉괴한 마각을 입때껏 드러내지 않은 것뿐이니까. 뭐… 아직까지는 말이다.

가까운 과거. AD 어느 날의 흑색 공백.

「"아빠?"

아빠의 서재로 들어갔다.

 오른편을 보았다.

언젠가부터 굳게 잠겨있는

 서적 창고가 보였다.

"무슨 일 있으세요?"

 이상 징후를 보이는 아빠.

"어디 편찮으세요?"

"לא בזכאת יתוא 실망시키지 마세요. הנהת 재밌게 즐겨. לא דחפת 두려워하지 마세요.

לא יחלת עלי 너무 강요 마세요. אל להתגרז 너무 화내지 마세요."

 아빠의 주절거림.

"왜 그래 아빠!"」

       2016. xx. xx.

    이상. 오늘의 다이어리는 여기까지.

의식의 흐름

공허의 공간에서 내가 물었다.

"혹시 한 과장님이세요?"

"아니다. 나는 정지된 시간처럼 존재하는 담지자다."

"뭐? 담지자? 바람직한 꿈을 꾸는 무고한 자들을 희생시키는?"

"으레 그래왔다. 인류 역사, 문명의 발달은 열성인자를 딛고 이룩해왔다. 또한 그 문명을 언제 그랬냐는 듯이 맘껏 영위하고 누리는 양태를 보이지 않느냐."

"그래 맞아. 거기다 되새기기는커녕 불평불만 속에서 서로를 재단하고 열성인자로 깎아내리기 바쁘지."

"그렇다. 어차피 인류의 한계는 시류를 타지 않으면서 명확하다."

"근데 그게 뭐 어쨌다는 거야. 마치 천재, 신인류처럼 동시대에 인정을 못 받는 양 떠드는데, 삶의 윤택을 위한 약육강식이 순리이자 자연의 섭리라는 건 누구나 알고 있어. 그리고 이성이 존재하고, 적어도 인류 공영에 공헌하는 시늉이라도 보여. 근데 너는 희생시키잖아, 그 같잖은 미몽을 위해서."

"미몽이라…"

이곳은 과연 어디일까…….

나는 거울 속에 과감히 들어가서 어제의 그림자에게 고함치고 있다. 미쳐버린 주 신부를 거울삼은 듯, 내 잔인함을 담은 분노가 폭발하고 우리의 관계에 금을 내어 파국을 몰고 온 상황에 대한 증오가, 더 담을 수 없는 컵의 물처럼 끊임없이 흘러나온다.

그림자가 답했다.

"누구나 결코 꿈을 꾸고, 언젠가 꿈에 의해 고난이 찾아오고, 그러함에도 꿈을 의지하고 고통받고 결국 버림받아도… 또다시 꿈은 내면에 맴돌게 된다. 헛된 꿈, 미련과 시련의 연속. 본디 인류의 기원부터 맴돌던 잔인한 장치이며 결국 중독된 채로 허울뿐인 일생을 살아가다 불사불멸 불로불사의 염원을 만나게 된다. 자고로 숱한 종교들 또한 현생인류가 거치는 미몽의 일환…"

"그딴 건 동의 못 하겠고. 너희는 그냥 야만인이야. 그냥 괴물이라고!"

"부정한다. 우리는 단지 미몽의 늪이 아닌, 오랜 숙원과 함께 존재할 뿐…. 그 숙원은 너희를 굴복시키는 죽음마저 겨냥하여, 수 없고 헛되이 반복되는 불사의 열망을 대상(代償)할 것이다. 그러므로 이겨내려 함이고 제2세계로 하여금 이겨내게 하려 함이다.'

그림자의 말이 정곡을 찌르자 나는 흥분해버렸다. 그도 그럴 것이, 양 눈을 한번 깜빡이자마자 열두 개의 통로로 갈리는 밀실로 변형되더니, 내리 두 번을 깜빡이자 돌차간 마그마가 흐르는 지옥 고문실이, 그러니까 바로 코앞에서 소중한 것을 놓치게끔 설계된 '유리미로'가 구현되었다. 더구나 현실과는 달리, 은은한 빛을 내는 마그마가 유리막 통로 양쪽으로 흐르고 있고 그 출처이자 미로에 인접해있는 베수비오 같은 화산에선, 왠지 미로를 벗어나는 이들을 불태울 것 같은 용들이 서식하며 날아다니고 있다.

나는 께름칙한 기분을 억누르며 몸을 억지로 틀어서 미로 안쪽을 쳐다보았다. 그림자 한 새끼만이 우두커니 서서 내 쪽을 응시한다고 생각하니, 두근대는 가슴을 쥐어 잡는 등 표현할 수 없는 긴장감이 나를 압도한다.

그러나 이곳은 심장박동이 메아리가 될 수 있는 허황된 실재인 꿈결….

어차어피 비현실적 공간임을 인지하고 있으니 들어가지 못할 이유도 없거니와, 설령 미로가 복잡하더라도 따로 전략과 대비책이 필요 없다. 만약 조속히 벗어나 볼 심산이라면 볼을 꼬집어 깨어나면 되고 뜻밖의 상황에 직면한다면 살점을 도려내는 한이 있더라도 깨어나면 된다. 게다가 굳이 바닥에 탈출용 자취를 남길 일도 없이, 그저 가는 방향으로 오른쪽 벽만 따라가면 되지 않겠는가. 즉, 입구가 곧 출로라는 말이다.

그때 허공에서 밧줄이 떨어지면서 그림자의 목소리가 다가온다.

"너의 맹렬한 행위는 네 명줄의 연한을 마치 목숨 걸고 시험하는 것처럼 보이는군. 한데 정작 강하고 질긴 생명력이 느껴진다. 스스로 극한의 상황으로 몰고 있으나, 도리어 목숨을 연장하려 몸부림 중인…"

그림자의 말이 맞았다. 어떤 필사의 순간은 혼돈에 빠진 상태를 외려 경각에 다잡는다. 그리고 생존의 발악으로 이어진다. 그렇게 살아있음을 확인받고, 생존의 의지를 확인하는 수단이 된다.

그러나 마지막 숨이 멎을 찰나에는 그와 비등한, 살고자 하는 열망의 크기만큼 고통받고 헛되이 저문다.

'삶은 죽음으로…. 죽음이란 삶으로…. 생사란 것도 결국 동도(同道)의 개념…'

나는 잡념을 최대한 아리송하게 흘러버리면서 양 눈을 한번 깜빡였다. 그러자 어느새 밀실로 되돌아와서, 맨 우측 통로를 지키던 거대한 반인반수(전신상)로 걸어가고 있다. 금세 가까이 가서 대차게 걷어찬다. 의외로 육중한 크기가 손쉽게 무너져 내리면서 그 잔해에 밧줄을 졸라맨 다음, 이어서 내 몸통에 동여매었다.

하는 수없이 그대로 전진한 것이다. 마침내 또다시 어두운 통로로 들어섰다. 문득문득 밤하늘을 걷는 느낌에 사로잡혔고 주변에 귀를 기울이려 할 때쯤엔 출구가 보이기 시작했다. 물론 새하얀 원형의 빛이 그것이라고는 확언할 수 없지만, 그 밖으로 무언가가 희미하게 혹혹 지나가는 것을 목격하고는 적어도 다음 코스는 넓고 밝은 공간이지 싶었다.

나는 그리로 다가간다. 어느샌가 마치 원형 파이프 수도관을 기어가는 벌레처럼 슬금슬금 기어간다. 한동안 그러고도 더욱 나아가야 형태가 제대로 보일 정도로 생각보다 긴 통로였다.

그야말로 충격적인 '미로 공간'으로 이어진다. 갖가지 형태의 거대한 유리들이 창문에 맺혀 흐르는 물방울처럼 움직이고 이따금씩 360도로 도는 등 도무지 형용할 수 없는 불규칙함을 보이고 있었다. 심지어는 들려야 할 소리가 마치 진공에 있는 듯이 들리지 않는 중에, 그 빌어먹을 그림자가 이번엔 나와 같은 공간에 마주 서서 어제와 상반된 상황을 황당하게 끌고 간다.

내가 용기 내어 접근할라치면, 그림자의 손짓 명령만을 듣는 유리막들이 불규칙한 움직임과 가역적인 형태 변화로 끊임없이 발길 닿는 지점을 변형하는 편파적인 행태를 보이며 간격 유지를 유도하였다. 그렇게 좀처럼 좁혀지지 않는 여건 속에서, 그림자는 홀로 생명이 깃든 미로의 중앙부로 향한다. 그 소용돌이를 향해… 차분히 낮게 떠서 걸어간다. 나는 발길이 휘청대면서도 생각했다.

'얼른 막아야 돼! 또 누구를 해할지 몰라!'

어떻게 해서든 그림자를 따라잡고 싶었다. 그런데 걸핏하면 미로 전체의 형태까지 달라지는 탓에 접근은커녕 사고하는 시간조차 허용되지 않는다. 더구나 되돌아갈 수도 없는 상황 전개와 어떤 결말이 다가옴에 따라 심신이 점점 고통스러워진다.

다행스럽게 그 결말이 다가오고 있다. 정중앙에 멈춰선 그림자가 블랙홀 같은 '검은 구'를 주시하더니 내 쪽을 뒤돌아본다. 아득한 정신 때문인지 얼굴의 형체가 희미하게 보이고, 무광인 하얀 배경과 검은 구, 그리고 우리 사이를 가로막은 유리들이 흡사 정신과 공허의 방에 갇힌 것 같은 오묘한 적막함을 일깨운다.

예상했던 대로였다. 게다가 유리막들이 서서히 옅어져 가고, 자연스레 다음 스테이지로 넘어가는 현상임을 직감한다.

'정말로 없어지는 걸까?'

무턱대고 유리막을 통과하기 전에 안면부 충돌을 의식해 조심히 다듬작거린다. 피부에 점차적으로 닿는 감촉이 옅어지고 있다. 그냥 통과해도 무방하다는 신호임에도 살짝 밀어보았다. 그 순간 단 한 번도 느껴보지 못한 느낌이 엄습하면서, 팔이 쑤욱 하고 유리막을 통과한다. 마침내 온몸이 통과하여 새하얀 허공에 떠 있는 상황이 금세 뇌수를 장악한다.

그런데 어딘지 모르게 찝찝했다. 그만큼 어떤 고난도의 기교와 트릭으로 마치 나를 장난감처럼 다루려는 경향이 농후해 보였다.

나는 잠시 그림자를 뒤쫓는 행위를 중단하고 다시금 뒤쪽의 통로를 향해 매우 멋지게 날아갔다…는 무슨, 곧바로 허우적거리며 몸통을 우선 뒤쪽으로 틀었다. 그리고 나서 다각적인 검토에 신중을 기하면서 나아갔고 그와 동시에 도로 뚜렷해진 유리막들이 기묘하게 휘어진 형태로 변해갔다.

나는 아랑곳하지 않고 달리기부터 시작해서 배영, 접영, 개헤엄까지 동원하여 통로 쪽으로 발버둥 쳤다. 유리막들은 이제, 신화에 등장하는 우람한 동물이 되어가고 있다.

'에이. 설마…'

그렇지만 목표는 본래대로 '검은 구'로 되잡을 수밖에 없었다. 젠장맞을 그림자가 서 있는 곳 말이다. 사실 유리막이 완성하고 있는 존재가 두려웠다.

나는 최대한 빠르게, 다시 몸을 틀기 시작했다. 마음은 급한데 몸은 매우 느리다. 역시나 꿈이라 불리는 속내가 칙칙한 장치는 심신의 불균형 상태를 유지하도록 느릿느릿 지배한다. 겁나게 느려 터졌을 뿐, 항시 실낱같은 여지는 조마하게 남겨두어 희망고문을 안기고 조금씩, 조금씩 전진할 수 있게 한다.

그나마 그림자와의 간격은 좁혀져서 대신, 뒤쪽의 무시무시한 생명체가 내는 거친 숨소리는 멀어지지만, 왠지 분을 이기지 못하고 어깨가 들썩거릴 만큼 씩씩대는 그 정체는 바로….

'이런 씨발……'

그렇다. 끝내는 유리로 형성된 드래곤이, 내 말초신경을 자극하고야 말았다. 굳이 눈으로 확인하지 않아도 알만한 형태의 웅장함…

어차피 죽을 똥을 싸서 벗어나려 해봤자, 나를 후려치거나 불덩이를 싸지른다면 그대로 꿈결에서 사요나라 해방될 터이고, 아니면 현실에서 정말 바이바이 할 수도 있을 터. 게다가 음울한 전개에 일절 변화도 없이, 느릿느릿 다급한 형세로 심장을 조이기만 하더니, 얼마 뒤에는 우리 '이엘' 족속의 역사상 가장 수치스런 순간까지 일어난다. 내가 마치 아담의 창조(천지창조)처럼 그림자에게 팔을 유려하게 뻗고는, 두 손 모아 청탁하는 마음을 전한 것이다.

'그대의 말씀을 구름 삼아 걷겠소이다. 널리 혜량해주시고 저를 어서 잡아주시옵소서.'

그러나 그림자는 그대로 개무시하고 블랙홀 같은 검은 구 안으로 사라진다. 심지어 뒤편에서는 입안에 홍염을 일으킨 드래곤이 익히 힘을 소진한 나를 뜨겁게 달구려 한다.

침울하다. 전혀 호전될 기미가 없기에, 그대로 추락하는 것이 차라리 최선이라 여겨진다. 물론 꿈나라는 그딴 바람을 들어줄 리도 없거니와, 오히려 꿈의 주인인 양 설치는 두 잡것들이 그냥 놓아둘 리도 없다. 이미 공간은 초자연적인 불길이 일어나서 뜨거워져 있고 나는 목청껏 씨불인다.

"Hey, buster! everybody in ma building should know who the hell I'm. ok? this is ma building! ok?"

「피웅!」

그런데 이상하다. 실지로 양팔을 뻗은 내가 슈퍼맨처럼 날아가고 있다. 아무래도 내 머리카락들이 쏠린 방향을 보아하니, 내 의지가 아닌, 그냥 검은 구에 빨려드는 것임을 직감할 수 있다.

"크하하하! 감히 네가 내 머리채를 잡았다고? ok! come on, busters. come on. next augmented reality!(증강현실)"

의식흐름, 덜미꾼

'Hey, buster. I thought this was my building. but after that, I was like what the hell is this The hanging gardens of bubble bank? fuck that bro…. here is not yours. it's ma area. ok? fuck that shit. fuck that shit up, 이 새끼야! 이곳은 네놈께 아니라고! 알아들었어!?'

그러나 생각과는 달리, 한 치 앞도 볼 수 없는 어둠을 걷고 있다. 먼젓번보다 음침한 여건에 직면한 채로 미로 속의 미로보다 더한 우주적 공간을 걷는 기분에 빠져들고 있다. 심지어 어두운 공간이 제약하는 방향감각과 인지능력에 심각한 결함이 생기면서, 몸체가 90도로 서서히 기울어진다는 착시현상이 빚어진다.

어느덧 전지적 시점으로 빠져나온 나는, 무려 180도로 기운 내 모습을 감상하고 있다. 여전히 공간과 상황, 심지어 손발가락조차 통제가 불가능한 형편인지라 단박에 곤두박질쳐야 마땅하지만, 그저 기진한 모습으로 꿋꿋이 걸어가면서 안위에 문제가 생겨도 깨어나지 않는 꿈결에 있다는 걸 확신한다.

다시 몸체의 각도가 90도로 전환되면서 1인칭시점으로 되돌아간다. 왠지 공간이 좁아지는 느낌에 주변을 두리번대며 걸음을 멈춰 뒤돌아보는 찰나, 내가 서 있는 부분이 대략 100미터 정도로 멀찍이 떨어져 나가면서 일직선 통로를 형성한다. 더구나 새빨간 연기를 내보이는 시뻘건 눈들도 그 양쪽 면에 잔뜩 나타난다.

갑자기 어지럼증이 몰려왔다. 그것들이 눈알을 굴리고 째려보고 접근하는 기분이 들어서이다. 그리고 더러웠다. 만약 계속 걸어간다면, 더 가까이 와서 내 스스로 목숨을 끊게끔 최면을 걸 것만 같았다. 그래도 꾹 참고 걸어가 보았다. 시간 차를 두어 눈들을 잽싸게 첨망(覘望)하자, 제각각 움찔하고 멈칫하는 명확한 반응을 보인다. 의도성이 다분한 접근이자, 대놓고 숨통을 조이려 점점 다가오는 것이다. 눈대중으로 대충 확인해도 불과 몇 분 전보다 간격이 협소해져 있지 않은가.

무작정 내달리기 시작했다. 두어 걸음을 내디딜 때마다 곁눈질로 힐끗 보며 경계하는데, 그저 기분상의 문제인지는 몰라도 호흡이 턱턱 막혀온다. 그리고 어느 순간 통로 끝에 다다른 그때서야 이제껏 헛짓거리하게 된 사실을 알아챘다.

"이런 니미 씨부럴…"

나는 욕지거리를 해대면서 가쁜 숨을 몰아쉬었다. 그도 그럴 것이, 시뻘건 눈들로 형성된 양쪽 면들은 어차피 끝자락에서 만나도록 되어있는 구조였다. 애초부터 갈수록 좁아지는 통로였던 셈이다. 더구나 통로 끝에는 공간 넓이에 적합한 어떤 기계가 떡하니 걸림돌처럼 가로막고 있다. 바로 '인형 뽑기 기계'였다.

숱한 우여곡절을 겪어왔고 또한 앞으로 겪을 테지만, 어처구니없게도 위기에 당면한 순간에 인형을 뽑아야 한다니… 어찌 됐든 간에, 그 새까만 기계에서 듣기 거북한 소음까지 흘러나온다.

"부유층이 되시니 어떠십니까."

존 오펜하임의 목소리였다. 또다시 현기증이 일었고 곧장 심신을 안정시키려 호흡을 길게 가져가는 찰나에 느닷없이 통로가 흔들린다. 즉시 떨리는 손가락으로 살짝 기계를 터치하자 통로가 천천히 하강하더니 추락을 느릿느릿 거듭한다.

나는 재빨리 전지적 시점으로 다시 탈출했다. 그러자 이번엔 낯선 목소리가 재차 메아리친다.

"내 물음에 대답이나 해주쇼. 설마 나를 감시하는 게요?"

"그럴 리가 있겠습니까. 하하하!"

존 오펜하임의 호탕한 웃음이 머릿속을 울려댄다. 긴박감이라고는 찾아볼 수 없는 흐름, 참 이상하고 묘한 분위기…. 게다가 전지적 시점으로 떨어져 나간 뒤로는 내 남아있는 신체가 돌연 색다른 타입으로 뒤바뀌어있다.

"저게 뭐여! 내 면상 아니잖여!"

더는 내 얼굴도 아니었다. 놀랍게도, 존 오펜하임의 상판대기가 뽑기기계를 마주하고 있는 것이다. 한데 그보다 더 놀라운 점은 그와 대화 중인 상대가 다름 아닌, 뽑기 인형이라는 사실이다. 그 인형이 존에게 물었다.

"이거 만남… 이거도 의도된 거 아니요?!"

그러자 당최 알아들을 수 없는 말이 존의 입에서 흘러나온다.

"That's probably a bad idea, but what the hey!"

그렇다. 존 오펜하임은 뽑기 인형들 중 한 마리와 대화를 지속하고 있다. 그리고 뽑기기계 안에는 마치 제식을 지키는 군대처럼 인형들이 일렬횡대를 이루며 대기하고 있는데, 그런 와중에 뽑기기계의 레버를 움켜쥔 채로 또다시 같은 말을 흥얼거린다. 그의 진묘한 행동에 집중되는 그 짧은 시간 동안 추락의 흐름은 거의 정지하다시피 했고, 그 순간 예기치 못한 우스꽝스런 상황이 전개된다. 아니나 다를까, 그가 인형들을 쳐다보면서 이렇게 해라 저렇게 해라, 자세를 바꾸라고 요구하자 인형들은 뽑기 좋게끔 움직여주고 있다. 더욱이 힘든 자세를 시킨다며 툴툴대고 화내는 인형도 있다. 존을 신고한다는 얘기까지 들려온다.

나는 오랫동안 신기해하며 구경하였다. 그러다가 그 목소리의 출처를 감지하려 하나둘씩 훑어보는 시점에 원치 않게 식겁하고야 말았다.

그것은 내 시선을 뚫어지게 응시하는 눈동자…. 그러니까 내 쪽을 돌아본, 존 오펜하임의 시뻘건 눈동자였다.

허허허. 당신이 저를 느끼기 시작했군요. 혼탁해진 힘이 느껴집니다.

그의 목소리가 뼛속까지 공포로 스며들었다. 등골이 섬뜩하였다. 형체가 없는 나를 쳐다보면서 대화를 시도하고 있다니….

「삐거덕….」

그때 어디선가 문돌쩌귀 소리가 희미하게 들려온다. 한동안 계속해서 이어진다. 나는 마치 무서운 존재를 인식한 공포영화의 주인공처럼 주변을 휙휙 돌아본다. 서늘바람이 스치면서 내는 소리, 예컨대 공기가 반을 차지하는 불분명한 형태의 휘파람 같은 소리가 스쳐 지나간다.

그리고 얼마 뒤에 어떤 문화공간의 주관객이 되었다는 착각을 해버린 나는, 허공에서 초대형 문짝이 활짝 열리는 장면을 마주했고 그 문설주 새로 펼쳐지는 우인극(인형극)을 홀로 감상하게 되었다.

그런데 아뿔싸! 저, 뒤에서도 보이는 타고난 광대뼈와 볼따구니 남아(인형)는 어릴 적 내 모습과 유사하다. 녀석은 눈이 소복이 쌓인 놀이공원에서, 연예인 뺨따귀 후려칠만한 누나들이 총으로 동물 인형을 뽑는 모습을 보더니만 옅은 미소를 짓고 있다. 후방에서도 알아보게 되는 흐뭇함이다. 더구나 그녀들이 대번에 큰 인형을 맞추자 함박미소를 지어준다.

이제부턴 그 남아 인형이 빌런이다. 장난감들에게 자꾸 한 발로 서있으라고 요구한다. 중심이 흐트러지는 것을 노리려 함이다. 그런데 동물인형들은 그 발칙한 요구를 이번에도 들어준다. 물론 신고한다면서 화내기도 하지만, 남아 인형이 어르고 달래서 무마시킨다. 그리고 연이어 압박한다.

그 순간 존 오펜하임의 목소리가 내 전신을 급속도로 장악한다.

"저들 중 일부는 지언 씨와 밀접한 연관이 있습니다. 정확히는 민이린 씨하고 연관된 노숙자들입니다."

「탕탕탕!」

장난감을 노리는 총성이 들려오는 중에도, 그는 이어서 말한다.

"한데 의외의 반응입니다."

"뭐가 의외라는 거지? 내가 당신이 깔아둔 레일에 타고 있는 게?"

내가 물었다.

"예, 맞습니다. 무척 기쁜 오산입니다. 앞으로 지언 씨의 선택, 방식, 행위가 이 사회에 무엇을 가져올지 지켜보도록 하죠."

"너희 멋대로 해석하지 마."

"저는 지언 씨가, 그들이 나아간 길로 향했으면 합니다."

"뭔 개소리야. 그냥 됐다고 전해줘."

나는 마침내 제정신으로 돌아왔고 곧바로 안정을 되찾았다. 다만 주변 배경은 우인극 무대에서 바벨탑(유리건물) 상층의 측벽모습으로 변형되었고 우리는 느릿느릿 추락하는 상태로 되돌아와 있다.

인형뽑기가 사라지는 대신에, 어떤 대화가 그대로 이미지화 되어 마치 옛 기억이 편편이 흘러가듯 가로로 길게 늘어선 필름 인화지로 전환된다. 필름 인화지 속의 웬 노숙자가 말한다. 좀 전에 존 오펜하임과 대화한 인형의 목소리였다.

"제대로 말을 안 해줄 뽐새구만…. 요즘 나를 미행하는 자가 있습니다."

노숙자가 바른쪽 식지로 장기판의 장기짝을 옮기면서 말했고 그 장면은 바로 축소되어 필름 인화지에 담긴다.

"허허허. 그러게 단속을 잘하지 그러셨습니까."

존 오펜하임이 본인의 머리를 바른쪽 중지로 톡톡 두드리자 그것 또한 인화지에 담긴다. 노숙자는 곧바로 항변한다.

"아니. 덕배 그 새끼가 불시에 찾아간 걸, 뭔 수로 막습니까요."

"아니요 아니요. 당신, 그 아랫도리 말입니다."

"……"

노숙자는 순간 멈칫하더니, 장기짝에서 식지를 서서히 떼고는 존 오펜하임을 쳐다봤다.

"설마 존…. 나를 찾아온 이유가 혹시?"

"올바른 선택도 시대가 바뀌면 잘못이 된다죠. 올바름은 상대적이지만, 진실은 절대적입니다…."

"……역시 최주아, 그년 일 때문이군."

"허허. 과한 근심은 부정의 이야기를 낳고 서로 간에 오해를 낳습니다. 염려와 두려움에 시간을 허비하지 마세요."

"그리 허투로 말하지 마쇼. 우리를 풀어놓은 건, 새 생명의 근원이다, 유의 존재다 뭐다, 그런 거 아뇨? 머릿속에서 떠들어대고, 마구 떠들어댈 땐 언제고… 부잣집에서 날뛴 게 뭐 어때서 그러쇼?"

"무엇이 그토록 두려우십니까."

"현실. 그리고 당신들."

"저는 그저 서기의 체현자입니다. 단지 '지옥서'의 기적을 기록하는 대리자일 뿐이죠."

존 오펜하임이 답변하는 사이에, 자기 오른손을 웃옷(양복) 속주머니로 점차 가져간다. 그가 뒤이어 말했다.

"일절 두려워 마시죠. 당신과 그들의 길은, 기적과 실리가 부합하는 서로 간에 대등한 관계의 접합점. 이미, 희미한 희망을 지탱할 연결고리이니…."

"어이어이 존! 이러지 말고 그 친구에게 전해주쇼. 걱정 붙들어 매라고. 절대 그럴 일 없을 거라고."

"가만…. 그의 친구라고요? 당신이?"

"분명 우리는 친구라고… 그 책에서도……."

"잘못된 접근입니다. 그에게 있어 친구는 남의 꿈에 의지하지도, 강요받는 일도 없이 스스로 존재 이유와 살아가는 명목을 결정하고 개척해나가는 자. 만약 강한 상대가 자신의 꿈을 뭉개러 한다면, 진력하여 대항하고 나약한 이면에 항거하는 자."

존 오펜하임은 어느새 식지를 방아쇠에 걸었다.

"그러나 당신은 항상, 최고가 되지 못할 바에는 무소불능한 인간 밑에서 지냈던 부류."

"그럼 당신은 아냐?! 아니아니, 그러니까 그게…."

"어릴 땐 느릿한 시간 속에서 저물녘이 반가웠고, 늙고 나니 미워지더라."

"……?"

"하긴 당신도 과거에는 스스로 얻어내 보려는 꿈과 희망, 힘이 있었겠죠. 물론 내게도 존재했었고요…. 예예. 당신 말이 맞습니다. 그러고 보면, 제게도 친구 이상의 존재로군요."

"그그그, 그만!"

"그렇기에 그 형제는 친숙한 느낌을 주는 단어를 선호하는 걸지도 모르겠어요."

"살려줘! 끄아아악!"

노숙자는 기겁하기 시작했다. 그리고 마지막 대화 또한 필름 인화지에 이미지로 담기면서, 돌돌 말려 주마등으로 변모하였다. 그렇게 그들은 등롱에 그려진 생동성 있는 먹그림으로 남게 된다.

「탕!」

"으아아악! 나도 살려줘!"

나도 소리를 지르고 말았다. 그러면서 눈이 동시에 떠졌고 여전히 추락하고 있는 뽑기기계 앞에 그대로 서 있었다.

이곳 밑에서는 알록달록한 용이 입을 쩍 벌리고 먹이가 떨어지길 기다리고 있었다. 그리고 그 와중에, 여태껏 배경으로 있던 바벨탑(유리건물)이 무너지기 시작했다. 결국 심연처럼 짙은, 용의 시꺼먼 입안에서 그 유리파편과 함께 끝없이 낙하하는 나를 심층의식(잠재의식)이 잡아끌었다.

'안 돼! 끝까지 대항해야 한다.'

그러면서 두어 번, 꿈의 세계가 새빨개지고….

'나는 달라. 너희처럼 심기 경호나 하는 심복관계가 아닌, 대등한 위치로 가야 한다고!'

…차츰 검붉은색과 교차하는 횟수가 늘어나면서…….

'그래야 하니까…… 그래서… 그래서…….'

…마침내 안정을 되찾은 자의식의 심부에서, 또다시 심층의식과 충돌하는 나의 눈동자는…….

"멍멍멍!"

―2―

평소보다 긴 침묵이 짓누르는 아침이 밝았다.

"멍멍멍!"

"그만해 똥개야. 일어났어."

나는 내 얼굴을 연신 핥아대는 또리를 들고는 거실에 살포시 내려놓았다.

거듭되는 텅 빈 공간. 다시금 배불뚝이 수컷이 남겨버린 사료와 거푸 소파에 놓여있는 변질된 동화책. 그것부터가 말도 안 되는 시작이자 주마연 신부가 보이지 않는 생경한 아침의 일정.

나는 소파에 앉아서 이 낯선 여정을 제공한 주 신부와의 이별 수순을 떠올렸다. 그리고 콧구멍을 쑤시면서 멍때렸다. 유난히 지치게 만드는, 그간 벌어진 검붉은 향연 때문이다.

대체 어디까지가 환상이고, 아니 환상일 것인가…. 또한 지옥서의 진행 과정을 담당한다는 말은 대관절 무엇일까….

문득, 영성체가 거행되는 광경이 떠오른다. 그자들(검은 무리)의 꼴이 마치 성체를 배령하듯이 봉수(奉受)하고 무언가를 배종(陪從)하는 모습과 겹쳐 보인다. 하지만 보는 방향에 따라 또 달리 보이기도 한다.

'아… 모르겠다.'

.

야 어른! 몸이나 담가.

.

오랜만에 머릿골 녀석이 말을 걸었다. 나는 무보수착취라 항변하는 녀석과 함께 고단한 심신을 녹이러 탕옥으로 향했다.

"야 또리야! 일단 씻자. 허…윽!!"

가까운 과거. AD 어느 날의 흙색 공백.

「아빠가 요 며칠
보이지 않았다.
비서도 대동하지
않으셨다.
대체 마지막 행선지는
어디셨을까.」

치질. 가학을 계승한 애새끼의 일상이 내게 미치는 영향

 잠시만 쉬어가자. 현 시간부로 나의 고통과 맞바꾼 휴식시간이 다가온다.
 이곳은 올랜도 도심 근교에 있는 모 항문외과. 그동안 간헐적인 치질 증상을 보임에도 일용상행 중 폐습을 개선하지 않고 좌욕대가 없다는 그럴듯한 이유를 핑계 삼아 방치해온 결과, 뒤늦게 피똥을 싸고야 말았다.
 '제기랄! 똥꼬에 샤워기를 대서라도 좌욕을 생활화했어야 했는데.'
 아무튼 상병부위는 은밀한 그곳, 똥꼬! 상병명은 치핵, 치루, 종기… 뭐 그냥 합병증 수준에, 그래도 그나마 위안을 삼은 것은 세계 어딜 가나 We are the world라는 점. 그토록 항문질환으로 방문한 환자들이 넘쳐나서, 다들 통증이 느껴지는 내내 서로 위로가 되어줄 줄이야. 그야 물론, 나부터가 너무 고통스러워서 그저 마음으로만 손잡고 눈인사할 여력도 없었지만….
 내 친히 그대들에게 경의를 표하노라. 그럼 우리 줄줄이 소시지처럼, 쪽팔리고 뭐고 다 함께 똥꼬 헤집으러 들어가 봅시다!
 나는 고통을 내색지 않고 근엄하게 검진을 받으러 들어갔다. 그러나 이내 망연자실했다. 평소 생활 습관과 어제오늘 진행된

경위를 채근해본 결과, 불규칙한 식습관과 스트레스 및 과로로 인한 치질이었지만, 아무래도 대장 문제도 의심된다며 내시경을 권하지 않겠는가.

나는 똥꼬 고통이 두려워 극구 반대의견을 피력했으나 곧이어 옆으로 돌아눕게 된다. 간단한 대장 검사라더니, 벌써 두 번째 쑤심질에 의한 수치심을 느끼면서 간악무도한 닥터에 의해 마치 변태에게 윤활제를 발리는 것처럼 어여쁜 간호사에게 순결을 내어준다.

아무리 크나큰 아픔과 요상한 기분이 정신을 헤집더라도 차마 간호사를 쳐다볼 용기는 없고 대차게 욕지거리할 수도 없거니와, 대신 야릇한 신음으로 단지 속삭이면서 치루, 치열, 치핵을 골고루 보유한 야동 중성 배우로 데뷔한다.

"*끄응…*. 헛! *끄응*. Stop it! Please. Stop… 오, DAMM IT!"

"하아…."

마침 닥터의 한숨 소리가 사형선고처럼 귀청을 후벼댄다. 그러나 덧없이 궁디 건강을 잃어버리고 항문까지 능욕당한 나야말로….

'하아….'

—2—

다음날 아침이다. 개죽음보다 더한 최악의 스토리를 피하고 싶은 날이지만, 여전히 병원에 감금되어 입원실에 누워있다.

현재는 공복에다가 장 청결제로 관장까지 끝마친 상태로 피검사, 항문 기능검사 등의 여러 과정이 나를 기다리고 있는데, 전날에 항문의 출혈 여부를 확인하고 나서, 아무래도 의심스럽다는 소견을 받아 대장내시경을 앞둔 것이기에 기분이 썩 좋지 않다. 내가, 어차피 치질만 수술하면 될 것이라고 극구 사양했음에도 닥터는 혹시 모를 대장의 염증 유발 방지 차원이라며 거부권을 강제해 버렸다.

"살짝만 들여다본다더니…. 이, 돈 밝히는 사이비 같으니."

나는 닥터를 씹으면서 숙소에서 가져온 '암암한 거리'라는 동화책을 펼쳤다.

모두가 잠든 새벽에 숙소로 배달된 검은 물건…. 서울, 가마쿠라에 이어 또다시 찾아온 한 과장이 머문 흔적…. 그 사연에 걸맞게 여전히 절망, 낙망, 비관에 가까운 색채를 머금고 어두운 기운을 내뿜고 있다.

나는 역시나 요정의 목소리를 흉내 내어 읽어보았다.

"흠흠! 우아한 요정이 말했어요. 서연 공주님, 재미난 미끄럼틀이랍니다. 무서워하지 마세요. …… 엄마야!"

「그렇게 위험한 지름길인 배관을 통해 깊은 지하로 떨어지고 있는 공주 일행. 어느새 그들은 아무런 공포를 느끼지 못하고 배관을 미끄럼 타듯 신나게 내려갔고, 대략 십여 분을 하강한 끝에 마침내 고요가 깃들어 있는 지하세계, '거울 나라'에 도착하게 된다. 그리고 그녀들은 배관 출구를 들여다보고 있는 어떤 남아를 우연히 마주치게 되는데……. 」

얼마간의 시간이 흘러 대장내시경을 받고 있다.
"으윽!"
그때 내 엉덩이에 갑자기 오묘한 통증이 몰려온다. 분명히 모든 검사를 끝마친 뒤에 수면마취까지 받은 상태였는데, 통증이 느껴지며 의식이 반쯤 돌아온 아찔한 상황에 직면한 것이다. 원래대로라면 무의식적으로 동화 세계를 나돌고 있어야 한다. 그런데 이제 정신만 흐릿하지, 고통은 그대로인 상태에서 대장내시경의 고통을 버텨야 할 판이다.

더구나 고통은 고통이고 체면 깎이는 일은 또 다른 문제…. 물론 쪽팔릴 여유가 없어야 하는 상황이 맞지만, 대장내시경을 받는 도중이라면 괜한 객기를 부려서라도 쪽팔릴만한 상황을 방지해야 한다.

그렇다. 어차피 다시 만날 일도 없거니와 죄다 지나갈 일이고, 훗날 어렴풋이 기억될 사건임을 인지하지만, 추잡한 새우 자세에서 왠지 응아를 가스 살포처럼 지릴 거 같은 기분을 반수면 상태에서 느껴버리고 있다.

'이런 제길. 반수면 상태라니!'
어쩔 수 없다. 지금 내게는, 괜한 객기와 고도의 집중력이 완성하는 연기력이 필요하다.

"코오. 푸우. 드르렁. 푸우."

"그럼 조금 더 들어가 봅시다."

여자 간호사가 본격적으로 쑤셔 박아 움직인다. 입술을 꽉 깨물었다. 살이 터져 피가 날 정도로 깨물 때쯤, 온몸을 적신 진땀이 인중에까지 송골송골 맺힌다.

'젠장. 진즉 실토해야 했거늘… 으윽! 안 되겠다.'

나는 단지 졸음에 겨운 척 손으로 머리를 문질렀다. 그러자 내 행동 변화를 감지한 남자 간호사가 곧바로 물어온다.

"환자분 깨어있으세요?"

"끄으으…"

"깨어있으세요?"

"아, 아뇨…. 아직 띵할 뿐 깨어나지 않았… 끄으으."

"Oh my godness. 곧 끝날 거예요. 좀 더 참을 수 있으세요?"

"크아악! 빼세요, 빼! 빼라고 이런 Shit!"

애써 시한부 인생이라는 억지 최면도 걸어보고 아무리 무덤덤 해보려 악지를 세워보지만, 상스러운 억양의 남자 간호사와 공간을 초월한 욕설 하모니를 완성할 뿐이다. 차라리 그대로 세상 하직하는 게 나을 만큼 수치스럽다. 부끄럽다. 여자 간호사에겐 매우 송구스럽다.

"아파! 아프다고! 똥 나올 거 같다고! 크아악!"

그들은 내 강력한 몸부림을 더 강하게 억제했다.

"힘을 주시면 더 아픕니다. 힘 빼세요! 릴렉스, 릴렉스. 후우."

— 3 —

내 나이 34살. 때는 균열기 1년 늦가을 상강으로, 죽다 살아난 날의 입원실이다. 나는 머리맡에 둔 검은 동화책을 다시 펼쳤다.

그렇게 다짜고짜 남아는 서연의 공주 주변을 마치 나사 풀린 사람처럼 이리저리 맴돌았다.

「 "오, 귀엽다 귀여워! 빛난다, 빛나! 첨보는 색깔이야!"

"얘야. Relax, Relax!"

우아한 선생은 그 남아를 다그쳤다. 그러자 남아는 어른에게 꾸중을 들은 것처럼 뾰로통하게 성을 낸다.

"나, 쟤 또래 아니야!"

"그럼 공주님 앞이니 품위를 보이지 않으련?"

"배고픈 이방인 주제에…. 이래 봬도 당신 연령대라고."

왠지 그 표정에는 측량할 수 없는 아픔이 녹아있었다.

"아무튼, 내 이름은 톰이야! 여기에선 나를 '중지, 톰'이라 부르지."

게다가 녀석은 골화석증[1]으로 성장장애를 겪는 아이였다. 실

---

[1] 선천성 염색체 이상으로 뼈 성장 및 형성에 장애를 겪는 희귀병. 악성형인 선천형과 양성형인 만발형으로 분류한다

은 한동안 짐짝 취급을 받았던 터라, 심금을 털어놓을 구석이 필요한 상태로 그녀들에게 접근한 것이다.

인간은 선험적으로 보다 나은 자신과 실생활을 꿈꾼다. 서연 공주 일행도 어려운 실상에서조차 멋진 장소를 꿈꾸고, 설령 그렇지 않은 장소를 새로 가더라도 혹여 있을지도 모를 운명적인 만남을 무의식적으로 기대하며 설렐 때도 있다. 각자가 꿈꿔온 미지에 도달할 수 있는 가능성, 즉 자가 발전적인 과정에 놓여있기 때문이다. 그렇게 거듭 향상한 그들은 새로 태어나서 또 다른 위치로 나아가고 간혹 본래 위치로 되돌아오기도 한다. 그 원점과 이상향 사이를 본인이 정한 목표점에 도달하기 위해 평생을 오가며 숱한 삶의 여정 속에서 그렇게 살아간다. 끝내 이루지 못하더라도 말이다.

그러나 '중지, 톰'은 그렇지 못한 채로 서연 공주의 투명한 마음에 가닿았다. 익숙한 미지에서 홀로 두려웠다.

이곳은 시가지에서 동떨어진 부락이자 외부인에겐 탐구심을 북돋아 주는 '거울 마을'이다. 녀석은 왕따로 자라온 내내 천방지축 문제아로 불려왔고 아직도 벗어나지 못한 가운데, 외로이 깨달은 바를 감추지 않고 살아왔다. 그 이상의 변화 조짐은 보이지 않았고 첫발을 내딛기는커녕 출발점에서 정체되어 도태되고 뒤처져서 밝은 꿈과 미래를 설계하는 호기심마저 결여된 상태가 지속되었다. 미리 명시하자면, 거울나라는 희망에 부푼 어린이들이 온갖 꿈을 서로 비추며 활보하는 세상이다. 상상을 자극하는 요소가 넘치는 사회이다. 그런 장소에서 톰은 여러 숙소의 소일거리로 시간을 때우고 있었다.

톰과 공주 일행은 마치 미로처럼 거울들이 비치된 마을길을 지나서 다이아 형태로 지어진 어느 숙소에 들어갔다. 녀석이 서연 공주를 불렀다.

"공주님, 다 왔어. 내가 일하는 곳이야. 짜잔!"

그때 과한 친절로 무장한 주인어른이 톰과 공주를 맞아주었다.

"어머, 톰! 어여쁜 손님을 모셔 왔구나. 어유, 곱기도 해라."

그녀의 태도로 보아선, 톰은 주변과 더불어 잘사는 이웃처럼 보였고 걸어오는 길에 마주친 마을 사람들도 하나같이 녀석을 환영해주었다.

얼마 뒤에 그들은 숙소에서 나와 광장으로 향했다. 거울마을에는 어느 길가를 지나쳐도 조각가와 매혹적인 예술의 공간으로 넘쳐났다. 종유석 천장은 먼지가 낀 자주(紫朱. 자주색)의 느낌으로 아른거렸고 군데군데 꽃피운 전등의 빛들이, 큰 수정째로 철저히 조각된 기하학적 예술품과 온갖 재료들을 혼합하여 동식물을 재현한 모방작을 감싸면서 눈에 어릴 정도로 아름다웠다.

보기에, 조각가의 능란한 가공 기술과 거리에 꽃처럼 피어있는 전등들 외에도, 조형들 표면에 비치고 서린 마을 사람들의 환한 표정과 긍정적인 기운 또한 예술적으로 현시되어 한 축을 담당하고 있었는데, 그 모든 것은 생명력이 구성으로 결합된 기하학과 추상 조형에 바탕을 둔 집합체로써 삶의 숨결이 깃든 결정체로 승화되어, 더불어 살아가는 격장지린(隔墻之隣)을 위한 가교역할이 되어주었다.

그러나 톰이 지나가는 순간만큼은 달라 보였다. 녀석의 표정과 에너지를 비추는 조형들은 생명에 관한 정열적인 신비감이 전혀 없는 덩어리에 불과했다. 그녀들은 생각했다. 콤플렉스에 시달리는 톰이 세상을 역으로 따돌리는 것이 아닐까, 라고….

톰은 인파가 넘치는 광장에서 외쳐댔다.

"안녕! 아저씨. 안녕! 줄리아."

"건강한 모습 보기 좋구나, 톰."

"어머 톰! 잘 지내고 있지?"

그들은 톰 덕분에 기분이 좋아진 것처럼 친절히 반응해주었다. 그런데 녀석은 혼잣말을 중얼중얼해가며 그대로 지나친다.

"그들은 이번에도 나를 피했다. 이번에도 나만 제대로 걸렸다…. 쩝."」

―4―

오, 나는 환자복을 입었노라. 마침내 수술 당일이 밝았기에 명줄이 끊기는 날이노라. 부디 새우 자세는 비밀에 부치시고, 처절한 사투의 날로 기억되길 바라노라.

"으윽!"

드디어 마취주사가 척추에 침투했노라. 얼마 전 하늘나라로 떠난 이엘－은하와 할아버지, 할머니가 떠오르노라. 그들의 고통은 이보다 더했으리라는 짐작으로 최면을 걸어보노라

지금은 하반신의 은밀한 주니어가 아주 축 늘어진 상태노라. 대갈통을 모로 꼬라박은 채로 숙면을 취하고 있노라.

"흐흐…"

별 감각이 없노라. 잠시 동안 초라한 너를 느껴보노라. 쿡쿡 찔러보고. 조물조물 만져보고. 죽은 자식 불알을 만지는 꼴이노라.

'오케이!'

제대로 멀리 떠났노라. 넋이 반쯤 나간, 거의 죽은 감각이노라. 마지막에 힘을 넌지시 줘보노라.

'으차!'

힘이 살짝 들어갔노라. 슬며시 깨어나노라. 숙면이 아닌, 꽃잠[1] 중이었노라. 여태 감각이 살아서 꿈틀대노라.

'허어…'

안 되노라, 안 되노라. 꿈틀은 안 되노라. 오늘 잠시만은 봐주노니, 대강이를 숙이길 바라노라. 그저 수북하여 폭신한 모전(毛

---

[1] 부부가 처음으로 함께 자는 잠

氈)에 기죽어있길 바라노라.

이거 좆됐노라, 좆됐노라. 부디 들것에 실려 가는 사이에 다시 속잠에 빠지기를 바라노라. 이내 당도할 게헨나(불지옥)수술실이 십대지옥까지는 아니길 바라노라.

"미스터 리. 마취되었어요. 긴장 푸세요, 금방 끝납니다."

오, 다행이노라. 곧 의느님이 광망(光芒)을 밝혀주어 암굴에 서광이 깃들지니, 내면을 덮고 있는 어둠이 사라지겠구나. 무감각하여 평온하겠구나. 문득 평온하게 혼곤한 정신을 유발하는 '광명마을'이 떠오르는구나.

그렇다. 동화 속의 마을 명칭은 광명이었다. 티 없이 밝은 이웃들이 각자의 진언 방식을 배사(拜賜)하여 마치 광명진언을 읊조려 영검을 얻는 행위처럼 평온무사하게 지내는 곳이었다.

「 실은 광명마을의 구성원들은 누구나 죄업을 지닌 채로 이주한 자들이다. 그 후로 그들에게 있어서 광명이란, 거울에 비친 맑은 자신과 타인의 밝은 모습에 동화되어 살아가는 것. 그러나 그들은 어떤 부정(不淨)한 면을 감지하지 못한 채 살아가고 있었다. 그에 관한 불길한 징조는 이때부터였다.

별안간 숙소에 들어간 톰이 벽거울을 둘러보며 퉁명한 목소리로 투덜대었다.

"가증스러워. 쟤들은 모두 연기자야. 남몰래 흉보고 평가하고 반성을 반복하는 주제에 정색한단 말이야."

녀석은 만면에 엄정한 빛을 드러내는 이웃들을 비꼬았다.

"어딜 가나 탈을 쓴 쟤들이 느껴져. 교묘한 역겨움이 느껴져. 이곳 거울은 부정한 면을 가둬주거든? 쟤들 서로가 거울이기도 하거든? 근데 나한테까지 예쁘게 비치길 바라나 봐. 나는 제대로 비춰줄 거라고, 가식덩어리들."

그러자 뒤늦게 서연 공주와 함께 들어온 우아한 선생이 말했다.

"그렇지 않아요, 톰. 누구나 거울에 비친 모습이 예쁘길 원하잖아요."

"그런 게 아니야! 피해의식이 아니라고!"

톰은 귀청이 떨어져라 반대 의사를 표출했다. 사실 녀석은 숙소에서 일한 첫날부터, 앞뒤가 다른 주인장의 모습을 벽거울을 통해 포착했다. 찰나였다. 눈앞에서는 밝게만 일관하던 주인장이 뒤돌아서는 쌀쌀한 표정을 순간 내비쳤던 것이다.

"간혹 그 거울을 보기 싫거나 깨트리고 싶을 때가 있어. 한심하다거나 이질적으로 비칠 때…"

톰이 연이어 염증을 드러냈다.

"나는 그들에게 그런 거울이야. 세상에 태어나지 말아야 할 존재라는 거지. 내가 오지 말아야 할 장소에 있다는 거고… 거기다 주인장은 자기가 위선적인 탈을 쓴지도 모르고 선한 척이야. 겁내 토 쏠리게 무의식적으로 그러지. 존나 썩은 표정이 순간 스칠 때도 그러고…. 학습된 참의미인 거야, 그게…. 그 어둠의 본성을 나 같은 거울은 그대로 비춰줄 때가 있거든. 본능에는 본능! 악성에는 악성!"

그리고 며칠 후에 누군가에 의해 무참한 살육이 거침없이 자행된다. 공교롭게 그 첫 대상은 주인장이었다. 하필 주인장은 '톰이 장애를 앓고 있느냐'라고 물어온 타지 손님과 열띤 논쟁을 펼치며, 그에 관한 올바른 표현의 필요성을 대변하고 있었다.

"그런 구시대적인 착오는 지양해야 해요. 장애는 질병이 아니에요. 한 사람 전체가 장애로 해석되는 장애우, 장애자에서 '장애가 한 사람이 가진 특성 중 하나로 설명되는 장애를 지닌 사람(장애인)'으로 대체돼야 한다고요."

이렇듯 강렬히 맞선 주인장은 결국 논파에 성공하여 잘못된 인식을 바로잡았다. 그러나 톰은 그녀의 오지랖에 열불이 나있었다.

"웃기고 개지랄한다, 설명충."

녀석은 속마음을 벽거울이 없는 구석에서 노출했다.

"대체 지가 뭔데, 잠자코 있는 나를 대신한답시고 예민하게 반응해. 네년이 내 기분을 신경 쓰는 것 자체가 남들과 내가 다르다는 걸 방증하는 꼴이잖아. 꾸준히 인지 못 하는 네년이나 무심코 뱉어내는 저 방문객 의식이나 맥락이 닿아있다고."

톰이 보기엔 일맥상통하였다. 주인장의 지적, 조언, 충고는 잘 포장된 습관성 선심이었고 상대적 빈곤을 상대적 열성을 통해 채우는 인류의 공통적인 본성이었다. 단지 의식의 어두운 심연에 내포된 그 거부반응을 주인장이 무의식적으로 부정하는 것일 터, 차라리 뒤에 숨어서 여론재판으로 질타하는 군중이 그나마 정직해 보였다. 소위 댓글러라 불리는 부류는 그래도 충동적인 뒷담화 심리를 으슥한 뒷골목(온라인)에서라도 본능적으로 내뱉지 않는가. 더구나 주인장은 뒷담화하지 않는다고, 뒷담화가 아니라고 남들과는 다르다고 정의롭게 짖어대지만, 결국 악플러와 인민재판식 추종자처럼 남으로부터 자신의 정체성을 비춰 보려는 인식체계는 주인장도 별반 차이가 없었다. 그 무의식적인 짓거리에서 호감, 동질감 혹은 이질감, 거부감 같은 엇비슷한 구분하기가 시작되는 것이다.

우리, 우리 톰이라는 저들 말에는 무의식적인 구분이 존재한다. 주류와 비주류, 인간 동물과 비인간 동물로 나뉘고 관계가 단절되며, 폭력이 쉬워진다. 그들로 바라보고 불쌍한 걸 도와주는 게 아니라, 우리로 함께하는 것. 그걸 시작하고 마주하는 게 필요하지, 의도가 옳다고 극구 강조하여 선의에서 오는 선행만을 내세우는 짓은 무분별한 관여일 뿐이다.

톰이 이번엔 벽거울로 가서 속마음과 마주하였다. 차라리 불합리한 처사를 받을망정, 불우하지만 평범한 범민 취급이 나아 보였다.

'나는 특이한 게 아니라 특별한 거야…. 나도 알아. 누구나 자신이 특별하기를 원하지. 특이한 건 상대적이지만 특별한 것은

자신만의 진리니까…. 근데 나도 특별한 거울이라고. 특별하다고 특별!'

톰은 속으로 부르짖었다. 그리고 이어서 톰은 부르짖는다.

"대체 내 입장을 너희가 알 게 뭐야. 뭐? 장애우가 아닌 장애인? 뭐? 정신지체가 아닌 지적장애? 푸학! 니들에게는 그딴 거나 중요하지? 나는 그냥 인간의 형태 중 하나일 뿐이야. 뭐? 도움, 호의? 그딴 거 필요 없어. 호의가 지속되면 권리로 아는 그딴 찌질이들과 달라 난."

톰은 유복한 집안에서 나고 자라 괄시받은 자신의 신세를 자탄하며 주인장에게 다가갔다. (부친은 백작 집안 출신. 모친은 프티 부르주아[1] 계층으로 알려져 있다)

"나는 버림받은 상퀼로트. 주인장은 부르주아…."

그렇다. 녀석은 살육을 시도하려는 중에 분을 삭이지 못하고 숨을 씩씩 몰아쉬었다.

"어차피 저딴 주제넘은 호의나 그딴 이질적인 요소로 권리 안 얻어. 그냥 너희들을 살육의 현장으로 내몰더라도 권리, 권력을 쟁취할 거야."」

'아주 꽉 막힌 새끼였구만, 이거.'

마침내 입원실로 옮겨진 나는 인고의 길을 묵묵히 견딘 덕에

---

[1] 소시민

원장 선생을 만만다행히 멀뚱멀뚱 보고 있다. 새하얀 병상, 반듯이 눕혀진 몸뚱이, 감각이 없는 하체, 그리고 걷어 올린 환자복 밑으로 퍼런 핏줄이 내솟은 허연 살결의 축난 다리가 보였고 여전히 기절 중인 주니어는 털이 무성한 왼녘으로 머리를 처박고 있었으며, 어쩌다 한두 번 응아가 마려운 기분에 시달릴 때면 농숙하게 곪은 종기마저 파종된 볼기의 민낯이 스치면서 자괴감을 경험하였다.

닥터가 본인 실력에 찬탄하며 내게 다가왔다.

"완벽 제거했습니다. 대신 통증이 상당할 테니 무통 주사 놓겠습니다. 무상입니다."

앞으로 가히 상상을 초월할 고통이 기다린다는 의미였다. 심히 두려웠다. 항문살 익은 냄새가 진동하던 순간보다 더한 고초를 감수해야 한다니….

얼른, 독화살을 맞은 관성제군(관운장)의 일화를 자기최면에 이용해야한다. 관성제군은 화타가 무려 살을 도려내어 뼈를 긁어내는 와중에 태연히 바둑을 두며 담소를 나누었다. 한낱 인간이 선천적인 호기와 가오 잡는 허세로 육체를 지배해낸 것이다.

다만 뾰족한 칼로 살을 벗겨내고 뼈를 깎는 수술을 받는다면 누구나 까무러칠 수밖에 없다. 아니, 죽음과 맞먹는 참혹하고 비참한 통증과 쇼크, 출혈과 세균감염으로 요단강 직행일 수밖에 없다. 사실 한 인물에 허구적 이미지를 덮어씌운 서사는 연의의 형식에 불과하며, 본래 구비문학이 뒤섞인 적층적 역사소설은 발췌된 사실에 갖가지 상상이나 해석을 덧붙여 서사를 완결하기에, 불신하고 거를 구석이 상당하다. 행여 실화라 할지라도 나같이 명성이 전무한 자는 명망이 자자한 오호대장군처럼 명예가 실추될 우려가 없기 때문에, 이 악물고 참아야 할 동기도 턱없이 부족할뿐더러 휘어진 봉화송이(성기)라도 잡고 어찌어찌 버텨보는 게 이미지 관리에 최선일 것이다.

좀처럼 부정적인 생각들이 사그라지지 않는다. 불안감만 더럽게 증폭되고 도무지 수그러들 기미가 보이지 않는다. 제아무리 타인의 갖가지 불행한 고통을 떠올려도 내 암울한 현실에 비교 우위를 점할 수 없음은 물론, 다음날 회진에는 그 첫 번째 관문인 붉은재앙 겁탈을 마주해야 한다. 타인에게 노출당하고 수치심이 지배하며, 몸부림은 조롱받는다고 느끼는 고통스러운 정서를 말이다.

드디어 찾아온 오전 회진이자 수치심과의 대화시간. 내 기저귀는 내려지고 성이 제대로 나 있는 엉덩이가 기어코 타고난 곡선미를 뽐낸다.

"크아악!"

닥터는 깊숙한 볼기협곡에서 피로 물든 처참한 몰골의 휴지를 수거했다. 마치 세면대 마개처럼 항문을 틀어막고 있었던 출혈 흡수용인지라, 잡초뿌리에 엉겨 붙어온 흙들이 연상되어 살점이 뜯긴 듯한 느낌에 휩싸인다. 밑으로 길게 늘어선 핏덩이가 가늠된다. 그러자 혼미해지는 정신세계에 서서히 지옥문이 출현한다.

"크으윽."

참기 힘들 만큼 고통이 쌓였을 무렵, 갑자기 숨이 가빠왔고 얼굴빛이 푸르께해졌다. 열까지 점점 오르면서 항문이 참을 수 없을 만큼 아파지자 그림 리퍼[1]가 이리 오라며 손짓한다. 나는 재빨리 허벅지 안쪽을, 고통도 분산시킬 겸 강하게 꼬집었다.

"끼아아악!"

그리고 이내 기저귀가 살포시 올라간다.

다시 찾아온 두 번째 겁탈 시간. 기저귀는 내려지고 수치심은 여전히 지배 중이다. 닥터가 환부를 뚫어지게 쳐다보며 어정쩡한 태도를 보였다.

"이거 출혈이 심하군요."

"Oh, nope! Please doctor, don't do that!"

그러나 얼마 뒤 이어지는 국소마취 두 방. 그 똥꼬 상태로는 도저히 웃어줄 수 없다고 께름하게 재수술을 결정했다. 여전히 얼떨떨하면서도 더 캐어묻기가 창피해서 잠자코 말았지만, 한 번 더 레이저로 지져야 한다는 압박감이 나로부터 리드미컬한 반응을 이끌어낸다.

---

[1] 낫을 든, 서양의 사신이자 죽음의 천사

"크르르. 저 쌍노무 호로… 저 비위도 좋은 새끼!"

나는 강렬한 리듬으로 불현듯 창작물을 쏟아냈다. 기절하기 일보직전에 속사포로 뱉어내는, 마치 엑소시즘을 당하는 악령처럼 격렬한 몸짓과 위협적인 추임새를 요하는 피똥꼬 랩이 그것이다.

좌우간에 지금은 영감에 사로잡힌 기적의 순간으로.

"저 쌍노무 호로 개 돌팔이 양아치 멍멍이 새끼가…."

그 외 나머지 랩핑은 이만 생략하겠다.

재수술은 20분 만에 끝이 났다. 엎드린 채로 병실로 되돌아왔고 마취가 풀릴 동안 머리를 들지 않은 상태로 유지했으며 같은 자세로 8시간을 꼼짝 않고 누워있어야만 했다. 그냥 수면제를 처맞고 귀잠이 들었으면 좋았으련만, 거의 뜬눈으로 이를 갈면서 단말마에 근접한 진통을 느끼고는 또다시 겁탈 시간을 맞는다. 그래도 몇 번을 계속 당하니까 제법 익숙해진 상황과 공간 같기도 한데, 사실 기저귀가 내려지는 중에는 여전히 수치심이 몰려온다.

"크으윽!"

그리고 변함없이 고통도 뒤따른다.

잠시 뒤 나는 들것으로 옮겨졌다. 남자 간호사가 피로 얼룩진 침대시트를 갈아주는 한편, 새 기저귀를 살며시 침두에 놓고는 물러간다. 실로 완전한 사육이라 할 만하지 않겠는가.

—5—

 다음날부턴 좌욕에 집중하였다. 마치 지압볼을 수술 부위에 문댄 듯한 고통이 느껴지다가 짓물러있는 응꼬 주변의 충혈이 풀어지면서 통증이 완화되었고 의지적으로 괄약근을 서서히 조였다가 푸는 케겔 운동을 연속으로 반복했더니 배변 활동이 자연스레 촉진되었다.

 그런데 도무지 나오지 않는다. 변은 갈수록 내려와서 응꼬에 노크를 하는 것 같은데 힘을 잔뜩 줘도 나오질 않는다. 변이 내려오면서 응꼬에 압력이 가해지니 그건 또 그거대로 아파서 정녕 진퇴유곡, 저양촉번(羝羊觸藩) 형세이다.

 끝장에는 미친척하고 힘을 꽉 줘서 겨우 굳은 변을 내몰았다. 그러자 볼품없는 절개된 응꼬에서 마치 지리듯 수줍게 흘러내리는, 된 느낌의 피똥이, 배앓이와는 별개로 길고 묽게 급격히 쏟아져 나온다.

 얼마 뒤 변기에 선혈이 낭자하여 필사의 정신으로 일어나 걸으니, 허벅지 뒤쪽으로 벌건 피가 임리해버린다. 좌욕대 넘어 레이저 메스 같은 샤워기가 보드라운 살결을 온기로 사납게 애무하자, 고환은 요동치고 순간 하늘이 노래진다. 자칫 그 불두덩(환부)에선 마치 팝콘 기계가 뱉어내듯 별똥이 길게 쏟아질 듯싶었다.

 '제기랄.'

똥탈까지 껴버린 악재였다. 게다가 이곳은 겁탈, 고통… 그리고 간호사가 농도 있게 어우러진 은근히 문란하고 단작스러운 성인아파트의 특권층이었기에, 그들이 내 수치심을 깔때서 볼 때는 있어도 처방을 속 시원히, 신속하게 처리해줄 리는 만무했고 그 저층과 중층에 서식하는 잠재적 우월의식들마저 간혹 나를 내리뜨고 볼 때가 있었다.

갑자기 암암한 거리의 중지 톰이 뇌리에 스쳐갔다. 톰이 보기에 광명마을 이웃들은 다라운 구석이 껴있는 특권의식 집단이거나 별 효험 없는 진통제나 진배없는 은밀한 우월주의 유형이었다. 결국 그 진정성이 결여된 씨앗들은 큰 고통을 톰에게 안기면서 이루 말할 수 없는 비극까지 초래하였다.

[어느덧 기호지세(騎虎之勢)의 신세가 돼버린 톰은 나날이 파괴적으로 발악하였다. 그러나 내면이 메마른 이웃은 그저 큰 반향을 몰고 온 이방인(톰)의 발작 현상으로만 치부하였고 그가 자신의 궤상지육 운명에 반기를 들었다는 사실을 인지하지 못하였다.

어느 날 녀석은 청운(靑雲)의 뜻을 품고 공격을 감행하였다. 마을길에 폭탄인형을 대거 누비게 하고는, 계획에 따라 혼란을 일으켜 공황 속으로 이웃들을 초대한 것이다. 그러나 형세는 얼마 가지 않아 뒤바뀌고 만다. 마을에 느닷없이 한 방랑자가 방문하더니, 우아한 선생을 부추겨 밀고자를 자처하게 하고 은근히 톰에 대한 악감정을 나타내게 꼬드겼다. 그는 자신이 광명마을 출신인 점을 내세워 그녀에게 톰의 근거지를 광장에 드러내도록 하였다. 전세가 역전되었다. 결국 성난 이웃을 피해서 마을 중심에 있는 '진언의 성전'으로 달아난 톰은 인형폭탄으로 성전이 무너지는 때를 기다렸다. 총 44개의 기다란 수직 창들이 실내의 삼면을 돌아가며 에워싼 측랑(예배당)에서 명운을 내려놓고 삶을 마무리할 시간이었다. (이 사건은 순교에서 유래해 와전됐다는 설이 후일 유력해진다. 톰의 죽음에 대해, 스스로 삶을 마감했다기보다, 자신을 미리 기다리던 방랑자에 의해 치명상을 입게 되었다는 설이 정론으로 자리 잡는다)

뒤늦게 톰을 구출하려 사방팔방 돌아다니던 우아한 선생은 인형들이 일제히 폭죽을 쏘아 올리며 동시다발적으로 자폭하기 시작하자 어쩔 수 없이 급히 탈출하였다.

'과연 선의의 밀고였을까? 혹시 내가 마물의 현혹을 받은 것은 아닐까?'

우아한 선생은 신비로운 광명마을을 신뢰했던 자신을 책망하였고 늑장 대처로 시간적 여유가 부족했다며 환멸을 느꼈다.

서연 공주는 마을 초입에서 우아한 선생이 무사히 나오기만을 기다리고 있었다. 그런데 웬 바닷빛 눈을 가진 남성이 공주 옆을 쓱 지나치더니 마을로 유유히 향했다. 머리에 터번을 두르고 꼭두각시 인형을 안고서 입에 꼬나문 막대사탕을 살짝살짝 흔들며 아직 터지지 않은 인형들이 즐비한 광장 쪽으로 저벅저

벅 걸어 들어갔다. 그 남성은 바로, 광명마을을 탄생시킨 장본인이었다.

뒤이어 우아한 선생이 광장을 가로지르는 그 남성을 목격하였다. 날카로운 눈매를 지닌 그의 살짝 벌어진 입술 사이로 묘한 신비감을 주는 옅은 미소가 흐르고 있었다. 그녀는 초입을 향해 급히 내닫는 중에, 있는 힘껏 외쳤다.

"들어가시면 안 돼요! 도망치세요!"

하지만 남성은 작별인사를 건네듯이 손짓으로 거부의사를 밝혔다. 그러고는 인형들 사이를 느긋이 지나쳐서 되레 더 깊숙이 들어가 버렸고, 얼마 뒤 터번을 풀어 신기로운 금발을 드러낸 그는 진언의 성전 본당으로 들어가 샹들리에 쇄편이 떨어져 있는 애프스(APSE, 제단 후진)에 서서 태평한 태도로 톰에게 대화를 시도했다. 톰은 그의 앞 제단에 쓰러져있었다.

"여어, 톰."

"마스터13?"

"어."

"미안해 마스터13. 네 말대로 그들은 거짓이었어. 역시 나는 왕따였고… 그치?"

"고생했어."

"지들이 신인 양 우월한 척 지랄이야. 몰래 업신여기면서…"

"유감이야."

"그래도 나 노력했어. 음주가무도 즐겨보고, 그들처럼 보이려 노력했어."

"그래. 그런데 그조차도 허락되지 않은 거고?"

"으응…. 차라리 그냥 전체를 왕따시킬 걸 그랬나 봐."

"아쉽다."

"크윽! 근데… 쿨럭쿨럭. 누구야 너는? 절대자야?"

톰이 그의 멋들어진 염소 뿔을 올려다보고는 물었다. 그러자 막대사탕을 담배처럼 빨아대던 그는 터번을 다시 두르며 평소처럼 장태평하게 무심히 답했다.

"흐음…. 함무라비? 아니면 사도? 뭐, 가지가지."

"당신에게도 역시 장난감에 불과했겠지, 나는?"

톰은 폭죽과 폭탄이 더욱 거세게 터지는 찰나에 물어왔고, 방랑자는 얼버무렸다.

"으응? 뭐라고? 잘 못 알아들었어."

"상관없어. 어차피 죽을 거잖아 나. 그치?"

"죽고 싶지 않구나, 너."

"사실은… 응."

"괜찮아. 테슈바(회개, 회복)의 기간, 회복의 과정이야."

"그렇구나. 뭔지 모르겠지만 좋은 말이겠지?"

"물론."

그의 대답에 톰은 효제충신(孝悌忠信) 관계에서 배수(拜受)하듯 살짝 웃어보였다.

"저기 말이야, 마스터13."

"으음?"

"정말 사후세계에 절대자가 존재할까? 그가 나를 맞아줄까?"

"글쎄… 아마도 그러지 않을까나?"

그와 동시에 애프스 뒤에 있는 6개의 색유리창이 깨지면서 파편들이 뿔뿔이 흩어졌고 톰은 다시 한번 미소를 살짝 지어보였다. 이번에는 구세주를 배수(陪隨)하는 인간처럼 홀가분한 표정이었다.

"흐… 다행이다. 멱살잡이 할 수 있어서…."

그리고 뒤이어 색유리창으로 병풍을 친 측벽과 측랑, 천장에 있는 16개의 모자이크들이 마치 봉제선 없는 유리 상자가 폭발하듯 일제히 박살나더니, 톰의 흡족한 미소를 두꺼운 파편들이 덮쳐버렸다.

그 시각 공주 일행은 광명마을이 무너지는 아비규환 속에서 어떤 무리에게 농락당하고 있는 장님을 목격하고 있었다. 마을 이장의 딸이었다. 우리 주아를 괴롭히지 말라는 아비의 울부짖음에도 그들은 아랑곳하지 않았고 여타 주민들도 거울마을이 무너지는 장면을 목도하며 예민성, 폭력성, 이합집산의 교활함으로 악업의 표본이 되어버렸다. 거울이 깨지면서 드러난, 으늑히 봉인돼있던 그 본모습들이 거울 대신에 서로를 비춰보고 있었다. 절대로 거울이 필요하다는 듯이, 없어서는 아예 못 살 듯이 굴면서, 마을의 기초 질서 확립의 근간이 뒤흔들리자 기강확립 문제를 놓고 본바탕을 드러내어 충돌한 것이다.

서연 공주는 왕족의 권위가 실추될 우려에도 그들 앞에서 바로 일갈해봤지만 소용없었다. 서글픈 그녀는 톰이라도 구해보려 위험을 무릅쓰고 다시 마을로 들어갔다. 그러나 그녀의 신변을 보호할 의무가 있는 우아한 선생은 지상으로 향해있는 꽃사다리로 되돌아가자고 하소연했다.

"공주님, 안 됩니다. 이리 오세요!"

우아한 선생은 처음으로 마구 다그쳤다.

"공주님! 광명마을은 저주받았어요. 돌아가서 즐거운 보물찾기나 해요, 우리."

"뭐? 광명!?"

그녀들이 폐허가 된 터를 지나칠 때쯤 낯선 목소리가 들려왔다.

"어머! 당신 살아계셨군요!"

우아한 선생이 돌연 놀랍다는 반응을 보였다. 분명히 과경에 마주친, 터번을 두른 남성이었다. 그는 무너진 성전의 잔해 위에 태연히 앉아 신소를(哂笑) 짓고 있었다. 그가 답했다.

"운이 좀 트여서요. 그나저나 광명이라고 하셨나요?"

"네, 광명마을이요."

"그럴 리가요. 거짓이 지어낸 허구입니다."

그의 말인즉슨 거울마을이 속한 소지명은 샤밧(ש.ב.ח. 안식)이고 마을의 본래 명칭은 메타노에오(μετανοω. 회개)이며 그 목표 의식은 메타노이아 즉, 근본적 전환이라는 것이다. 그러나 그들이 자성한다는 것은 무리였을뿐더러 자정할 의지보다 사회적 자아 형성의 의지력과 우월감을 우위에 두면서 가뜩이나 야비한 피조물에, 숙성된 야비함까지 첨가된 짐승임을 입증하였다. 물론 그들은 스스로 이성적이라 자부하며 한사코 부인했겠지만 말이다. 그가 말을 끝맺었다.

"근데 광명이라…. 너무 지나친 편성(偏性)이야. 이상, 끝!!!"

"에고. 깜짝이야!"

그녀들이 뇌성벽력 같은 마무리에 화들짝 놀랐다. 그러자 그가 인형극처럼 꼭두각시를 이용해 말했다.

"미안미안. 미안합니다, 공주님."

그가 보기에 서연 공주는 질실한 인물이었다.

"아니에요, 아름다운 아저씨."

그녀가 보기에 그는 숫접게 보이는 신비한 어른이었다. 그들이 서로 그윽한 교감을 나누려는 찰나에 우아한 선생이 끼어들었다.

"얼른 서둘러요, 공주님!"

"그 길은 권하고 싶지 않습니다, 공주님."

그 순간 생긋 웃는 꼭두각시가 그녀들의 행동을 제지하였다.

"이미 지상에서 아주 멀리 떨어져 있습니다. 만약 공주님이 무사히 도착하신다 해도 광명의 기억이 희미해져 있을 겁니다, 어른이 되어 당도하실 테니까."

그는 단호한 어조로 힘없이 말했지만, 정작 꼭두각시는 생글대는 낯빛이었다.

그녀들은 시무룩해졌다. 공주는 땅바닥에 주저앉아 서럽게 훌쩍이며 얼마나 길고 꾸불꾸불한 길이 있을지를 떠올렸다. 게다가 제시카 할아방의 마을에서 맞닥뜨린 위험도 여전히 위협적으로 느껴졌다. 그런데도 아래쪽으로 내려갈 엄두조차 낼 수 없는 그녀였다. 어서 보면 사언스러운 반응이었다. 선천적으로 인간의 눈 위치가 상행보다는 하행을 어려워할 수밖에 없는 구조인 것처럼 당연한 현상이다. 어느 누가, 발 디딜 곳을 예민하게 살펴야 하는 상황을 반기겠는가. 자칫하면 떨어져 버리거나 순식간에 구렁에 빠지는 위험에 직면할 수도 있다.

그러나 그는 묵직하고 서글한 인상으로 공주에게 너른 마음씨를 전한다.

"언젠가 떠날 자신을 위해 현재를 살아간다. 후회하지 않도록…."

"아저씨. 저… 내려갈게요."

"안 돼요, 공주님!"

우아한 선생이 불쾌한 기색을 내비쳤고, 그는 안온한 반응으로 일관하며 광장을 가리켰다.

"진정하시고. 저기 좀 보시죠. 아무래도 공주님의 불운이 지하세계까지 퍼졌나 봅니다."

그가 가리킨 곳에는 지옥의 음흉음흉 나라에서 올라온 좀벌레들이 모여 있었다. 온종일 만찬 순회공연을 하다가 휴식 차 잠시 들른 것인데, 그들이 귀향 인파라는 사실을 눈치챈 그는 반색하며 대안을 제시했다.

"마침 잘 됐습니다. 따라가 보시는 게 어떻습니까."

그러나 우아한 선생은 고집을 부리기 시작했다.

"어차피 위험한 건 매한가지입니다. 우린 윗길로 가겠어요."

"설마 대설산을 나침반 없이 가실 생각입니까?"

그러자 우아한 선생이 퉁명스러운 표정으로 되물었다.

"지금 뭐 하자는 거죠?"

"도움을 받자, 라는 겁니다."

"저들이 그럴 생각이 있을까요?"

"예. 있을 겁니다. 쟤들은 불량한 음식문화를 선도해서 큰 영예를 공으로 얻고자 하니까…."

"얻고자 하니까…?"

"우선 이거 받으시죠."

"이게 뭐죠?"

"연합을 증명하는 증표입니다. 먼저 보여주시고 높이 기리는 척하시면 됩니다."

"흥! 우리가 뭐 광대예요? 연기하게? ……그래도 일단 줘보세요."

"그럼 공주님. 속히 합류해서 시간을 아끼시죠. 절망만이 커지기 전에…."

그의 말에 그녀들은 그간의 여정에서 얻은 두려움을 극복하고 위험에 맞설 용기를 얻었다. 그러고는 희망을 향해, 그리 시꺼먼 심보들을 칭송하러 서둘러 길을 떠났다. 그녀들이 겨우 달리기 시작했다. 갈 길은 아직 멀고 본격적인 여행이 시작됐을 뿐이다.

그는 성전의 잔해에 걸터앉아 비교적 가까운 기억을 회상해보았다. 자신의 총애를 사게 된 '중지 톰'이 어느새 떠나고, 얼마 뒤에 그의 아비 되는 방랑자가 '지하세계 거울나라'의 수령을 배수하게 된다.

"이거야 원…. 꽤 재밌는 흐름이군요, 랍비."

아직은 까마귀와 거울마을의 주민들이 우짖고 있었다.

"자, 그럼 다음은 어떤 장난을 쳐볼까나…"

그러자 한 마리의 까마귀부터 날아올랐다.」

나는 동화책을 덮어 베갯머리에 놓고는 암암한 거리의 내용을 현실에 대입해보았다.

'그러니까… 아기집사가 메이나시의 총애를 사게 된 얼마 뒤에, 존 오펜하임이 올랜도 디즈니의 수장이 된다는 거 아니야…? 이거 뭔가 더 좆같은 현실진행인데?'

어느새 가고…

가쁘게 온다….

새 국면

또리가 퍼먹다 남긴 사료가 있는, 이번에도 희귀한 병실의 아침. 나는 '월 스트리트 저널' 일간지를 접한 직후에 다급히 간호사를 호출했다.

'지금 이러고 있을 때가 아니야!'

무려 상당한 소요를 야기하는 내용이 영자신문에 담겨있었다. 흡사 면식범에게 목이 졸린 것 같은 질식의 고통을 심리적으로 안기면서 과거, 어느 때에 접한 인물들과 섬뜩한 사건이 어떤 계기를 맞아 국제적 관심사로 대두되고 있었다.

서서히 익숙한 시련이 다가오고 있다. 어둠의 장막에서 손짓하고 있다. 극심한 고통 속에서도 누군가의 은밀한 속삭임과 악독한 소행이 느껴지고 추정되고 있다.

어딘가에 스며있는. 세계 곳곳으로 스며가는 장막의 그림자… 그 붉은 절망의 나락은 내가 고국으로 귀환할 것을 절실히 원하고 있다.

정독할수록 흥분, 기대, 두려움 등 여러 복합적인 감정이 뒤섞여 휘몰아친다. 의심할 여지 없이, 중의적인 뜻을 내포한 제목과 내용이 기재되어 나의 암울한 과거와 잇닿아 있다. 틀림없는 민이린의 사진과 함께…. 그리고 (주)태평과 A기업의 묘한 관계가 주제가 되어서….

― 2 ―

아래는 기사의 전문이다.

「B사 후원. (주)태평 주최 출판기념회. 장소 국립중앙박물관. 작자 미상 '검은 성서' '암암한 거리' 출판기념회 열린다.

세계 유수 출판사 40개사와 성황리에 개최할 것. A기업 명예회장 외 각계각층 주요 인사들도 참석의사 내비춰.

(주)태평이 주최하는 출판기념회가 오는 O일 16시 국립중앙박물관에서 거행된다.

관계자 말에 따르면 검은 성서는 O일 출간 예정인 최병직 (주)태평 전 사장의 역작이다. 천상, 지옥, 심연에 대한 세 파트로 구성되어 역사에 숨겨진 흥미로운 진실과 황폐해진 현실, 그리고 새 시대를 위한 기적의 과정을 담은 도서로 (주)태평이 오랜 기간에 걸친 복원작업 끝에 재판한 작품이다. 반면 암암한 거리는 주인공 '서연 공주'와 '우아한 교사'의 현상적 자아, 본질적 자아 탐색을 담은 그림책으로, 익명의 저술자가 연재를 게시한 자사 도서이다. 원저와 달리 성인용으로 번안해 출간한다.

(주)태평은 두 도서가 작자 미상인 점을 감안해 이르면 행사 즉일에 관련 전시회를 함께 실시할 예정이라고 밝혔다. 저술자가 직접 그린 원화와 검은 성서의 역사 자료를 연대에 따라 보여주는 통시적 전시 공간이 될 것이다.

전시회는 이달 O일까지 국립중앙박물관 기획관에서 열린다. 입장은 무료이며, 저자의 친필 사인이 담긴 암암한 거리를 판매하는 한편, 동시 공개되는 검은 성서 초판 한정으로 가죽 표지와 소정의 기념품, 구매인증서를 함께 제공한다.

주요 행사는 마지막을 알리는 '새 시작 선언', '새 시작을 알리는 마지막 외침', '처음과 달리, 그제야 항상 영원히'라는 세 가지 주제로 특별초청 연설, 설명회, 만찬회 순으로 진행된다.

특별초청 연설은 B사 대표와 A기업 명예회장이 참여하는 릴레이 기조연설 형식으로, 검은 성서와 함께 호흡하는 화합의 장을 마련해 높은 관심과 호응을 얻을 것으로 보인다.

작품 설명회 러닝메이트로 (주)태평 최주아 대표이사가 낙점됐다. 이날 콘텐츠 제작 총괄을 맡은 최주아 씨는 도서개발실장 시절부터 경영일선에 참여한 경험을 살려 이코노미스트로서 기여하고 싶다고 밝혔다.

(주)태평은 100%의 지분을 보유하고 있는 B계열사의 자회사다. B그룹은 지주사인 동사를 중심으로 12개의 계열사와 (주)태평을 비롯한 다수의 자회사, 전 세계 46개국의 다각적 협력 네트워크를 보유하고 있다.

2016년 B사는 (주)태평을 필두로 출판미디어계 개편에 앞장섬 인력확보에 나서며 급변하는 미디어시장, 매스미디어의 진화에 발맞춘 혁신과 결속력을 주도하였다. 또한 침체된 활자매체의 활성화 회복을 위한 자회사 지배 및 경영관리, 자금공여, 글로벌

수주 네트워크 구성 등의 업무를 수행하는 등 과감하고 도전적인 상생 행보로 세간의 이목을 끌었다. 이제 K-북의 글로벌 시대 개막까지 출판기념회라는 마지막 한 걸음만 남았다. 책이 K-문화의 바탕으로써 문화의 경쟁력을 만들어내는 것을 넘어 K-북의 해외시장 판로를 넓히고 다양한 비즈니스 기회가 마련되도록 지원하는 계기의 첫걸음이라고 할 수 있다.

문체부 미디어정책국장은 "양사의 파트너십은 플랫폼 영역에서도 시너지 효과를 창출하고 있다"라며 "해외 주요 출판사들이 대거 참여하는 만큼 이번 행사를 통해 더욱 실감 나게 읽히고, 그간 정성이 고스란히 와 닿는 기회였으면 한다"고 전했다. 」

여간 껄끄러운 내용이 아닐 수 없었다. 아니, 막장 중 막장이었다. 더욱이 B기업과 최병직 사장, 그리고 A기업이 동시에 언급된 부분이 한동안 잠잠하던 내면의 애새끼를 깨워버린다.

．

어른 너, 감당할 수 있겠어?

．

나는 세상을 구하고 싶은 정의의 사도도 아닌데다, 과거를 다소간 멀리하자고 스스로 맹세한 바 있지 않은가.

．

왜? 제동 걸어줘?

．

급작스레 심장이 요동친다. 곧장 부르르 떨리는 양손으로 재차 기사를 바라본다. 마치 전혀 다른 재질의 끈들을 어여삐 이은 듯한 내용이 흉한 재앙의 전조를 알리고, 민이런 그녀의 사진은 호기심을 일으키는 데 일조하며 떨칠 수 없는 불길한 조짐을 가속화시킨다.

나는 과거로의 회귀를 종용받는 듯한 기분에 미간을 찌푸렸다. 끊임없이 눈두덩과 관자놀이, 이마를 문지르며 우수에 젖은 척 골똘히 궁리했다. 서로가 상극인 것들이 부조화 속 조화를 이루고 있다니…. 천연, 막장 중 막장 같은 해괴한 내용으로 자꾸 옛것들을 눈에 밟히게 하다니….

그러나 내면의 애새끼는 잠자코 있다가 반응한다.

      간단해. 우선 떠올려봐.

자연스레 먼 과거부터 회상하였다. 추동에서 씨물쌔물 배웅하는 할머니, 어깨와 입아귀를 실그러뜨리는 할아버지, 그 곁에서 혼쭐이 나도 웃어대는 이엘-은하. 그러자 마음이 들썽들썽, 눈망울엔 핏발이 서고 눈물이 어리며 금세 눈알이 씀벅대었다. 그다음 짓궂게 불집을 일으키는 해맑은 낯빛이 한동안 괴롭혔다. 뇌리에서 스쳐가는, 이내 돌아와 그리움을 자극하는 은은한 화순(花脣)향 때문이다.

      까짓것 끊어버려.

가까운 과거. AD 어느 날의 흙색 공백.

「처음 보는 공간,
처음 들어가는 아빠의 서적 창고.
내 방의 구성과 묘하게 닮아있다.
이불이 깔려있는 큰 침대 하나가
중앙에 놓여있고, 침대 옆 책상에는
두 책들이 가지런히 놓여 있다.
'항해'라는 백색일지와
'공백'이라는 흙색일지.
먼저 백색일지를 펴보았다.

- '진짜 나'의 항해일지는
언제 쓸 수 있을까….
지언 씨는
요즘 악몽을 자주 꾼다.
오늘도 잠결에 한 과장을 언급했다.
근래 들어선 최 사장도 언급한다.
자신 때문이라며 계속 자책한다. -

게다가 흙색에 무수히 기록된 이름들,
민이린과 이지언… 그리고 도현근과…
사사키 르….
안 좋은 예감이 든다.」

'아니, 됐어. 뭐든 나아가는 방향일 테니까.'

격동의 장

생물망

보편적인 선악은 서로의 득세를 용납지 않는다. 서로 간의 방해도 그 어떠한 개입도 원하지 않는다. 오롯이 양방에 대한 각각의 근절만을 필요로 할 뿐이다.

지긋지긋한 문장들이다. 하품 나오는 지루함이다. 온갖 표현으로도 부족한 낡음이다. 오랫동안 내려오지 않을, 어쩌면 일평생 떠다니고 있을 부메랑이다. 그러므로 잠시만 먼지 떼어내듯 털어보자.

자칫하면 은밀한 악성마저 좀먹어버릴 듯한 적요함은 지극히 오랜 세월 우리 곁에 있었다. 모든 것이 얼키설키하나 필히 존재할 곳에 있는, 직접적이진 않으나 결국 하나로 이어지는 이야기다.

"자연 필연성…. 모든 건 이어져있다, 하나로…. 본디 이유 없는 생명이란 존재하지 않는다. 그 무엇도 그저 하나로 오고, 하나에서 떠날 뿐이다."

단 하나의 둘처럼

그대와 나도….

과거로부터 초장(初場)… 사제

 때는 AD 33년 유월절 무렵. 감람산(올리브 산) 서편의 기드론 골짜기 너머에 있는 시가지, 그 희대의 마을에서 지배계층의 재원인 신전 광장을 한 집단이 휘젓고 있었다.
 "어서요, 빨리! 얼굴 제대로 가리세요!"
 "스승님 먼저 가시지요. 뒤처지지 마시고요."
 그들은 불합리한 상행위에 분개하여 마음껏 활개 치고 나서야 동쪽 감람산으로 줄행랑쳐버렸다.
 이윽고 산기슭과 비탈진 산허리를 거쳐, 발아래로 예루살렘 성전과 솔로몬 행각이 굽어보이는 겟세마네 동산.
 "헉헉! 모두 무사하신가요?"
 그 사내는 흑진주 같은 검은 눈동자에 흑발을 휘날리고 있었다. 나는 여느 때처럼 느끼고 말았다. 깊고 선명히 묻어나는 절대자의 총애를…. 단지 혁명가로 속칭된 광세(曠世)의 성인이, 유일하신 아들로서 성삼위일체에 오를 먼 훗날을….

 흠, 성령강림이라…….

그 외아들 우편에 앉으실 때에…

—2—

"랍비여. 언제까지 돌보시겠습니까, 건강 상하십니다."
"네. 이 아이만 재우면 바로 쉬겠습니다."
"내일 일정도 염두에 두셔야 하지 않겠습니까?"
"제 몸 상태를 봐가며 간병할 순 없습니다. 먼저 주무시죠, 요한의 아들 시몬."
"그럼, 먼저 실례하겠습니다. 랍비."

나는 그들의 대화를 몇 걸음 뒤에서 지켜보고 있었다.
'만약 내가 저 베드로였다면, 어떠한 재치로 랍비를 가릴 수 있을까. 어둠에 떠서 홀로 훤히 비추는 달빛을, 어둠에 떠 있기에 유독 훤히 빛나는 저 달을…'
떠오를 리가 없었다. 더군다나 당시의 흔한 압제에서 비롯된, 사상 격화 현상의 중심에 선 그는 가려질 리도 없었다. 그래서 그냥 입을 다물었다. 바로 그런 순간이었다. 달이 어느샌가 숨었다 싶어 눈치챈 랍비가 말을 걸어왔다.
"당신 때문이었나요? 충분히 어두워요, 이스라엘."
"생트집 왕이시여, 억지도 가지가지입니다. 듣기 거북한 작명도 모자라 억지 주입까지 하시고."
"정말이랍니다. 보세요, 갓난아기는 울먹이고 저 아이와 귀뚜라미는 울음을 그쳤다고요."

반면, 막 잠이 깬 것들은 포근하나이다.[1]

내가 과장되게 반응했다. "어이쿠, 들켜버렸네요. 저들한테 죄송할 따름입니다."

"거, 샛문에 있지 마시고 이리 와보시죠. 이놈 앙증맞습니다."

"아, 네네. 무척 송구스러운 자세로 가보겠습니다."

마지못해 응하면서 나는 성가시다는 표정으로 다가갔다. 그 유대인, 랍비는 아이를 베갯머리에서부터 돌보며 가르치는 것처럼 신앙 양육의 모든 상황을 고민하고 그들과 나누었다. 랍비가 물었다.

"흐흐. 어때요, 배냇짓이?"

"예전에 만난 아기가 떠오르네요. 친분 있는 여인네 집이었는데. 마치…."

숨넘어가듯 터질 듯한 목청이
밤의 정적을 깨더이다.

"마치?"

랍비가 되물었다.

"그때 녀석처럼 충분히 개구지고 적당히 도도해 보이는군요."

---

1) 검붉은 글은 이스라엘의 속마음, 즉 본성의 자아다.

"아…."

"나중에 그 괘씸한 녀석이 제 낭심을 걷어찼는데 말입니다."

"아! 그나저나 깜빡한 게 있군요!"

"어허. 저만 아는 제 흉을, 아니 일생일대 최악의 불운을 고백한다는데 막으신다고요?"

"그보다 더 중요한 기억이 떠올라서요."

"무엇입니까, 그게."

"무단결석. 길게 풀어서, 오랜 기간 방치한 당신의 일탈."

"와…. 중요하다. 서글픈 방임이라니."

그래서 어쩌란 거야.

"그래서 뜻밖에 나누는 오밤중 인사! 우리 얼마만의 재회인 거죠? 이스라엘?"

"에엑!? 당신 내 선생 맞나요?"

"어라? 당신은 제 제자님이신가요?"

"품! 여전한 걸 보니 제 스승이 맞긴 하군요."

"글쎄요. 그럼 저는 아직… 이라 하겠습니다."

"아… 네네."

이봐, 랍비.

성부의 부르심을 받은 그대는 알고 있으려나?

우리가, 다른 듯이 닮아있다는 걸.

이스라엘의 서

 '그날 다윗의 고향을 재미 삼아 들렀었지. 그 콧대 높은 마고스($μάγος$. 박사)[1]가 별에 이끌려 그대를 찾아본 날, 나도 별을 보며 그대를 지켜봤어. 마고이($μάγοι$. 단수형)들이 그대에게 예물을 건네 경배하고 있을 때, 나는 그대들 모두를 축복하고 있었지. 비록 먼발치였으나 황금(왕권), 유향(신성. 종교적 권력), 몰약(죽음) 따위의 알맞은 선물을 선사했어. 그대를 벼르고 있는 이두메 에돔 출신의 열등감으로부터 그대들을 보호했지. 한데 요즘 들어 마기(magi. 박사)[2]가 그대를 유대 왕이라 명명하고 다닌다지? 어떤 마구스(magus. 단수형)는 아예 신의 사자가 현몽했다고 떠들어대더군. 이봐, 갈릴리 나사렛에서 온 목동이여. 그대의 목숨은 다윗의 어린 핏줄을 모조리 제물로 바친 값이며, 그 비정통 이방인의 분노를 이끌어내 만든 무게가 아니겠나? 그 루아흐(성령)의 인도로 동방 현인들이 내 아우, 안티파트로스[3](헤롯 안티파터) 2세의 아들을 따돌린 결과일 진데, 그대가 축복이어야 마땅하겠나? 아니면 타고난 죗값이어야 마땅하겠나? 정작 그대들을 구원한 루아흐는 말이야…'

---

1) 헬라어
2) 라틴어
3) 라틴어

그분의 의중일까, 아니면

　　　　　　　　'신의 사자'의 독단적 결정일까?

 '아니지…. 이제부턴 아무것도 없었던 걸로 해야겠네. 앞으로 그대의 출생 비밀은 은폐 의혹으로 영원히 불투명해질 것이야. 그대의 제자들과 바리세파, 정통 유대 가문, 로마인들이 영원토록 상충할 테니까.'

　　　후대에 따라다닐 가필 논란도 볼만하겠군.

 '고로 훗날 그대의 출생지는 다윗의 고향이자 정통성과 당위성 확보를 위한 다윗의 고향이면서 갈릴리 나사렛일 것이고 그대의 이름값은 '그분의 한 위격'이자 '거짓 예언자'이자 '위대한 선지자나 지극히 평범한 인간' 사이에 놓일 것이네. 이제부턴 신의 사자만이 그대의 정확한 출생지를 알 것이며, 가장 존엄한 자가 실시한 인구 조사와 월식 주기, 천문학에 따른 주 견해가 그대의 출생일로 간주될 것이니, 그중 인구 조사 시기는 세 가지 견해로 나뉘어 서로 상충할 것이네. 그러나 몇 가지만은 분명히 일러두지. 이미 정해진 흐름대로 가고 있는 것은 물론이요, 다윗 핏줄의 죽음으로 시작된 그대의 여정은 그만큼의 무게로 끝맺을 인과적 필연성에 놓였으나, 당시 정황상 유아학살은 불가했으며 어디에도 자행 흔적이 없다는 견해가 존속될 것이네. 하물며 바리새파, 사두개파가 멸시하는 내 제자, 사악한 군주는 뭐라도 트집 잡아 반란을 도모하는 그들의 환심을 사려 했기에, 먼 훗날 그 정도의 비호를 받을 것이며 고작 촌뜨기 없애자고 다윗 성지에서 학살했겠냐는 가짜 신들의 비아냥이 엄호할 것이네.'

실제로 내 제자는 폭동을 두려워했다네.
자살행위를 할 정도로 아둔하진 않았지.

'이봐, 촌구석 지도자여. 과연 수많은 무장 혁명가들이 판치는 시기에 그대는 어디까지 갈 수 있겠나. 당장 로마제국의 지배하에 놓인 변방에선 랍비, 메시아, 왕을 자처하는 현상이 흔한데다가, 민중 소요를 일으킨 주동자들은 지방 토호들 여론에 따라 처형되고 있네. 더군다나 티베리우스, 중앙정부의 눈에는 그저 드물지 않은 준동일 뿐. 실제로 유다이아 속주의 흔하디흔한 헤게몬(총독)조차 미진한 반응을 보이지 않는가. 하니 우선 변방 지도자로 그치지 말고 보다 유명해지게나. 그다음이 어떨지 궁금하게 만들어보게나. 역사적 사실이라는 견해에서 우위를 점하려면, 그 정도는 해야 하지 않겠나?'

다 그런 거 아니겠어, 랍비?
부디 카이사르, 공화파 귀족, 암살의

좋은 예를 떠올리길….
그래야 카이사르의 유언장처럼
내 손길이 닿지 않겠나.

―2―

조만간 제국에 들러 역사에 새길 비문과 행정문서의 사본을 남겨야겠네. 머지않아 유대 역사의 중요한 기록에 균열이 일 테니까…. 차츰 켄수스[1], 월식, 유월절 시기가 분열될 조짐을 보일 걸세. 다만 내 제자 분봉왕[2]의 사망 연도만이 명확한 채로, 후일 그대의 추종자는 기껏 전거가 확실치 않은 사료와 위경으로 역사적 간극을 유추해야 할 거야.

우선 인구조사령부터 훗날 어긋나도록 손써야겠지? 과연 분봉왕의 집권 말기에… 센티우스 사투르니누스에 이은 아람(수리아)의 총독으로 누가 켄수스를 실시했을까? 퀸틸리우스 바루스? 아니면 퀴리니우스가 부임해 참여했을까?

이 뒷날의 혼동을 그 두 이름이 야기하도록 해놓아야겠네. 퀴리니우스를 믿는 쪽은 인구조사령과 그대의 출생일을 꿰맞춰 분봉왕의 사망 연도를 연결하려들 것이고 퀸틸리우스 바루스라 여기는 쪽은 그 짓에 모세, 알렉산더, 아우구스투스에 붙은 설화

---

1) Census. 인구조사
2) 헤롯 대왕

와 유사한 허구적 장치의 의도가 깔려있다며 헐뜯을 것이네. 결국 언젠가 분규를 발생시켜 민란(泯亂)을 몰고 오겠지. 이 밖에도 분봉왕의 재위 말년은 특정한 견해에 편중해 요긴하게 쓰일 거야. 유다이아 역사와 거짓들이 논쟁을 거쳐 조화롭게 흐를 테지….

지금도 아주 천천히… 공기처럼 흐르고 있네. 그 귀중한 흐름이 느껴지지 않게 고요히…. 아주 천천히 말이야.

이스라엘이라 불리는 그는 '왕의 행각' 그늘에서 휴식을 취하며 담소하는 순례자들을 바라보고 있었다. 그가 있는 예루살렘 성전 바깥뜰에는 두 행각[1]이 있었는데, 그중 성전의 동쪽에 있는 솔로몬 행각은 로마에 적대적인 바리새파 민족주의자와 신앙주의자들이 모이는 나그네 쉼터였고, 반면 왕의 행각은 헬레니즘의 영향을 받아 변질된 친 로마파 유대인들과 에고티즘 이방인들이 모이는 장소였다. 최근 그들 사회에서는 성령감림, 즉 랍비에게 성령이 내려와 닿았다는 소문이 심각한 사안으로 대두되어 사회적 이슈로 떠올랐다. 시끌벅적하였다. 특히 형식적 교조주의에 물든 바리새파 율법학자와 사두개파 제사장의 산헤드린 공회는 권력에 취한 채로 거세게 힐난을 퍼부으며 마쉬하(חשׁיׅמ. 메시아)라 불리는 건 오칭이라 반발하였다. 그들은 히브리어 경

---

[1] 왕의 행각, 솔로몬 행각

전만을 정경으로 여기는 부류이며, 칠십인역[1]과 그로부터 사용된 크리스토스란 용어조차 깡그리 무시하는 선민(選民)이었다.

"시시해…"

언젠가부터 저들, 견실하게 살아가는 부류로 인해, 이스라엘은 숨이 턱턱 막혀왔다. 그리고 성신(誠信)에 매몰된 채로 에고이즘에 물든 기득권, 산헤드린 의원, 중앙정계까지 의심과 시기, 불신만으로 사색의 공간을 열고 닫는 그들을 무시하고 싶어졌다.

"네들 신상 따윈 관심 없어. 하찮은 것들…"

일순간 시야와 머릿속이 새하얗게 산화되었다. 당장 갈릴리 호수의 변두리, 드넓은 언덕을 끼고 뿜어대는 푸른빛 윤슬이 필요했다.

그는 유유히 걸어 나갔다. 구릉지에서 한가로이 풀을 뜯고 있던 양떼가 일직선으로 뻗은 길을 갈라져 형성하였다. 그것들의 꼬랑이는 바르르 떨리고 있었다.

'조금만 버텨다오. 아직은 때가 아니야.'

그는 생각했다. 그러고는 시리도록 빼어난 경치를 바라보며, 욕심내어 빼앗듯 공기를 들이마셨다. 어쩌면 예루살렘에서만은 하소연을 늘어놓기 싫은지도 모르겠다.

"쓰읍. 하아."

---

[1] 헬라어 번역판 경전

그는 부정적인 생각으로 핏속에 생성된 독소와 체내에 쌓인 피로를 밖으로 내뿜고는 신선한 산소를 들이켰다. 그러나 적대감, 의구심 같은 부정한 것들이 재차 비집고 들어오자 그는 열두 제자에게 묻고 싶었다.

불건전한 감정에 솔직하신가?

열두 제자는 자신을 향한 언중의 우려로부터 자유로웠다. 결코 예민하게 주저하는 부류가 아닐뿐더러, 그 어떤 의심이나 망설임 없이 온 누리의 실재적 존재를 랍비로부터 느끼며 파악했다. 끊임없이 이어지는 찬미, 예찬, 수다 속에서 빼어난 경치 또한, 그분(신)이 유출한 총체이자 예술적 표현이라 떠들어댔다.

'시시하고 맹맹해.'

이스라엘은 생각했다. 그러고는 흥미로운 만남이 있었던 어제의 장소를 떠올렸다. 먼 훗날에도 악명 높은 대표명소로 불리게 될, 위선자들의 보금자리 예루살렘 성전을….

그는 선시에도 호화찬란한 성전에 들러서 반대급부의 실황을 확인했다. 그곳은 요철로 석조의 곡면을 강조하고 무늬석으로 거대한 기둥을 치장한 희대미문의 대성전이었는데, 자그마치 샬리아[1]이자 예비 아포스톨로스[2]라 불리는 그가 완벽한 교우관계를 유지하는 놀이터이기도 했다.

이스라엘은 매우 빼어난 자였다. 지나치게 빠른 이해력과 날카로운 통찰력으로 엉큼한 속내를 꿰뚫어 보는 것에 능통했고, 필요에 의한 그럴듯한 언변을 늘어놓으면서 세속화된 근본주의자들과 친밀한 관계를 유지하였다. 또한 영특한 두뇌의 기득권을 측근으로 두면서도 사문난적으로 몰리지 않게끔 자잘한 언동에는 신중을 기했으며, 이따금씩 그중 특정 집단을 겨냥한 풍문을 작가 미상의 저작에 실어 뿌려대었다. 참된 진리의 궤만은 그들과 달리한다는 의미였다. 오늘도 저잣거리에 들러서 '세상만이 실재적이다. 그분도 그저 만물의 총체에 지나지 않는 불완전한 존재'라는 견해를 스리슬쩍 흘리고 다녔다.

그는 그러한 자였다. 숱한 계산과 가감법 인생에 이골이 난 허구의 표상이었다. 마치 가공의 인물처럼 없는 듯이 있고, 있는 듯이 없는 존재감으로 무릉도원의 그림자만 밟고 다니는 그런 회색분자였다.

어제도 역시 향유, 수지(獸脂)같은 기름 증산과 감산, 그리고 근방 교역과 원방 무역의 종사 비율 및 비중에 대해 논의하는 보혁 간의 격렬한 대립 속에서도 붙임성 있는 그늘로 경청하고 있었고, 때로는 고위 성전관리, 영수서 부감, 성전 금고 관리, 세금을 걷어 전곡(田穀)을 보관하는 저장소나 '베데스다 저수조'의 관리자 자격으로 참여해 정계에 관여했으며, 또는 불특정 누군가

---

1) Shaliach. '파견된 자, 사자'라는 뜻의 히브리어로, 유대교를 가르치기 위해 파견된 사도.
2) Apostolos. 사도

의 실루엣이 되어 난세의 사색당쟁은 성신(誠臣)이 내세울 도리가 아니라는 견해를 '영적인 존재'로서 들쭉날쭉 밝히고 다녔다.

너희 랍비는
베데스다 저수조에 들린 날
병사를 치료했지.
그날 저수조 현장을 실사하면서 통찰했어.
주변의 의심, 공포, 불만에 가까운
너희의 현시욕을…
앞으로 낱낱이 벗겨지는 모습을 지켜볼게.
별반 다를 것 없는 너희를 기다릴게….
정해진… 어느 날, 어느 때에.

"어어! 이스라엘!"
그 순간 그를 부르는 목소리가 멀찍이 들려왔다.
"스승님이 찾으시네! 어서 내려오시게!"
"알겠네! 둘도 없는 벗이여."
그자는 뱀헛바닥 같은 존재였다. 내면에 극심한 공포가 드리울 때마다 직접 개입하지 못하고 떠도는 달처럼 멀리서 구경하듯 멀어지는 자였다. 이스라엘은 세상 끝까지 퍼질, 그 크고 무거운 기질에 미소를 되찾고는 이렇게 생각한다.

'하지만 저 경주마는 다르군. 익히 정해진 필연이 가까이 다가

왔어.'

　　오, 이방인이여. 이 눈물겨운 곡절의 내면이여
　특별히 너에겐, 제2세계 진실에 대해 소명하겠노라.

—3—

절대자시여. 랍비는 그야말로 이상적인 존재라는 말씀이신가요? 오래 방치된 저와는 질적으로 다른?
그나저나 당신은 만 년 동안 이어지는 충돌을 오늘도 즐기겠구려. 지겹고 지겨워요. 시시하고 시시하긴 한데……

하필 랍비가 내 흉중을 꿰뚫고 있었다. 그의 음성이 가슴속에 생생히 들리는 듯했다. 우리는 마구간에서 잡일 중이었고, 나귀가 사과를 씹어 어석대는 소리가 간문(間門)을 지나 밤공기를 가르며 너푼거리는 올리브 목엽들 새로 빠져나갔는데, 이와 달리 소란하고 분요(紛擾)한 기분에 노동을 중단한 나는 더 이상 참지 못해 물었다.
"뭘 그리 쳐다보시나요, 랍비."
"제 귀로 의심, 공포, 불만, 현시욕이 들려서요."
"음!? 들리지 않습니다만."
"아, 그게… 되게 경이롭고 신기하네요."

"제가 잡역에 몰두하는 모습이?"

"아니, 약간 닮은 구석이 있습니다."

"누구와 말입니까?"

"만약 저라면 어떠십니까?"

"생김새 말인가요? 아뇨, 전혀."

"진짜 전혀…인가요?"

랍비가 되물으며 아쉬워했다. 나는 마땅찮아 물었다.

"그럼 어디가 닮았다는 말이신지."

"글쎄요…. 시속(時俗)에 초연한 듯하나, 그렇지 않은 태도라 할까요?"

"그럴 리가요. 저와 랍비는 수화상극이십니다."

        기분 언짢게 말이야.

"한데 이스라엘?"

"말씀하시죠."

"어찌하여 제 곁에 머무시나요? 무엇으로 견주나 월등한 분이."

"뜬금없는 질문이십니다."

"옷이 불편하진 않나요? 힘드시고 지루하고."

        그럴 리가…. 도전 욕구가 치솟는 중이야.

나는 답했다. "아아. 그야 뭐, 맏아들 구실하기가 어디 쉽나요? 쭉 참고, 창고 검량이나 하고 있으면 딱 거기까지… 발전이 없습니다."

"오! 사내대장부의 원대한 포부입니까?"

"실은 흥미도 없고 지루할 정도로 간단해서요. 시시합니다, 시시해…"

모든 게 말이지.

내가 말을 이었다. "특히 노예들 점고할 때가 최악입니다. 별반 차이 없는 것들이 언뜻 인정받아 자아도취에 빠진 꼴, 가관이죠."

과연 목자 출신은 어떨까나. 특별한 인물이 되어 주창하고 있잖아, 너.

랍비가 물음으로 답했다. "그렇기에 선민의식은 누구에게나 평등하다?"

"어쨌든 우월함을 대중해보는 건, 어디든 마찬가지 아닙니까."

"그래도 뜻을 펼치기엔 귀금속, 사치품이 넘치는 성전이 좋지 않나요? 이쪽은 옷감과 식료품 부족으로 치열합니다만."

"아닙니다. 그곳은 시운이 다하였습니다. 선구자로서의 시작과 일거리는 랍비 곁이 적합하죠."

"일단 고자세로 까불어도 위험하지 않고. 저자세로 관용을 베풀기엔 최적이라서?"

"일리가 있는 말씀입니다. 어지간히 시시한 구석들도 없고 지루한 전개의 요건도 덜 갖추고 있죠."

한데 너의 제자들도 그들처럼 의식을 못 하는군. 나처럼 자인(自引)할 수조차 없는 건, 축복이야.

랍비가 답했다. "그럼 저 분뇨는 거부하지 마시죠."
"예!?"
"이 정도 배설물이면 비료로 생각하셨어야죠. 이후에 뭘 해도 지루하실 분이 어디 가시려고요."
"저기, 오늘 제가 맡은 소임은 이미⋯."
"정답! 거름까지입니다."
"저저⋯ 완전 돌팔이가."
"가만! 저기 좀 보세요. 사과 베어 물면서 똥을 쌉니다. 저 행위로도 풍년입니다, 풍년!"
"아아⋯ 그러십니까?"

―4―

결국 공회원(산헤드린)은 후일 증오와 두려움에 랍비 체포를 공표하였다. 그렇게 우리는 마가의 다락방에서 성목요일을 맞이하게 되었다.

내 손길이 그대에게 닿고 있어.
어떻게 할 텐가.

내가 랍비와 열한 제자 다음으로 열세 번째로 동석하자 최후의 만찬이 시작되었다. 오밤중이었다. 랍비가 입을 열어 한 박자 미적대더니 나직이 말했다.
"제법 날카로운 바람이 불어오는군요. 확실히 때가 온 듯합니다."
"무슨 말씀이신지요."
시몬 베드로가 물었다.
"제 할 일을 끝마칠 시간이 왔다는 말입니다. 그에게 내재된 성질이 이르게 나타날 겁니다."

드디어 새 시대를 힐난할 대상이 움직인 게로군. 축하하네, 미세한 오판을….

"베드로, 야고보, 요한 그리고… 이스라엘. 제 앞으로 나와 주세요."

랍비는 제자들을 호명했다. 그들과 나는 조촐한 만찬상 앞에서 정중한 자세를 취했다.

"앞으로 이들이 중추적 역할을 전위에서 수행할 겁니다."

모처럼 근엄한 모습으로 말하는 랍비였다. 야고보와 요한은 고개를 점잖이 숙였다.

"맡은바 직분을 다하겠습니다."

"잠시만 이의를 제기하겠습니다, 랍비여."

그때 갑자기 시몬 베드로가 그들의 대답을 막아서며 랍비의 진정한 의중을 물어왔다. 정중한 어투였으나, 자못 무례하고 경솔하였다.

"저는 늘 스승님의 호명과 책망의 대상이었습니다만, 역시 어리석은 자로서 여쭙겠습니다. 대체 어떤 기준에 의한 인선입니까. 더구나 저자는 평소 랍비의 말씀을 끌어다 노닥이는데 인용하고 자신에게 이롭도록 꾀하였습니다."

그는 말을 끝마치자마자 고개를 돌려 누군가를 불렀다.

"셀롯 형제도 평소에 담아둔 소회를 밝혀주시오. 새파란 것이 책무는 방기하지 않았소."

그러자 가나나인(열심당원) 셀롯 시몬이 열성적으로 곁부축했다.

"사실 불살라버려도 시원찮습니다."

"어허. 늘 한결같은 열광자여."

랍비가 애소로써 청하듯 그들에게 말했다.

"각자마다 행하여야 할 직분이 있는 법…. 앞으로 막대하고 중대한 역할이 주어질 터입니다."

랍비, 나 정했어. 저 격렬한 광신자는 육신이 두 동강날 거야. 그 성질머리가 톱날이 되어 샅에서부터 대가리까지 쪼개는 걸로 해두지.

이어서 다대오가 나섰고 뒤이어 요한도 거들었다.

서서히 세례자[1]의 목에서 옮겨 붙을거야,
저들에게로….

그러자 랍비는 그들에게 매섭게 충고했다.

"모두 들으세요. 나는 불같은 야고보가 사마리아인에게 폭언하는 것을 보았고, 당신들이 야심을 품은 그와 요한에게 분개하는 것도 보았습니다. 그리고 그때마다 일렀습니다. 너희 사이에서 높은 사람이 되고자 하는 사람은 남을 섬기는 사람이 돼야 하고, 으뜸이 되고자 하는 사람은 종이 되어야 한다고. 과욕은

---

1) 세례자 요한. 구약 시대 최후의 예언자. 사도 요한과 동명이인이다.

자기실현과 자기 존중에 어긋나는 길입니다."

소용없어.
저들은 감추고 기피하고 부정하고.
어디론가 도망쳐 숨어버릴 테니까.

내가 타오르는 분위기에 기름을 끼얹었다.
"이런 초라한 만찬에 수제자들이 소집된 이유가 숭고한 유지를 이어가기 위함인가요? 하기야 화려한 성전에선 랍비를 결딴내겠다고 하더이다."

이미 내 손길이 모조리 휘감아 닿고 있어. 3년 전에 일던 고살(故殺)의 기적이 안티파스, 헤로디아스, 살로메 3세에 걸쳐 보듬고 있지.

내가 한층 가벼운 목소리로 이어 말했다.
"저야말로 여쭙고 싶습니다. 어떤 기준에 의한 결정인가요? 저를 배제하지 않는 이유를 듣고 싶습니다."
"그 스스로 깨달을 의지가 없는 이상, 제가 시인할 일은 없을 겁니다."
"그렇다면 그 무게란, 어느 정도입니까."

그대 어깨에 짊어질 그깟 무게, 견줘보고 싶군.

랍비가 답했다. "당신이 짊어지지 않은 정도일 뿐입니다. 설마, 제 유지를 받아 덜어주시려고요?"

그래. 내 친히 그대의 사환(使喚)이 되어 저 사창들의 출세욕과 인정욕구를 덜어주지.

나는 마지막으로 답했다.
"글쎄요. 아직 모르겠습니다요."

너는 살가죽이 벗겨진다.
너는 끓는 기름에 던져진다.
너는 축일 전날에 참수형을 당한다.
너는 기둥에 거꾸로 매달려 육신이 찢긴다.
그 모든 것이 일후, 오순절 이곳에서 시작된다.

—5—

죽음으로 탄생하고 죽음으로 예비하여, 죽음이 드리울 존재여. 마침내 내 손길이 다 이루었노라.

성금요일. 감람산의 서편 기슭 겟세마네의 새벽녘. 공생애를 마감하는 랍비와 제자들을 둘러싼 횃불이 그들을 겨눈 창검에 당장 오살(鏖殺)할 기세를 실었다.

"랍비여."

그리하여 '영원한 단죄를 지닐 자'가 랍비를 찾았다. 랍비는 퍼르스레한 낯빛으로 다가온 그에게 명하듯 대답한다.

"나에게 입을 맞추라."

이것은 주어진 소명일까, 아니면 시언을 저버린 배반의 흐름일까. 영원할 난제이자 관념적 모순의 시작, 그 확인사살의 입맞춤을 신호로 날카로운 칼끝이 일제히 랍비를 겨누었다.

기득권에게는 사문난적 같은 존재···.

"저놈이 거짓 선지자다! 저, 쳐 죽일 놈을 잡아라!"

하나 빈곤층에게는 핍절한 여망에 부응한 희망결집체···.

"스승님을 보호하라!"

랍비의 곁에 서있는 자가 칼을 빼내어 대제사장의 종을 쳐 귀를 떨어뜨렸다. 누구든 투살(鬪殺)할 기세였다. 그러나 랍비는 설분신원(雪憤伸冤)하라며 호되게 다그쳤다.

"섬약한 제자여, 정녕 너는 강도가 되길 원하느냐? 결코 그 어떠한 압제에도 폭력으로 항거하지 말라. 저 무리처럼 파겁해질 것이며 그러므로 너희 내심이 진정으로 지배되는 것이라. 하니 애써 연약함을 외면할 필요도 없거니와 현재는 너희의 유약함에 충실하라. 차라리 비에 젖은 새처럼 시달리고 있으라. 날지 못해 슬픈 현실을 초연한 자세로 참아보라. 도리어 더 나은 길이니라."

랍비는 한낱 갈릴리의 목수로 예정되어 태어났다. 그렇게 피어난, 제일의 꽃이 새로운 통로를 위해 처량히 지려한다.

"내 명료히 전하노라. 이는 성경을 이루려 함이니라."

때는 AD 33년 유월절 무렵. 예루살렘에 입성한 혁명가는 그의 지지도를 우습게 여겼던 기득권의 시샘에 의해 닷새째 체포되었다.

깊은 새벽에도 지켜볼게, 그리고 지켜줄게. 홀로 잠들 그대와 '녀석'의 곁에서 빛이 걷히고 어둠이 오면 달빛처럼 안아줄게. 아프게 흘러가는 시간 속에 꺼져간 길을 찾아 헤매는 동안….

안나스 관저에 이어 랍비가 구금된, 대제사장 가야바 사저의 곳집. 풍류를 타고 한바탕 칼춤을 추고 있는 시국 물정에, 나는 랍비를 방문했다.

"어째 무리를 하신다 싶더니… 괜찮으신지요."

"고통스럽습니다. 한데 그 자리는 편하신가요?"

"글쎄요…. 조심스럽고 귀찮습니다만…."

"그래서 어떤 결정을 내리셨나요."

"죄송합니다. 왠지 복잡하거나 기구한 사정에 섭슬리는 건 피하는 견해라서…. 대인과 성현은 몸소 위험에 접근하지 않는다,

라고나 할까요?"

"여전하시군요."

"그보다 랍비여."

> 그대를 아득히 초월하는 것은
> 원망을 덮어주는 즐거움일까?

내가 물었다. "제가 선에 가깝다고 보십니까, 악에 가깝다고 보십니까."

"……."

"제가 선입니까, 악입니까."

"…… 섭리입니다."

> 그럼 오순절 강림에 따라
> 모든 것의 위치, 그 의지까지 상회해주지.

―6―

당일 성금요일 오전 일곱 시. 랍비는 심판이 기다리는 산헤드린 공회 재판정에 넘겨져 첫 재판을 받았고, 한 시간 뒤에 로마 제독 필라투스(빌라도)의 두 번째 재판에서 십자가형을 선고받았다. 죄질은 참관인들보다 경미하여 로마인들조차 난처해하였다. 정작 랍비가 누군지도 모르고 무관심하던 그들이었다.

축하하네, 폰티우스 필라투스.
내 손길이 무량겁 닿을
역사적인 악명을 떨치게 되었어.
형제의 명성은
제국의 행정명단이 소실된 뒤로도
인류의 침변(枕邊)에서
한없을 걸세.
거우 지방 총독 휘하의 관료에서
벗어나
당대 황제와 중앙정계를
뛰어넘을 거야.

즉시 형이 집행되었다. 연이은 심문과 매질이 이어졌다. 거리로 내팽개쳐진 상태로 옷이 벗겨졌고 뼛조각과 쇠구슬이 박힌 39개의 가죽가닥들이 그의 성혈을 사방으로 흩뿌렸다. 연이어 찔리고 베여 살점까지 튀는 중에, 결국 가시면류관은 씌워졌다.

랍비는 십자가를 지고 예루살렘 성 인근의 해골 언덕(골고다)으로 향했다. 십자가에 못 박힌 시간은 제3시(오전 9시)였다. 제9시(오후 3시)가 되자 랍비는 큰 소리를 지른 후, 유독 오므라진 제자들의 심장을 가상칠언[1] 중 끝말로 달래며, 지고의 희생을 위한 마지막 숨을 내쉬었다. 마치 쏟아진 물처럼 기운이 빠져버렸고 체중으로 인해 팔이 10센티 이상 늘어나면서 뼈마디가 거의 벌어져 틀어진 채로 숨을 거두었다. 이때가 제9시쯤이었다.

로마 병사가 창으로 랍비의 옆구리를 찔러 물과 보혈이 나왔다. 십자가 처형을 단 하루 만에 일사천리로 매듭지었으며, 기이한 어둠이 뒤덮거나 지진이 일어 성전의 휘장이 두 폭으로 찢어지는 일은 일어나지 않았다.

'너희는 아픔을 덜라. 앞으로 랍비로 인한 새로운 발견은 너희에게 있어 또 다른 시작…'

<blockquote>
내게 있어선 또 다른 기적의 입구로
존재할 테니….
</blockquote>

랍비가 장사된 지 사흘 만에, 나는 예루살렘 성벽의 북쪽에 있는 급경사지를 찾았다. 랍비가 매장된 돌무덤의 위치였다. 내가 석문에 등을 기대어, 동틀 녘에 뜬 샛별을 외면하며 효천(曉天. 새벽하늘)에 말을 걸었다.

"내알을 청하나이다."

그러자 랍비가 돌무덤에서 반응했다.

"…… 아직 때가 아닙니다. 영 말이 아니에요."

---

1) 십자가에 매달려 남긴 일곱 가지 말들.

"죄송합니다. 낯부끄럽습니다."

"실은 무지막지한 제자셨군요."

"혹여 저를 죽이고 싶다면 말씀하시죠."

"싫습니다. 거절입니다."

"당신 같은 아들이라니…. 그분이 아끼시는 이유를 알겠습니다."

"꼴이 이러니, 추어주시는 겁니까?"

"그럴 리가요. 그분의 형상대로 십니다."

"마찬가지십니다. 그분만큼 광대하십니다."

"쓸데없는 반격입니다."

내가 도중에 흐름을 끊었고, 결국 랍비는 진지하게 진심 같은 가식을 내비쳤다.

"아니요. 분명 이 순간에도, 달빛을 흡수한 당신의 금발이 온 세상을…."

훤히 비추고 있으려나, 아니면…

나는 말을 가로막았다. "이봐요, 랍비."

…삼켜버리고 있으려나?

그리고 물었다.

"저를 즐겁게 해줄 수는 있나요?"

"아니, 없습니다. 차라리 위엄과 권위에 존귀하십시오."

"사실 그게 잘 안 됩니다. 오직 분란의 나선에서 살아있음을 느끼니까…"

"오로지 먹느냐 먹히느냐가 생명줄 같군요."

"사실 그것만이 삶의 가치이자 최종 목표입니다. 언전연승해서 남을 잡아먹는 것. 끊임없이 다투고 이겨서 타인의 사체를 양식으로 살아가는 것."

"언젠가 자신이 먹히기 위해서요?"

"……"

"다시금 본이름이 그리웠나요, 라지엘? 최초의 … 이여."

그 순간 갑자기 웬 스산한 소리들이 랍비의 말을 끊고서 사라졌다. 수많은 불뱀들이 쉭쉭거리는 소리였다. 랍비가 말했다.

"분명 울고 있어요. 기다리다 지쳤다는 듯 울고 있네요. 그만 애태우라는 소리로 들립니다."

"그래요, 그래. 마음대로 생각하시구려."

> 언제나 상냥하디 상냥하게,
> 한결같이 깊고 은밀하게.

랍비가 내게 물었다. "벌써 떠나실 시간입니까?"

"예. 가야 합니다. 더 하실 말씀이라도…?"

"저의 가련한 제자를 부탁합니다."

"이제야 나를 입회시킨 이유를 알겠군요."

"그렇다고 소인이 개입하진 않을 겁니다. 권한도 마찬가지, 저로부터 떠난 주사위는 이제 당신의 손에 놓여있습니다."

"그럼 예를 들면, 제가 만약 그 숭고한 유지를 받들어… 선택받은 자의 증표를 저버린다면?"

과연 어떨까, 랍비.
감춰진 13번째 사도로서의 행보는.

마지막으로 랍비가 깊숙이 파고든다. "그나마 신나시겠죠, 그건? 우리는 닮은 듯, 다르니까…"

—7—

꽤나 맑고 맑게, 다만 따뜻하면서 차가운 경고였었어. 한데 아직도 여전히 그대로니까…. 나의 지경(地境)도… 그리고 랍비, 그대의 역할도….

작품명
정녕 프뉴마(Pneuma . 성령)이나이까?
조화로운 세상은 덤벙주춧돌로 충분합니다.

'이사 이븐 마르얌[1]이여. 시대가 변했습니다. 그대의 부활승천의 행적에 대해 이집트 호루스 신, 페르시아 미트라 신과 내용이 같다는 개소리가 돌고 있지요. 우습지 않습니까? 고대 로마의 기록지에 없다는 이유로 기이한 역설로 치부하고 중동 신화의 행적과 동일하다는 궤변으로, 기론(奇論)이 곁든 표절이라 여기고 있습니다.'

자 어떠신가, 허수아비 형제여.
내 손길이 닿은 지옥의 역사가···.

---

1) 아랍어. 이슬람에서의 랍비의 호칭

새까맣게 타오르겠나이다.

가까운 과거. AD 어느 날의 흙색 공백

「 내 사이즈와 비슷한
 출처불명의 옷가지들.
  두 일지 주변에 놓여있는 액자와
폴라로이드 사진첩.
 기모노 차림의 여자와
다정하게 찍은 아빠의 모습.
 그런데 이상했다. 아빠의 얼굴을
다른 체형에 오려 붙인 사진이었다.
 나는 아빠의 얼굴을 떼어낸 다음
유심히 살폈다.
'당신은 누구지?'
그때 가정부가 서재 밖에서 나를 불렀다.
"주아 아가씨. 손님이 오셨습니다."
 "네. 안으로 모시세요."
"근데 그게 저…
조금 이상합니다." 」

현재로부터 중장, 전초전

 이곳은 북해도. 선선한 바람이 솔솔 반기는 오시마반도의 하코다테.

 세상은 넓고 삶의 형태는 다양하다. 누군가가 푸른 파스텔로의 (구)공회당[1]에서 한때는 막연했던 염원을 실행하고 있었다. 문득 떠오른 한여름 끝의 호젓한 시간을 만끽하며, 여태 동경한 우중독서의 낭만을 펼치고 있었다. 그런 그의 빼어난 자태는 짙은 금테를 두른 찬연한 목조물의 윤곽처럼 돋보였고, 잠잖은 품위는 소슬한 금풍을 맞는 콜로니얼의 양식처럼 고풍이 서려 기품을 풍겼다.

 그는 정독 중인 검은 성서('라지엘의 서' 개역개정판)을 덮으며 혼잣말하듯 불쑥 말했다.

 "이 땅에 강림한 랍비, 이사 빈 유수프는 진정한 자아를 부여받은 불변체였다. 반면에 외부자극에 취약한 인류는 허상의 자아를 지닌 변이체였다. 그저 변질되어 굳어진 자유의지를 믿고 의지하는 죄인들…."

 그렇다. 에노시마 집사, 렌[2] 키리에가 혼잣말로 중얼거리고 있

---

1) 옛 일왕 별장
2) 연꽃(蓮,れん)이라는 에노시마 집사의 칭호. 렌 키리에는 사사키 렌 하루코의 제자였다.

었다. 곧이어 그는 사색에 잠기더니 생각했다.

'조물주는 완전무결한 불변체를 창조하셨다. 불변체는 변이체들을 불쌍히 여겼고 오랜 심사숙고 끝에 구원의 통로를 열어 그 불완전한 개체들의 소멸을 최소화하였다. 대속함으로 인한 복음이었다. 머지않아 복음의 견고한 의지는 경배의 수단으로 확고해진다.'

키리에는 불변체 랍비의 첫 등퇴장이 저술된 천상서의 구간부터, 지옥서 랍비의 등퇴장까지를 재속독한 뒤에 경전을 덮었다. (참고로 검은 성서는 천상, 지옥, 심연으로 세계관이 이어지고 그 중 천상서의 랍비 퇴장은 현재진행 중인 지옥서 중간부의 랍비 탄생으로 이어진다) 그리고는 앞선 전제를 근거로 색다른 연역적 추론을 해나갔다.

"한데 조물주는 그 자체로 세상의 총체이자 완전무결한 존재이기에 경외심의 대상이 아니었던가? 그러한 분이 그의 형상대로, 불완전한 변이체를 우선 창조했고 그 후로 완전한 불변체를 창조했다. 더구나 변이체는 간혹 완전한 존재를 향한 존외심의 수단인 필요악으로 변이되어, 감히 닿을 수 없고 흠집 낼 수 없는 유일신의 고귀함을 부각시킨다. 그 역할을 수행한다는 서술이야말로 유일신의 내밀한 면을 두드려볼 기회이다."

어느샌가 키리에는 간혹 알아들을 수 없는 언어를 섞어 구사했다.

"경전이 소상히 명시하듯, 구약 기간은 유일신에게 소조한 역사였다. 변이체들은 유일신을 야속히 여겨 원망했으며, 결국엔 그의 존재 자체를 부정하는 것을 넘어서 신이 되고자 했다. 그러나 절대적인 거룩함에 대한 훼손은 가혹한 응징이 뒤따랐다. 현세에 대입해도 그 교만함은 신에게 닿아있다. 특히 유일신의 신랄한 징벌과 변이체의 선험적 의식이 닮아있다. 인류는 존엄성 훼손에 잔인하도록 엄중한 징벌을 가한다. 마치 진노하신 유일신을 본뜬 성상에 생명이 그대로 깃든 느낌을 받는다."

어느 순간 키리에는 마치 정독하듯이 또박또박 말했다.

"만약 조물주가 자신의 내외적인 형상대로 변이체를 창조했다면 어떨까. 그러므로 조물주가 보편적인 완전무결과 동떨어진 존재라면 어떨까. 그것이 만왕의 왕이요, 만주의 주라 불리는 구속자의 실체라면 어떨까. 변이체는 인격 파괴자와 비윤리적 행위를 정죄하며 선을 행하지만, 본인의 악한 욕동을 때로는 단죄자 역할을 통해 해소한다. 악인 처단, 혹은 각자의 정의를 들이미는 과정에서 거룩한 폭언과 고결한 파괴의 재연으로 범죄 심리에 근접한다. 무의식적인 무자비를 도구 삼아 대리만족하는 것으로 내재된 악성을 제어한다. 선과 선의를 볼모로 내세운 악을 악성 제어의 빌미로 삼는 것이다. 변이체는 '선악 일체가 가능한' 조물주의 형상대로 창조되었다. 따라서 극명한 선악의 공존을 되레 완전무결이라 정의한다면, 변이체의 창조하고 싶은 욕구와 영원불변의 것을 얻고자 하는 소유욕, 완전하고자 하는 욕망은 조물주로부터 투영되어 발현된 것이고 인류가 자신의 콤플렉스를 채

위주는 인공지능과 AI로봇을 개발하는 행위는 이를 입증하는 사례이며, 변이체의 과오를 짊어진 불변체는 대속을 고찰하고 복음을 되새겨 만시지탄할 일이 없도록 하는 완충제이자 구약의 심상을 쇄신할 기능적 대체물로써 조물주의 완전성, 완전한 유일신을 완성하였다. 어둠은 무! 유일신도 무(어둠)로부터 빛으로 탄생하였다. 그렇기에 어둠과 빛은 유일신 안에 공존하는 형질이며, 서로를 지탱하면서 대립한다. 서로가 서로를 더욱 극명히 보여줄 수 있는 장치이자 세상 설계의 기본원리이고 구성 원천이다. 더 나아가 조물주도 인류처럼, 그 자신 위에 또 다른 조물주 위에 또 다른 조물주 위에 … 같은 끝없는 미궁에 빠져 실의에 젖어있을지도 모른다. 그리고 앞선 대전제에 의해, 삼라만상의 오묘한 이치인 유와 무, 그 쌍방의 적절한 균형부터 '제3세계 유지'와 '이방인들 역사'의 은미한 상관관계까지 정립될 수 있다…"

키리에는 의미심장한 미소를 머금었다.

"랍비와 이스라엘… 양쪽 모두 필요에 의한 탄생이자 이방인의 역사를 대변한다. 단지 완전함과 온전함에 차등을 두어 괴리된, 이질적인 요소이면서 동시에 동질적인 존재이다. 과연 메이나시는 어떤 생각에 잠겼을까… 이 발코니에서…"

말하면서 그는 십삼 색 기치(旗幟)가 게양된 발코니 난간에 팔을 괴었다. 그리고 차례대로 쓰가루 해협과 주변 항구의 구시가지, 샌프란시스코를 연상케 하는 가로수 언덕을 감상했다.

그는 우울한 생각에 잠겼고, 때가 되자 측근이 다가와 이야기했다.

"사도 키리에. 모토마치 측이 뵙기를 원합니다."

"그의 예견이 맞았습니다. 우리를 산문난적으로 모는 특정 단체의 접견이 있을 것이고, 우리의 견해는 랍비의 그림자를 밟고 있는 역겨운 가설이 될 것이다…"

"전하실 말씀 있으십니까?"

"혁명의 씨앗이여. 모토마치(가톨릭), 성 요한(성공회), 하리스토스(정교회), 고류지(고룡사) 내 모두를 만찬에 초대하세요. 장소는 고료카쿠[1] 전망대입니다."

---

1) 한국 한자음으로 읽어 오릉곽. 북해도 하코다테시에 있는 별 모양의 독특한 성곽이자 에도 시대 말기에 세워진 일본 최초의 서양식 요새이다. '다섯 개의 뿔'이라는 명칭처럼 요새의 둘레를 오각으로 돌출되게 지었다.

키리에의 서

 당일 해거름이 저무는 일곱 시 무렵에, 별 형태를 본뜬 수로의 성새 '고료카쿠'의 보루를 뿌연 가등불이 옮아가듯 밝히고 있었다. 렌 키리에는 그 보신전쟁이 종결된 격전지에서 하얀 코소데(상의)에 심홍색 하카마[1]를 착의한 뒤에 고료카쿠 전망대로 올라 손님 맞을 준비를 끝마쳤다.

 마침내 손님들을 태운 승강기가 당도하였고 그는 두 손을 공손히 모아 살짝 고개를 숙였다.

 "어서 오십시오. 항전의 고케닌(御家人)[2]들이여."

 그가 환영 인사를 건네자, 손님들 중 먼저 하차한 고승이 경계심 짙은 표정을 드러냈다. 고류지 소속 주지승이었다.

 "바쿠마츠 동란의 장소에서 만찬이라니… 그 의도가 불순하군."

 "어차피 같은 이교도의 축성식 아니겠습니까."

 키리에가 되받아쳤다. 상대방은 자신과의 전쟁에서 이길 수 없으며, 이 초대에 순순히 응하지 않으면 필경 그들은 종말에 이

---

1) 일본의 무녀복. 코소데는 일본 전통의상에서 소맷부리가 좁은 겉옷 상의를 통틀어 이르고, 하카마는 무녀복의 하의이자 기모노 위에 한 겹 더 입는 겉치마이다.
2) 막부 시대에 쇼군과 주종 관계를 맺은 무사이며 가신을 일컫는다.

를 것임을 확신했던 것이다. 그리하여 키리에는 측근을 불러 말하였다.

"따라주실 분만 안내하세요."

주지승은 키리에의 허언을 오랫동안 곰곰이 생각하였고 그의 마음속에, 어제 고류지에 전달된 메모지가 떠올랐다.

「긴말하지 않겠습니다. 동참입니까? 아니면 양립 불가능한 정의입니까.」

그러나 주지승은 교만해져 있었고 하코다테는 그들의 낙원 극락을 떠올리게 할 만큼 아름다웠다. 사도인 키리에의 경고에도 불구하고 그는 여전히 주된 세력의 은밀하고 비밀한 난공불락의 위세를 믿었다. 주지승이 답했다.

"허세가 통할 것 같은가?"

"장강후랑추전랑(長江後浪推前浪)."

키리에가 이어 말했다.

"역사가 증명합니다. 언제나 결과는 시종여일했습니다."

말하면서 그는 싸늘한 기운으로 휘감은 잔잔한 미소를 내보였다.

"주지 스님. 이제 결정하시죠."

"정말 오만불손하군. 정녕 위협적인 포교 활동을 멈추지 않을 텐가?"

그때 주지승 앞으로 모습을 드러낸 하리스토스 (정교회) 측이 바로 끼어들어 힘을 실었다.

"서방을 적으로 돌리고 싶지 않다면 당장 멈춰야 할 겁니다."

"보기 드문 하얀 협박이네요. 어차피 각각의 정의는 언젠가 피를 흩뿌리고 살생을 불러옵니다."

"언동을 삼가세요. 명을 소중히 여기시고…"

키리에의 당돌하고 무례한 태도에 정교회 측이 대지의 심장부에서 용출하는 수증기처럼 불쾌감을 내비쳤다. 그러자 키리에도 즉시 반격했다.

"괘념치 않습니다. 언제든 쇄국이라 비꼬고 개국으로 되갚아주면 그만입니다."

"정 그러시다면 온 마음을 다할 수밖에…"

성 요한(성공회) 측 신부가 거들었고 모토마치(가톨릭) 측 신부는 미리 결심하고 온 듯 대답을 생략했지만, 복잡다단함에 직면한 심리를 고스란히 드러내며 노려보기만 하였다. 모토마치 측 신부의 마음과 하코다테는 황량하고 쓸쓸했으며 동료 마르코 신부도 떠나고 없었다. 오래되고도 새로운 지역 같았다. 그가 머물던 모토마치 성당은 텅 빈 채 무너져 내려 냉기만 감돌았다. 부근에 살아있는 식물이라고는 아무것도 없었다. 모토마치 측 신부는 할 수 없이 그곳을 떠나 성 요한, 하리스토스, 고류지를 전전하며 심각성을 알렸다. 그가 다른 성직자들에게 말했다.

"마르코 신부가 생전에 염려했던 것이 터진 겁니다. 그때 등한

시한 제가 한심할 따름이오."

"아…. 마르코여."

그러자 모토마치 측을 비웃는 키리에가 두 눈을 감고 합장하며 운율을 실었다.

"로마에서 버림받은 불쌍한 영혼이여. 그러나 새 시대의 요구는 한적히 찾아와 강건히 뿌리를 내립니다. 이미 하치만 언덕에도 빛으로 치장된 사자, 그늘의 루아흐가 강림했으니 고이 잠드시길."

뒤이어 차례대로 손님들을 훑어본 그는 맹목적인 회색 면양(綿羊)들이 백색처럼 섬긴 왕과 그것이 자아낸 미감의 시대가 종식될 것임을 예견하였다.

"때는 바야흐로 죄악 깊은 검은 양들의 주체가 회색 양들의 주가 될 시기입니다."

"허튼소리 주워대기는…. 인류에 암흑기를 불러줄 이단아겠지."

모토마치 측 신부가 엄숙한 어조로 속닥였다. 하지만 키리에는 아랑곳하지 않았다.

"마르코도 그 빛 같은 어둠을 보고 미감을 가졌습니다. 밖을 보아하니, 그대도 느끼나 봅니다. 그가 일으키는 변화의 칼날… 전력으로 진공하는 어둠의 위세를."

그러면서 성직자들이, 제때 선제하려, 밖에 선손을 써둔 계략을 비웃었다.

어쩔 수 없이 모토마치 측 신부가 뜻을 모은 무리의 선봉에 나섰다. 어쩌면 자신의 계략을 미리감치 눈치챈 순간을 역으로 걸어버릴 절호였다.

"다들 마음의 준비를 단단히 하십시오. 결사적일 때입니다."

—2—

다음 이야기는 조지아의 북쪽 코카서스 산맥, 카즈베기 국립공원의 깊고 외진 주타 마을과 스테판츠민다[1]에 관한 내용이며, 균열기(AC) 1년에 벌어진 '하코다테 동란'이었던 '검은 시대 둘째 강림' 이후, 적대 세력에 맞선 성직자들이 영토를 지키고 고료카쿠 포위망을 유지하였던 경위에 대한 연계 내용을 포함하고 있다.

코카서스 산맥은 조지아 북쪽에서 러시아와 자연국경을 이루며 마치 파노라마처럼 장대하게 이어져 있다. 그리고 먼 옛날(14세기) 조지아 정교회는 카즈베기 마을의 300m 위에 있는 언덕의 방어선으로 해발 2170미터에 자리 잡은 게르게티 트리니티 성당, 곧 천연 요새를 일으켜 세웠다. 지형적인 특성상 만약 전란이 터진다면 정교회의 보물을 임시 보관하는 장소로 활용하기 위함이었다.

---

1) 카즈베기 마을

카즈베기 마을에는 그 유구한 역사에 관심이 많은 한 평범한 소녀가 살고 있었다. 그녀는 새벽 갓밝이에 집을 나서 조랑말을 타고 협곡에 숨어있는 주타 마을로 향했다. 산모퉁이를 돌아 내달리는 옆으로, 아직 어둑한 산등성이에 머문 어둠이 걷히는 중이었고 때에 맞춰 새벽 내내 자욱하던 골안개가 사라지는 시간대였다. 그러자 산간 지역에 깔린 녹색 융단이 부분, 부분 드러나며 자유로이 풀을 뜯어먹고 있는 양떼와 협곡 사이로 드러난 차우키 봉우리가 눈인사를 보내왔다. 오늘은 특별히 차우키 호숫가의 해먹에 누워, 주중에 찾는 소소한 일상의 일환으로, 협곡 특유의 습기 머금은 향을 오래도록 맡을 심산이었다.

그렇다. 그녀는 운치 있게 일출 풍광을 감상하며 그저 명상에 젖으려 했다.

'얼른 알려야 해!'

그러나 얼마 뒤에 그녀는 시근벌떡 내달리는 신세로 전락하고 말았다. 어떤 충격적인 장면을 목격한 탓에 탈주한 전령사처럼 내달리고 또 내달렸다. 게다가 이따금씩 지루하고 고루한 면에 완고한 정색을 보이는 그녀였지만, 한시바삐 마을을 들러 게르게티 수도원에 올라가야 할 이유가 생겨버렸다.

'어쩜 그리 부적절할까…'

그녀 생각에 그것은 장엄한 피조물의 미세한 오점 같은 부적합한 활물(活物)이었다. 좀체 사그라질 것 같지 않은 그 이질성은 기적이 되어서 인류에게 수다한 유익을 끼칠 수도, 혹은 어둠에 매몰되어 마을을 가라앉게 만들 수도 있었다.

  차우키 호숫가에서 목격된 그중 하나는 얼추 홍연(洪淵)만한 호수의 맞은편에서 소떼 사이를 어슬렁어슬렁 거닐더니만, 차우키 매시프[1] 쪽으로 유유히 걸어갔다. 딱히 위화감의 분위기는 아닌지라, 평소 당차던 그녀답게 호기롭게 뒤따라서 깊은 고샅에 나있는 좁고 길게 흐르는 물을 따라 걸어갔고, 바위산 밑 응달에 쌓인 눈얼음을 밟고서 움푹 봇도랑처럼 들어간 지형을 한동안 내려가자 큰 바위로 막혀있는 막다른 길에 다다랐다. 왠지 피까지 얼어붙게 할 기운을 내뿜는 지형이었다. 그런데 이상했다. 그에 반하여 특정 바닥에만 눈얼음이 쌓여있지 않은 특이현상을 목견했다. 그녀는 가져온 물을 바위 앞에다가 소량 쏟아부었다. 그러자 바닥조차 감추지 못하는 어떤 표식(검은 표상)이 꺼지지 않는 불꽃에 닿은 듯 희미하게 나타났다가 증발해버렸다. 비밀리에 숨겨진 동굴입구에 이르게 된 것이다. (뒷날 알려진 증언에 의하면, 그녀가 바위에 손을 짚는 순간 언뜻 차원의 문을 들여다본 것처럼 잔해, 폐허, 모래언덕, 호수가 보이는가 싶더니 어언 동굴을 걷고 있었다고 한다.)

  입구는 대략 100m에 달하는 천장높이의 웅대한 공간으로 이어졌다. 결코 한눈에 들어올 수 없는, 마치 전승되는 구연으로

---

[1] Massif, 산군(山群) 또는 대산괴

만 전해오는 신화 속 장소 같았다. 해발 5047m 카즈베크 산에 타이탄 프로메테우스가 수감되어 간을 쪼아 먹힌 곳, 그 뒤로는 정통 승려의 주거공간이자 신성한 유물의 저장창고로 사용되었다는 전설이, 정작 그 동남쪽에 자리한 주타 마을 인근에서 드러난 것이다. 그러나 그 음밀한 대자연은 차라리 인간이 알아야 할 권리나 여가 생활의 편의 같은 탐욕으로 진작 노출되어 분쟁과 우려를 낳았어야 했다.

아니, 숨을 쉬었어야 했다. 그것은 자연적인 현상인 듯했다. 그것은 증오의 돌풍이 잉태된 듯했다. 그것은 인류적 비극의 출현인 듯했다. 그것은 발현된 복수의 씨앗인 듯했다.

아브라함의 장막을
검은 표상의 기치로 활용하라.

허공으로부터 파멸로 몰아가는 환청이 들려왔다. 분명 균열기가 시작된 '도안의 첫 강림'처럼 아름답고 상서로운 암흑이 도래하는 순간이었다.

랍비의 구유를 찾으라.

연이어 명령적 지시가 떨어졌다. 그 청자(聽者)들은 동굴에서 움트고 있는 전혀 낯선 기운의 손길을 받아 솟아나고 있었다.

그녀는 그런 현상을 본 일이 없었다. 왠지 사악한 기운에 눌려 횃불이 온기를 잃듯이, 그것은 세상 혹은 어둠의 심연에서 파생된 비사(祕事)를 접하는 느낌을 주었다. 정신과 의식, 또한 마음마저 짓눌렀다. 다만 그 즉시 다음 목적지를 직감할 수는 있었다. 해발 2170m 고지에 덩그러니 자리 잡은 성삼위일체 수도원, 워낙 외진 곳에 있는 탓에 숱한 전쟁에서 운조된 성물을 보호한 게르게티, 바로 그곳이었다.

그녀의 머릿속에는 이미 그 이질적인 움직임들로 넘쳐난다. 협곡을 가득 채우는 말발굽 소리들, 금속이 차르랑거리는 소리들, 융행의 절도와 기백이 느껴지는 소리들에 진동하는 천지가 느껴진다.

'또각… 또각… 쿵쿵!'

마침내 스테판츠민다에는 게르게티를 향해 산행하려는, 세상의 오점들로 가득하다.

'또각… 또각… 쿵쿵!'

어느덧 그것들은 조물주가 코카서스 산맥에 쉼표를 찍은 듯한 게르게티에 하나둘 올라가기 시작한다.

'안 돼 안 돼! 절대 안 돼!'

때맞춰 조랑말에 올라탄 그녀는 자신의 머리를 정신 차리라는 듯 연신 두드리며 스테판츠민다로 향했다.

"빨리! 빨리! 으랴! 으랴!"

―3―

 같은 시각. 스테판츠민다 꽁무니에 자리한 룸스 호텔에서 정신과 전문의 '마틴 박사'가 격조 높은 여가를 즐기고 있었다. 여유가 일렁이는 수영장의 썬베드에 누워 자연 친화적인 마을 경관을 감상하는가 하면, 게르게티(수도원)와 고전적인 품격을 이룬 카즈베크 산을 보면서, 그제 당일치기로 다녀온 트루소 벨리(계곡)에 대한 실재감에 빠져들었다.
 트루소 벨리는 정년이 얼마 남지 않은 그에겐 유난히 특별했다. 러시아 국경에 인접한 험한 산지의 계곡들이 조지아에 이별을 건네는 오늘을 달래 정도로 그 고독한 정경이 남긴 뚜렷한 잔상이 앞날을 뒷전으로 밀어내고 모험심을 이끌어냈다.
 트루소 벨리 초입에도 한 마을이 있었고 계곡 양쪽이 점점 맞닿으려 하는 길이 형성되어있었다. 굽이굽이 펼쳐진 그 심산유곡을 들어서면 산맥에 드리운 태양의 영역이 구름그림자의 영역 거반을 밀어내어 좁은 계곡 새로 빠끔히 드러난 산봉의 윗부분이 짜개져 인상적이다가, 협곡 끄트머리의 산모퉁이를 돌자 갑자기 강물과 드넓은 초지를 품은 완만한 굴곡의 골짜기가 마치 새로운 세계의 입구라는 듯 시야 가득히 펼쳐졌다.
 그 밖에도 유황 냄새가 진동하는 석화 지형, 지천에서 솟아나는 탄산수 등 완만한 능선 사이에 있는 다채로운 경관이 여청한 공기와 청량한 바람과 맞물려 피로를 치유하였고 그 덕에 케트

리시 마을과 간헐천 규모의 광천수 호수를 지친 기색 없이 지나쳐 '아바노 마을'에 도착할 수 있었다.

아바노 마을에서는 선량한 심성이 느껴지는 아바노 수도원의 사제를 만나 순박한 교류를 나누었다. 마음을 덥혀 주는 훈훈한 만남이 큰 힘이 되었는지, 몇 해 뒤면 칠순을 바라보는 그에게 느슨한 삶의 흐름이 주어졌다. 서서히 다음 목적지에 닿아야 할 시간이 다가오자 여유는 곧바로 실종되었지만, 오직 아마노 마을만은 시간이 정지된 것처럼 세월이 주는 압박에서 자유로웠다.

마침내 최종목적지인 자카고리 요새에 도착했다. 푸른 하늘 아래 광대한 초지에 자리 잡은 요새는 왠지 광활한 대자연의 엄폐된 신비를 품은 것 같았고, 그곳에서 둘러보는 활짝 트인 광막한 대지는 자연의 품에 안겨 잔잔한 감심(感心)을 느끼게 만들었다. 눈부시게 밝은 날, 그는 성벽 잔해에 걸터앉아 눈을 감고 바람소리에 귀를 기울였다. 그러자 선명한 녹색으로 빛나는 주변 잎사귀들이 간들대는 고운 소리로 청랭한 바람을 불러왔다. 심신을 보듬었다. 순간 근심이 해소되어 마음을 뜨게 되었다. 한가로이 풀을 뜯어먹는 양떼와 소떼하며, 드넓은 부지에서 홀로 거니는 '검은 옷의 유목민'하며, 뭉게구름을 등진 곡벽 너머에서 희미하게 들리는 괴상한 소리하며….

순간 근심이 해소되어가다 주춤거렸다.

심지어 그 소리는 검은 옷의 유목민과 서로 대화하듯 엇갈린 반응을 보이다가 어디선가 망아지 비슷한 울음소리가 아스라이 들려오자, 한참을 기이한 메아리로 골짝을 뒤흔들었다. 그 울음소리에 상응하고 있는 것이었다.

—4—

이튿날 마틴 박사는 새 여행지로 향하기 위해 이른 시간부터 숙소를 나섰다. 마을 축제로 분주한 스테판츠민다는 소란스러웠다. 세상 흐름에 흔들리지 않는 환갑을 훌쩍 넘겨 이별 시간을 쉬이 받아들였지만, 괜스레 흥에 취해 들뜨는 것은 어쩔 수 없었다. 마틴은 잠시 멈칫했다. 나름 배운 건 무식이고 여행하면서 얻은 것이 유식인지라, 뭔가 아쉬운 부분이 마음 한구석에 담겨 있던 것이다. 실은 그제 곡벽 너머에 두고 온 호기심 때문에, 차마 아마노 마을에 묻지 못한 아쉬움이 발목을 붙잡았다. 그는 걸음을 멈추고 생각에 잠겼다.

'여생은 짧고 오직 신만이 내일의 빛을 허락하신다.'

갑자기 다음을 함부로 기약할 수 없는 신세가 비참하게 느껴졌다. 더구나 그저 흔들의자에서 낮잠에 취해 머릿속에서나 곡벽 모퉁이를 돌다, 어느새 기음(崎嶔)에서 떨어지는 꿈이나 꿀 것이 분명했다.

마틴은 광일지구(曠日持久), 헛되이 보낼 수가 없었다. 이미 태다한 세월이 무수히도 지났기에, 여생을 소매평생으로 마무리

짓기보다는 후회 없는 포기의 지원, 기회비용의 과감한 희생으로 보낼 시기였다. 순간의 호기심을 해결함으로써 파생되는 투자 대비 낭비의 여부는 명일의 과제라고나 할까….

물론 이번에 직면한 기로에는 여부지사(與否之事)를 신중히 따져야 할 중대한 면이 존재하고 있었다. 어쩌면 편안한 여생을 유지할 일말의 기회조차 선택의 대가로 지불될 수도 있는 위험성이 그것이었다. 실제로 그제 경험한 기억은 당장 일어난 사건처럼 역연하였는데, 만약 본래 계획대로 조지아를 떠나지 않는다면, 과도한 모험심으로 인해 비명횡사를 면하지 못한 비근한 예로 남을 수도 있었다.

그것은 앙급자손(殃及子孫)하는, 혹은 그런 계기가 되는 기이한 사건이었다. 인류에 다가온 낯선 설렘, 낯선 출현으로 말미암아 그의 궁금증을 자아내는 기적….

[푸욱!] [퍽!] [푸욱!]

그렇기에 방금 스테판츠민다에 울려 퍼진 위협적인 메아리가 마틴 박사를 피해 가고 있는 건지도 모른다.

—5—

다시금 마틴 박사의 머릿속으로 들어가, 그제야 열려버린 문

틈으로 미궁을 살펴보자.

마틴은 자카고리 요새에서 곡벽 너머로부터 들려온 의문의 소리에 관심을 가졌었다. 그리고 그것에게서 마치 군거성 동물들의 의사소통 방식처럼 규칙과 리듬이 있다는 사실을 파악했다. 그다음 마틴의 시선은 검은 옷의 유목민에게 고정되었다.

지극히 평범해서 더 특별하다고 여기는 것일까? 왠지 모를 이질성을 띠는 걸음걸이로 느껴졌고 만물의 보편적 기준에서 아득히 벗어난 불협화음, 모순된 개념을 떠오르게 하였다.

어느덧 그 유목민은 아바노 마을에 도착해 식당으로 들어갔다. 결국 궁금증을 해소하기 위해 식당으로 향한 마틴은 미처 생각지도 못한 광경을 목격하고야 말았다. 총 세 명으로 늘어난 검은 유목민들이 작대기를 소지한 채로 여타 유목민과 사제, 백패커들에게 위협 아닌 위협을 가하고 있었다. 생각보다 왜소한 그들은 무기랍시고 선택한 빈약한 도구를 먼지떨이 사용하듯 위아래로 흔들어 위협하였지만, 마틴의 눈에는 되레 위협을 받아 아등바등 방어하는 듯이 보였다.

때마침 한 유목민이 그들 뒤로 돌아가서 반격을 가했다. 그러자 나머지 사람들이 일제히 몽둥이질해대기 시작했다. 악행위였다. 처단형 살해나 다름없었다. 몽둥이질 소리는 식당 밖으로도 선명하게 퍼져나갔다.

'부도덕적이고 비윤리적이야.'

한때는 자칭 유식하다고 착각했던 지식인, 마틴 박사의 속내였다. 그는 그들의 귓가에 쟁쟁히 들리도록 소리쳤다.
"그건 살인이야! 그만들 하라고!"
그러나 누구 하나 귀 기울이지 않았고 한동안 둔탁한 매질소리가 메아리로 이어졌다.

[푸욱!] [퍽!] [퍽!]

이곳은 다시 스텐판츠민다 마을. 이번에도 둔탁한 소리들이 마틴 박사의 귀에 재차 들려오고 메아리로 선명히 퍼져나갔다. 그는 또 다른 생명 파괴의 현장에 근접해있는 듯했다. 섣불리 움직일 수 없어 뒤를 막 돌아보려 할 때였다.

[또각, 또각. 푸, 푸르르]

별안간 가까운 뒤쪽으로 무언가 다가왔고 연신 거친 호흡을 토하면서 몇 초간 제자리에 머물더니 다시 푸, 푸르르하며 멀어져갔다.
마틴은 돌아볼 엄두조차 나지 않았다. 방금 그것으로부터, 눈을 내리깔고 마을을 벗어나라는 의사를 전달받았기 때문이다. 즉각 고개와 시선을 내리깐 그는 당부에 따라 그대로 마을 밖으로 걸어갔다.

[또각, 또각. 쿵! 쿵!]

갑작스레 뒤쪽에서 대군의 행군소리가 들려왔다. 방금 혁명대열의 선두 기수가 지나갔으니, 멋들어진 검을 옆구리에 착용한 장군이 등장할 것이고 그 진귀한 광경을 목격한 어느 고집불통 노인네는 항거했던 짓을 후회하는 찰나에, 벌어진 입안을 병과(兵戈)로 찔려 뇌후(腦後)에 구멍이 날 것이다.

"마을이 불타고 있다!"

그때 마을 사람 중 누군가가 거의 숨이 멎을 듯한 긴장감과 충격적인 광경을 고함에 실었다.

"믿기지 않아. 이족보행이야!"
"지옥이 도래했다!"
"신이시여."
"악마의 공세야!"
"구원 요청! 구원 요청!"
"기도 드려야 해!"
"얼른 도망쳐!"
"습격이다!"

고성이 오고 갔다. 여기저기서 귀청을 부숴 놓을 듯한 비명이 이어졌다. 마틴은 머릿속으로 게르게티 수도원과 그 맞은편 일리아스 언덕(뒷산)에 위치한 엘리야 수도원으로 향하는 수많은 괴생명체를 점마해보았다. 인간과 비슷한 형상을 한 기괴한 모습이었다. 머나먼 옛적부터 신화가 깃들어있는 코카서스 산맥에, 기어이 공포로 가득한 새로운 전설이 퇴적돼가고 있었다.

  불씨가 되었다. 이윽고 우렁찬 음성들이 확전 도화선에 불을 댕긴다.

"창조의 힘으로!"

      영웅들이여. 건실한 마음이 전해졌도다.

"전군 진격!"

―6―

 이곳은 다시, 하코다테의 고료카쿠 전망대.

 키리에의 오른팔이 혁명군대의 장군처럼 천천히 올라가고 있었다. 그러자 고류지에 소속된 주지승이 말했다.

 "당신은 견뎌낼 자신이 있는가? 거센 저항이 만만치 않을 걸세."

 "분열, 붕괴, 산화… 변화의 기운이 움틉니다. 거스르지 마시고 따르시지요, 순리를."

 이어서 키리에는 왼손으로 총을 빼 들어 자신의 좌방으로 천천히 총구를 가져갔다. 대형 유리창이 있는 곳이었다.

 전망대 밖에서는 고료카쿠 성채를 포위하고 있던 반대급부(성직자 무리)를 온갖 동물들이 옥죄어오기 시작했고 뭇별이 반짝이는 창공에선 밤하늘보다 시커먼 먹구름의 윤곽이 각일각으로 드러났다. 갈수록 양방 간에 이념 대립으로 인한 마찰이 임박하고 있었고, 성직자들은 키리에한테 먼저 선손을 빼앗긴 채로 건곤일척의 결전을 앞두고 있었다.

 [탕!]

 한 발의 총소리가 적막을 깨버렸다. 이어서 키리에의 총기에 두 번째 불꽃이 일었다. 연발하는 총성이 고료카쿠의 공기를 흔들며 성직자들 고막을 요란하게 울렸고, 곧이어 흐르는 적막 가운데 두꺼운 유리창에 실금이 가는 소리가 쩍쩍, 공포심을 유발했다. 키리에가 말했다.

"창공의 지배자들이여."

유리조각이 하나둘 창에서 비어져 나오면서 바닥에 쨍그랑 떨어졌고….

"투쟁의 태세를 갖추라."

그다음에 들려올 명령과 동시에 와장창 깨질 전조를 보이려 한다. 성직자들도 전망대 안팎에서 용전분투할 반격의 채비를 끝마쳤다.

'일신의 특단이 발하는 후광이….'

키리에가 눈을 감았다.

'당신의 실명까지 가리는 불출세의 존재여….'

그러면서 우수(右手)의 검지로 하늘을 가리킨다.

'개시하리다.'

곧이어 그녀의 오른팔이 수신호가 되어 힘차게 내려갔다. 그리고 다음 순간, 인류 역사 초유의 자그마한 동란이 가장 거세고 한갓지게 열린다.

"El Nino(엘니뇨)를 위하여!"

가히 열도 전역을 들썩이는
우렁찬 외침이로다.

가까운 과거. AD 어느 날의 흙색 공백

「 손님은 꾀죄죄하였다.
그는 아버지를 지켜보고
 미행했다 하였다. 내가 물었다.
"김덕배 씨?
아버지의 행방을
 아신다고요?"
"네. 아버님께선
이지언 씨 집에
 들어가서서…
나오지 않으셨습니다."
그는 망연자실한
 비관자처럼 대답했다.
"이지언이라고 하셨나요?"
"네…. 그자는 곧 뛰쳐나왔지만 아버님은…."
김덕배는 모든 것을 이실직고하였다.
 그러나
전부 흙색 일지에 있는 내용 그대로였다…. 」

현재로부터 종장, 혼란

 김덕배는 부랑자에서 벗어나길 희망한 검은 감시자였다. 하지만 그간의 사건들을 지켜보며, 관련자들과 비슷한 처지가 될 것임을 우려해 새 삶을 살겠노라 다짐하였고 결국에는 최주아에게 천인공노할 과오까지 이실직고하였다. 그것은 바로 소실시키고 싶은 기억, 윤간….

 최주아는 맹인 시절에 겁탈을 당한 적이 있었는데, 두 노숙자들이 집에 쳐들어와 그녀를 구타하고 윤간하였고 망을 보고 있던 김덕배가 도와 탈출에는 성공했지만, 결국 교통사고를 당해 하반신 마비에 시달렸었다.

 김덕배는 죄짓는 현장을 알면서도 방관했다며, 그녀 앞에 엎드려 대성통곡하였다. 중죄범인 우리를 결코 관면치 말아 달라 거듭 요청하였다.

 그녀는 밀려오는 울음을 간신히 참으며 태연한 표정을 잃지 않으려 애썼으나, 쏟기 시작한 속울음을 막을 수는 없었다.

 '내가 놈들을 용서할 수 있을까? 아빠는 왜 별다른 대처를 하지 않으셨지?'

 노숙자들은 죗값을 받지 않았다. 최주아는 처음으로 아빠가 원망스러웠고 자신의 형편이 한갓 약한 미물이 받는 취급에 지나지 않는다는 생각에 서러움이 북받쳤다.

다음날 그녀는 노숙자들을 신고조치 하였다. 그러나 김덕배는 온몸에 휘발유를 끼얹어 얼마 뒤에 분신하였다. 악행을 저지른 대가로, 기존 양형보다 잔인하게 죗값을 치렀다.

그것이 AD(Anno Domini) 쇠퇴기의 막바지이자, AC(After Crack) 태동기에 일어난 첫 자살이었다.

거룩한 사명을 띤 희생이라.

도현근의 서

 가까운 과거. AD 2019년, 마블링 어느 날.
 이곳은 근무지, 서초구 대검찰청 서울중앙지검 청사. 누군가 나를 기다리고 있었다. 1층 저 멀리서 그 사람이 보였다. 나는 멀찍이 떨어져 지켜보았다. 하늘하늘, 알록달록한 원피스의 옆모습이 보였다.
 '어디서 봤더라…?'
 그녀의 손 위에는 백색 노트와 흙색 노트가 들려있었다. 그녀가 조금씩 내 쪽을 향해 몸을 틀기 시작했다. 그보다 앞서 다가가 그녀에게 말을 걸었다.
 "최병직 사장님의 따님이시라고요?"
 "정말 한쪽 눈이 감겨있다……."
 자신을 '최주아'라 소개한 그녀는 음전한 태도로 두 흑백 일지를 내보였다.
 "보존된 기억을 거슬러 오게 됐어요. 도현근 씨 맞으시죠?"
 그녀는 과거 일정부분을 꺼내 들었다. 최병직 사장의 행방불명과 내 신상이 기록된 흙색일지를….

 가까운 과거. AD 2019년, 붉은빛 8월.
 이지언. 연인관계를 밝히는 것까지 꺼리는 충분히 폐쇄적인 녀석. 지금까진 암묵적으로 지지했었지만….

'결국, 복수 때문이었나? 최 사장 내연녀에게 의도적으로 접근한 이유가?'

그런데 이상한 점이 있었다.

"그렇다면 이 사진(백색일지) 속 인물이 내연녀이고 일지들의 주인이라면, 대체 이 흙색일지가 뜻하는 바는 무엇이고 '민이린' 이란 등장인물의 정체는 대체…."

"도 검사님 여기 있습니다."

마침 수사관을 통해 한 과장 행방불명 및 비리 관련 녹취자료를 접했다. 거물들의 비호를 받는 사건들이지만, 나는 접근 권한을 스스로 부여했다. 그리고 결국 몇몇에서 공통된 점을 발견했다. 그것은 바로, 못 알아들을 주절거림….

가까운 과거. AD 2019년 8월 중순, 붉은 달.

지언이의 집 앞. 친구를 검거하려 계단을 올랐다. 그리고 잠시 뒤… 나는 원치 않게 바라봤다. '붉은 절망의 나락'을….

너희는
AD 정해진 때에 붉은 달, 붉은 빛 아래
놓였다.

가까운 과거. AC 1년 9월 중순, 붉은 달.

또다시 지언이를 검거하려 계단을 오르고 있다. 우리는 흉금을 터놓을 충분한 대화가 필요하다. 그러나 잠시 뒤… 나는 원치 않게 이번에도 바라봤다.
"당, 당신 누구야! 어디 소속이야!?"

─2─

도현근은 혼절하고 말았다.

푹푹 찌물쿠는 불천지 세상에 떨어졌다. 누군가 황금문의 마을을 휩쓰는 거대한 화마의 중심에 서있었다. 도현근은 불바다 꿈을 꾸고 있는 것이지만, 그 화염에 휩싸인 재앙의 원인을 어렴풋이 실감하였다. 그것은 마치 활활 불타는 말갈기 형상으로 마을 곳곳을 느긋하게 다니면서 불을 옮기고 있었다. 꿈속에서나 등장할법한 모습으로 악행을 저지르고 있었다. 도현근은 녀석의 정체를 조금씩 알아채고 말았다. 그것은 아직도 숱한 화재를 몰고 다니는, 속내가 검은 인간이었다.

얼마나 지났을까…….
"크윽! 의뭉스러운 새끼…."

이곳은 서울 도곡동에 있는 도현근 검사의 자가였다. 어깨에 총상을 당한 그는 담배 한 개비를 물고 침대에 앉아있었다. 얼마 전 '가마쿠라 시'에서 돌아와 모처럼 편히 쉬고 있는 참에 악몽을 꾸었던 것이다. 그로부터 얼마나 흘렀는지, 얼마나 걸었는지, 손발에 얼마나 힘을 줬는지, 모든 감각이 둔하고 어색하여 자신이 하는 거 같지 않은, 말 그대로 뇌에 마취를 당한 느낌으로 훌쩍 지나가버렸다. 언뜻 폭포수처럼 흩어지는 붉은 풍경소리를 들은 것도 같고 핏빛으로 타는 보름달의 구슬픈 울림을 느낀 것도 같다가 단번에 사라지듯 깨어났다. 마치 자화상과의 교류 속에 자아를 돌아보는 과정처럼 과거의 심상, 시각적 이미지로 시작한 자의식이 부감각적 심상을 일으켰다. 업무에 치여 피곤한 탓이었다.

침대 위로 수컷 반려묘가 사뿐히 올라왔다. 녀석을 쓰다듬는 순간, 허벅지에 핸드폰 진동이 오는 것을 느꼈다. 직속상관이었다.

"예 부장님."

"조서 작성 중단하게나."

도현근이 전화를 받자마자 뿔이 난 상사의 목소리가 수화기 너머로 들려왔다.

"자네, 아직도 그 비리건 물고 늘어질 텐가?"

"무슨 문제라도……"

"지금 알력 행사가 들어오질 않나! 각계 비호를 받는 건이라

말일세!"

"부장님. 그 안에 행방불명 건이 존재합니다."

"아 글쎄, 이번 건은 커버해줄 크기가 아니라니까는!"

"선배님. 일개 공직자가 곁가지를 들여다보는 일입니다."

"야! 도현근!"

"……."

"만약 잘못돼서 표적수사로 낙인찍히면 중징계인 줄 알아, 알았어!?"

"……예, 죄송합니다."

직속상관은 일방적으로 끊어버렸고 도현근은 반려묘를 떼어내며 곧바로 생각에 잠겼다.

'태평(출판사)은 각계의 비밀을 폭로해 연명하는 회사로 업계에 알려져 있었다. 적정한 자금과 유명세 기회로 특정인을 유혹해서 수기를 작성케 했고 그 수법에 A가문의 명예회장이 문란한 사생활(불륜, 사생아 이슈, 대학원생 스캔들)이슈로 곤혹을 겪었다. A가문은 최 사장을 회유하려다 실패하였고 결국 보복성 형식으로 1국2과에 태평의 조사를 의뢰했으나, 한 과장이 B기업을 끌어들인 뒤로 나가리가 되면서, 한 과장에 이어 최 사장까지 연락이 두절되었다.'

도현근은 코리아 헤럴드 일면을 장식한 '(주)태평 주최 출판기념회'에 관한 기사를 읽어보았다. B기업을 후원사로 둔 (주)태평이 급기야는 승승장구하며 A가문의 명예회장을 초빙해 화제가

된 상황이었다. 언제나 기업들은 살아남았고 정략에 말려든 개개인은 위태로웠다.

"지언이가 미칠 만도 하지. 녀석이 알면 기겁할 노릇이야."

그때 전화 한 통이 걸려왔다.

"예. 도현근입니다."

"저, 이 회장님(A가문) 모시는 비서실장입니다."

"어쩐 일로 비서실에서…?"

"요즘 이쪽을 캐고 다니신다고요?"

"캔다고요, 제가? 금시초문입니다. 무슨 오해가 있으신 거 같습니다."

"저도 오해이길 바랍니다. 제발 자제해주십시오. 부탁드립니다."

그 후로 몇 시간이 흘렀다.

"저 태평의 비서팀장입니다."

"예. 말씀하시죠."

"저희를 뒷조사하신다고 들었습니다. 가뜩이나 최 사장님 행방도 묘연한데 인신모독 아닙니까? 되레 피해자 쪽이 모멸감을 느껴야 하고 용의자와 구분을 좀 해주시죠. 너무 하십니다, 정말."

그들을 그리 반응하게 만든 출처는 서원 기자였다. 그자는 수도권에 있는 굵직한 기업들의 비서실장 보좌역부터 경영관리팀장, 경영지도팀장, 심지어 웬만한 대표이사실까지 꿰고 있는 사회부장이었다. 그제는 도현근에게, 서로 과거지사 들춰서 좋을 거 없다고 충고하더니만, 그의 심중소회만을 편향적으로 노출해 보이는 사회적 동료의 한계성을 여실히 드러냈다.

그 후 한 시간이 흘렀다.

"저, 헤럴드의 서원 기자입니다."

"어이구, 관록의 서 기자님. 촉이 좋으십니다."

"오, 우리 검사님. 뭐 재미난 소스 있으시구나?"

"없다고는 말 못 하겠습니다. 혹시 태평의 대표이사를 아십니까?"

"최병직 사장의 따님이시죠?"

"네 맞습니다. 외람된 말씀이지만, 기존 기사에 그분 사진을 실어주실 수 있습니까?"

"그거야 어렵진 않지만… 뭐 특별한 이유라도……?"

"일단 해주시면, 거두절미하고 특별한 제안을 드리겠습니다."

"왠지 구미가 당기네요. 언질을 조금 주실 수 있나요?"

"듣는 즉시 시행이 가능한지가 먼저입니다."

"그야 여부가 있겠습니까."

"그럼 좋습니다. …… 만약에 말입니다. 기자님이 다루신 출판기념회에 암묵적 강요로 묶인 실체가 배회한다면 어떻겠습니까. 그래서 참석자들을 새 관점으로 보실 수 있다면요?"

대략 30분 뒤. 다시 서원 기자로부터 전화가 걸려왔다. 참고로 그는 태평의 업계 평판과 더불어, 과거에 불안한 내정을 최 사장이 어찌 지탱했는지 공공연히 접해왔고, 능명이 자자한 업계일수록 위법과 편법이 판친다는 것을 알면서도 그 논쟁점을 흐리는 자였다. 일견 특종처럼 보이는 숙성된 와인을 흘려 대중을 홀리고 친기업을 표방하는, 친기업과 언론인이었다. 그가 전화상으로 말했다.

"말씀하신 비리 관련 제안이요…. 다들 내성이 생겨서 호기심 유발이 떨어집니다. 물론 냄비 증상이 있으니 단기 임팩트 면에선 가산점이긴 한데, 지속성 차원에선 또 감점이고요. 차라리 고위계층의 난행 여부를 다룬다면 모를까……."

그는 말끝을 흐리면서 입지를 공고히 하려 애썼다. 즉, 태평이 정재계에 깊이 관여되는 과정은 더는 흥밋거리가 아니라면서도, 대중의 반감을 살만한 언질을 잡을 생각이었다. 그것이 약점을 입수해 거물들과 균형을 이루는 블랙저널리즘의 덕목이었다. 그가 잇달아 말했다.

"그리고 보내주신 사진 속 인물이 당사자가 아닌데요? 암만 제가 닳고 닳았어도 이런 오보는 곤란합니다. 정정 기사에 사과문까지 올릴 순 없어요."

명백한 저울질에 의한 선택이었다. 저널리스트는 명색일 뿐, 그까짓 권한으로 참 권리를 포기한 것이었다. 도현근이 물었다.

"아니, 그간 여기저기 오보로 협조하셔놓고 이제와 취사선택하신다고요?"

"허허. 검사님은 제가 알량한 무뇌인으로 보입니까?"

"하하하. 전혀 아닙니다, 전혀 아니에요. 오히려 화평한 가정에 아름다운 부인까지 두신, 참 저널리스트 아니십니까."

"예?"

"흐음…. 그런데 우리 기자님 바지에 매춘부 때먼지가 붙어 있네요. 이거는 흥미 차원에서 어떻습니까? 막장은 대충 갈겨도 평타라는데…."

"지금 협박하는 겁니까!"

"아차차! 그리고 착각을 하신 것 같은데요. 제가 말씀드린 실체 하나란, 비리보다는 행방불명에 치중되어 있습니다."

결국 서원 기자는 도현근에게서 얻은 사진을 첨부하고 최주아에 관한 정보를 더 간소화하여 기사를 정정하였다.

―3―

얼마 뒤, 최주아가 서초 중앙지검을 방문했고 그녀는 인근에 있는 몽마르트 공원으로 가서 도현근과 대화를 나눴다.

"검사님. 진척은 있으셨나요?"

"일단 걸으실까요?"

도현근은 그녀가 연락도 없이 찾아와 난처했지만, 한동안 조사에 진전이 없어 결례한 것이기에 곧장 자리를 떠서 입을 열었다.

"지언이를 용의선상에 두고 있습니다. 다만 정신건강 여부를 배제할 수 없어서 확인 절차를 거치려 합니다."

"지겹네요. 또 하나의 인격 그런 거…."

"물론 억측일 수도 있습니다. 하지만 체포장 청구 이전에 합리적인 정리를 거쳐봐야 합니다. 믿고 기다려주십시오."

그러자 최주아가 거절하기 힘든 표정으로 간곡히 부탁했다.

"제발 사적인 감정은 배제해주세요. 저는 정식으로 묻고 싶습니다, 대체 왜 그랬는지를…."

"저 역시 나누고 싶은 대화가 있습니다."

그것은 우선적으로 해결해야 하는 불합리성에 관한 것이었다. 도현근은 비리가 엮여 있어 함부로 접근할 수 없는 곤란한 상황에서도, 필히 거쳐야 할 그 불편한 만남을 은근 고대하고 있었다.

"그럼 그때 이걸 참고해주실 수 있나요?"

최주아가 핸드백에서 한 서적을 꺼내들었다.

"한번 읽어보실 필요가 있을듯해서요."

"생각보다 두껍군요."

출판기념회에서 다룰 검은 서적이었다. 도현근은 마침 궁금하던 차에, 이참에 잘됐다고 생각하며 책장을 넘겨 목차부터 훑어보기 시작했다.

"천상, 지옥… 심연서…?"

"아마 그간 정황에 대해 재고할 여지를 발견하실 거예요."

사실 그녀가 짚고 넘어가야 할 부분은 그뿐만이 아니었다. 그간의 현상, 흐름, 조사를 총망라한 영역을 말하는 것이었다. 도현근이 보기에도 잡문학 수준의 내용이 아닐뿐더러, 얼마 전에 그녀로부터 입수한, 두 일지와도 색채가 비슷했고 특히 내용 면은 서로 영향을 받은 듯이 상당한 유사성을 띠고 있었다.

도현근은 잠시 미간을 찌푸리는가 싶더니 고개를 까닥하며 승낙 의사를 보였다.

암수(暗數)의 재회

 (주)태평이 주최하는 출판기념회 당일 17시 10분. 이곳은 한창 낭독회가 진행 중인 국립중앙박물관(이촌)의 상설전시관 라운지이며, 전시관 통로 시작점부터 차례대로 설치된 단상과 트랜카디스[1] 청중석, 그리고 열두 개의 스테인드글라스 조각상들은 예사롭지 않은 조화미를 뽐내고 있었다. 특히 단상 뒤에 자아표식[2] 형태로 세워진 높이 4m, 너비 4m의 젖빛유리 가벽에선 기이한 위세마저 느껴졌다.

 도현근은 로비 모퉁이에 홀로 기대어 최주아가 맡은 진행을 진중하게 지켜보고 있었다. 그리고 정장 재킷의 앞섶을 오므린 채로, 황당무계한 내용에는 신경질적으로 반응했다.

 '뭐라고? 이 세계가 애당초 지옥이라고?'

 그는 논박하고 싶었다. 오직 믿음만으로 실증이 가능하다는 것들은 왜 항상 시각적인 파악과 입증이 저 따위인 것일까….

 단순했다. 전혀 존재하지 않아서였다. 무언가를 숭배한다는 것은 이성으로 동의하기 힘든 모순을 흔쾌히 받아들이는 것이고, 무던한 고생을 하다 보면 자신을 위해(慰解)하는 다소 편무적인 경향에 집착하게 되는 것이다. 오히려 존재하지 않기에 희

---

1) 색색 타일을 조각내 붙인 공법
2) 일명 검은 표상

망을 투영하고 신앙하며 기댈 수 있음은 물론, 단지 일방적이기에 피로도가 적어 발생하는 덧없는 흐름, 즉 이성에서 괴리된 역설을 순순히 받아들이는 오류 현상에 지나지 않는다.

생각하며 그는 다시 단상을 쳐다보았다. 최주아가 자못 열성적인 모습으로 그 거짓부렁이 장치를 위해 극력하고 있었다.

"그래도 예의는 지켜야겠지."

도현근은 그리 길지 않은 시간만이라도 비판적인 시각을 거둬들이기로 마음먹었다. 그러나 사실 청중석에 앉아있는 정재계 인사들의 얼굴에도 불편한 기색이 역력했다. 그도 그럴 것이, 최주아가 낭독하는 구간은 스테츠민다(마을)의 군중 틈으로 지나가는 뱀 그림자가 괴생명체들을 선도하는 지옥서의 구절이었다.

"혁명의 군대는 돌변하나니, 오직 이스라엘은 미쁘사…."

도현근도 검은 성서에서 읽어봤던 구간이었다. 한적한 마을에서 괴생명체들이 우렁찬 최고음을 과격히 쳤다가 다시 낮고 거칠어진 호흡을 보이고는 격심한 폭격을 가하는 사건이 기록되어 있었다.

그것 말고도, 괴생명체들이 오로지 붉은 사도에게만 전유되는 동굴에서 성스러운 보물, 전설로만 전해오는 보배, 악의 전기가 삽화로 이루어진 희서 및 잔혹한 장면을 다룬 도록 같은 고서들 곁에 기생했다고 알려져 있고, 그중 사악함이 표현된 삽화를 무작하게 끼워 넣은 일대기 형식의 '알 샤이탄 문헌'과 일곱 인으로 봉한 '라지엘의 서'(원전原典)는 완전 해독이 불가한 고서로

소개되었으며, 오직 검은 사도들만이 아는 특정한 안표, 지식과 언어체계가 있었으며 그 징중으로는 상서로운 특질의 징표가 결의의 표식으로 존재한다고 발표했다. 얼토당토않은 정보였지만, 실제로 검은 성서의 최신판을 참고삼은 발표였거니와, 누군가의 장서들인 그 고서들은 '댄 하블리첵'이라는 자에 의해 정갈히 번역되어 검은 성서에 고루 명시되어있었다. 즉, '라시엘의 서의 원전(기록)'을 뼈대로 삼아 '알 샤이탄 문헌(이스라엘의 생애와 언행)'을 지옥서의 '주로 다루는 경전이 탄생한 것이다.

또한 몇몇 구절을 통해 괴생명체의 탄생 배경과 그 외 사건에 대해 대강 유추하였는데, 일례로 '유의 힘으로!' 라는 구호가 카즈베기 전역을 전운으로 뒤덮었다는 구절은 어떤 불투명한 근원적인 힘이 해당 지역에 작용한 것으로 해석하였고, 「선을 자처하는 형상(천사)이 강림하사 혁명의 군대로부터 랍비의 구유를 탈취하나니.」란 내용은 교황청이 주축이 된 연합세력이, 괴생명체들이 수탈한 수도원의 보물(구류)을 탈환한 것으로 이해했다.

그러나 도현근을 포함한 참석자들은 기존의 상식적이고 과학적인 질서를 무너뜨릴 획기적인 개소리로만 받아들였다.

'차라리 좀비처럼 전두엽 조직이 없다거나 총상으로 귓바퀴 모양이 개판 된 시체가, 나는 일어나 걸으리를 부르며 일어나는 게 낫지. 뭐? 현 세계 기준을 뒤집었다고?'

몰상식한 작태였다. 이윽고 입꼬리를 잇대어 비틀어 올린 그는 멸시의 눈으로 콧방귀를 뀌며 냉소를 유지하였다.

마치 한때 예언자 대우를 받았던 시인들처럼 고답적 사고를 즉물적 표현에 접목해 매서운 직관력을 발휘하는 시대는 이미 저물었다. 이제는 직관력을 최대한 자제하고 사유 작용을 거치는 행태가 누구보다 세상 돌아가는 이치에 능통한 것이고, 그렇지 않고서는 풍찬노숙이나 할 만한 몰지각한 병신처럼 업신여겨지는 시대였다. 고로 도현근이 사고하기로, 검은 성서는 바로 그러한 자들이 동가식서가숙하며 편찬한 아류작에 불과했고, 감히 사물의 이치를 꿰뚫는 척하는 옹졸한 자들이 인류를 옹색한 취급하기에 유용한 도구였다. 도현근은 생각했다.

'자칫 호구가 되기 십상이겠어.'

그렇잖아도 그 자신도 정독하는 기간에 순간순간 혼동을 일으켰다. 검은 성서가 표방하는 아브라함 계통의 종교적 생사관에서 생사일여(生死一如)의 화장찰해(華藏刹海)가 그려졌기 때문이다. 심지어 자신이 고학했던 시기를 떠올리도록 내용이 구축되더니,「잡화엄식(雜華嚴飾)하니 불능함을 잊고 해인삼매(海印三昧)를 유지하라」는 구절을 통해 극미한 세계에서 광대무변한 우주의 이치를 공상하고 동경하게 이끌었다. 흡사 활주로에 마련된 유도등처럼 사고(思考)의 전환점들이 어둑한 길에서 안내하는 것만 같았다.

그때 최주아의 간증하는 소리가 파르르 들려왔다.

"말씀하여 이르시되 네게 무엇을 하여 주기를 원하느냐 최주아가 이르되 선생님이여 보기를 원하나이다."

그녀가 시각장애인이었던 시절이 기존 성서에 있는 구절로 인용되어 들려왔다. 생각보다 시급한 사안이었다. 온갖 성언(聖言)들을 혼용하여 새수못할 지경으로 왜곡돼 쓰이고도 있었다. 검은 성서란 '진서'는 그렇게 나타내 보이고 있었다.

그렇지만 너 나 할 것 없이 진귀한 서적으로 인식한 것도 사실이었다. 문제가 있음에도, 누구든 싫고 넘어가야 할 보배로운 증거가 고고학적 영역에 걸쳐있었다. 그것의 허실이 고루 증빙될 만한 유체물들이 버젓이 기획관에 전시되어있으며, 바야흐로 근현대사와 사회과학의 문명을 일대 전기에 서게끔 할, 고증된 잔재들이 감정가를 기다리고 있었다.

도현근은 신빙성이 충만한 그것들을 육안으로 직접 확인했다. 그렇기에 더더욱 기존 상식을 벗어난, 아니 벗어나려는 누군가가 무던히 떠올랐고 그러는 그의 눈은 기획관 쪽에 무시로 머물고 있었다.

'결국 네가… 정말 와있을 줄이야.'

―2―

그로부터 대략 한 시간이 지났다…. 대지가 막 캄캄한 어둠에 잠기려 할 때, 이지언은 드디어 상설관 라운지에 당도했고 엄청나게 날카로운 비명소리에 공포감을 느꼈다. 그 외마디 소리는 앞으로 위험이 도사리고 있다는 것을 암시하기도 했지만, 한편으론 다른 소리들은 들리지 않아 안도감을 주기도 했다. 이미 위태로운 순간은 일단락되었다는 신호로 받아들인 까닭이었다.

그러나 이지언은 못마땅한 기분으로 라운지 한복판에 서 있어야 했다. 그가 구시렁대었다.

"고맙기는 한데, 이거 개 수치스럽군."

"끼이잉"

하필 그의 곁에는 애처롭게 쓰러져 있는 또리가 혀를 반쯤 내민 채로 기절해있었고

「푸우」

그런 그들 곁에는 담배 연기와 한 몸이 된, 웬 낯선 사내가 양손을 또리의 가슴팍과 이지언의 볼기에 살포시 얹고 있었다. 검은 외투를 뒤집어쓴 얼굴에 그늘이 드리운 터라, 눈을 제외한 생김새를 알 순 없었지만, 그자의 정체가 그간 농밀한 구성의 장막에 가려진 것만으로도 본연의 모습을 십분 읽어낼 수 있었다.

그런데 어찌하여 그들이 저리 농염한 장면을 연출하고 있었을까. 대체 왜, 저토록 한데 엉켜 애틋하게 굴어야만 했을까. 그 전후 사정을 이해하기 위해서는 가까운 과거를 들여다볼 필요가 있었다.

그로부터 대략 한 시간 전인 17시경에 이지언과 또리는 국립

중앙박물관 기획관에서 출판기념회 참석자 그룹에 합류했다. 이곳에서 그들은 스피커를 통해 들려오는 최주아의 낭독소리, 그리고 그 목소리를 지워버릴 만큼의 놀라운 검은 성서에 관한 정보를 전부 들어보고, '사사키 렌 하루코'를 떠올렸다. 그 고아한 매력⋯ 청고한 기품이 느껴지는 어투⋯ 양미간에 맺힌 결곡하고 청아한 기운까지⋯. 또한 그녀와 유사한 희생양이 최주아라고 직감하였으며, 그간 겪은 흐름에 관여된 기업들은 이미 검붉게 물든 지 오래였다는 확신을 받았다.

이지언은 사실 애초부터 누군가 자신을 양지로 끌어내려는 목적을 알고 있었다. 하지만 주 신부에게 적잖이 실망하여 더 나은 방도가 없다고 판단한 이지언은 혹시라도 원흉을 붙잡거나 갖은 진실과 한 과장의 신상을 알아낼 수도 있다는 생각에 한반도로 돌아가기로 결심했던 것이다. 그는 한 과장이 존 오펜하임 내지 메이나시(통칭 검은 무리)의 경계 안에 있는 것이라면, 그래도 이번 출판기념회가 열리는 장소와 멀지 않은 곳에 있으리라고 여겼다. 그러나 검은 무리의 힘과 원하는 흐름을 거스를 생각도, 곧장 상설관 라운지에 진입할 생각도 아직 없었다. 이에 이지언은 또리와 함께 주변과 기획관을 훑어본 뒤, 계속해서 반복을 거듭했다. 그럼에도 그들은 실마리를 찾지 못했고 도움이 될 만한 정보도 얻지 못하였다. 그들의 전로(前路)와 지나온 궤도에는 가혹한 불안, 극심한 두려움과 공황만이 맴돌 뿐이었다.

그러자 박물관 인근의 공허가 그들을 회상 속으로 이끌었다.

그들이 한반도로 되돌아왔을 때는 막 2019년 입동… AC 1년 11월이 된 참이었다. 올랜도에서 그들은 아기집사 측에서 보낸 전용기를 타게 되었는데, 그들의 호의에 무언의 위협이 가득 담겨있어 귀국길에 오르는 내내 경악하고 말았다. 검은 성서에는 종교계에 은밀히 퍼져 있던 예언과 에노시마 집사의 죽음, 존 오펜하임의 가마쿠라 파견, 아기집사가 저지른 짓들과 죽음, 주 신부가 파면되어 구금됐다는 소식까지 명시되어있었다. 이 모든 정황을 통해 그는 주 신부나 그 외의 어떤 단체들도 아직 검은 성서의 원판을 손에 넣지는 못했으며, 다만 존 오펜하임이나 한 과장이라면 적어도 그 저자가 있을 법한 장소를 알 수 있으리라는 결론을 내렸다. 이제는 신속하게 움직이는 것만이 도리였고 은근함은 버려야 했다.

그런데 바티칸 수뇌부는 그런 이지언을 노렸다. 서로 목적은 동일하나 목표가 달랐다. 그들은 JOHN THE APOSTLE(사도 요한) 소속 요원에게 당장 한반도로 가서 이지언과 검은 무리를 찾아 수사하라는 명령을 내렸다. 이지언을 추적하여 악의 종자, 악의 심장을 찾아 검은 성서와 그 무리를 축출하려는 계획이었다. 바티칸 요원은 서둘러 이태리의 사복 특별경찰들과 함께 바다를 횡단했는데, 이들이 지나가며 남긴 흔적이 너무나 은밀한 나머지 각국 사람들은 작은 균열의 동향은 등친 채, 동분서주하는 교황의 행적에만 주목했고 그의 발자취가 곧 평화를 싣고 온다고 믿었다.

  이틀 뒤 서울로 돌아온 이지언은 화재의 흔적이 채 가시지 않은 자가를 찾아서 둘러봤다. 그리고 야생화 흐드러진 지대(민이린과의 첫 만남 장소)로 올라가서 추억을 즐겼다. 그런 다음 주신부의 성당에 들러, 행여나 불편한 만남이 있을까 노심초사하며 본당 원장수녀의 도움으로 하루를 묵었고 차량 지원까지 신세를 지며 출판기념회에 참석할 최적의 타이밍을 모색했지만, 생각보다 대단히 무사하게, 더없이 수월하게 잠입에 성공하였다. 이제껏 그들은 아무도 제재하지 않는 환경에서 자금의 압박도 없이 전시품을 관람하고 있었다.

  그렇다. 번지르르한 겉과 다르게 전산 속도가 무뎌져 매체수단이 퇴보된 세상…. 과거에 머문 폐허 같다는 망령된 공상을 증명하는 도심 속 하루….

  결국 한반도에 돌아왔으나, 가을은 저물어가고 있었고 이지언의 불안과 두려움은 떠오르고 돋아났다. 왠지 낯선 고국의 고적한 기운이 초지상적인 작품처럼 보였듯이, 기획관에 퍼지는 최주아의 낭독소리조차 스피커에서 흐르는 소슬한 음악과 융화되어, 도저히 용납할 수 없는 모순된 개념과 조화를 이룬 것처럼 느껴졌다. 단지 마술을 마법으로, 그저 속임수를 신성(神性)으로 착각한 시대착오적인 발상일까? 아니면 검은 성서의 내용과 존재감이 정녕 단선적 사고에 의한 지나친 억측으로 유인하는 것일까? 그는 의문을 가지고 혼란에 빠져있었다.

검은 성서는 악기(惡氣)를 담아 출간된 서적이었다. 그 어떤 서적도 그것처럼 지옥에서 직수입한 듯 어둡고 탁한 기운을 낼 수는 없었고 그런 칙칙한 색채에, 고결한 정신을 지닌 맑고 선명한 내용을 담을 수는 없었다. 만약에 그것의 내용에 따라 '현 세상을 제2세계 즉, 지옥'이라 칭한다면, 지옥에서 최초로 완성된, 맑은 면을 지닌 감화의 서적인 셈이며 동시에 비상한 예지의 힘을 지닌 서적이 아니라는 법도 없었다. 이지언은 생각하였다.

'기괴한 작금의 흐름은 분명 검은 성서와 엮여있다.'

그렇기에 그에게 보편적인 범주로 인도하는 발상의 전환은 필요치 않았다. 더구나 그는 기획관에서 검은 성서와 관련된 고대 문명의 유물들을 두루 관람하며 그것의 태동을 되짚고 있었다. 어떤 낯익은 유물들은 두드러진 특징을 보였다. 도상 작품이었지만 그 전통과 관례에서 벗어난 비도상적인 상징이 융합되어있었다. 그리고 그것들은 '가마쿠라 지장당'과 '디즈니 신데렐라' 성에서 접했던 청동문의 초기작인 양, 앞면에 심오한 부조(浮彫)마저 닮아있었다. 이지언이 중얼거렸다.

"참 다의적인 해석이 가능하단 말이야…"

"그래. 참으로 심오한 철리가 담겨있지."

누군가가 이지언의 옆으로 다가오며 말했다. 곧이어 나란히 서 있게 된 그들은 작품에만 시선을 고정시킨 채 상호 간 일정 거리를 유지했다.

"어째 네 세계에서 나는 살아있기는 한 거냐?"

도현근 검사였다. 이지언은 끝내 이렇게 흐른 것에 대해 한탄하며 한 박자 뒤에 답했다.

"그 오보 배후가 너였구나?"

"오랜만이다, 친구."

"아, 오랜만입니다. 근데 어인 일이세요, 검사님?"

"어째 나를 이미 죽인 듯한 느낌이네."

"크크. 여전히 낯짝이 두껍다 너."

말하면서 이지언은 도현근이 끌고 온 잠복조가 희미한 조명이 닿는 후미진 곳들에 있음을 예상하였고 그에 맞춰 도현근이 유물에게서 시선을 떼는 동시에 말했다.

"나 원래 직업병 있잖아. 이해 좀 해주라."

"아이고, 그랬었죠. 그런데 왜 친구라 그러세요, 이 도주자가 몸 둘 바 모르게."

"지언아, 일단 진정 좀 하자."

"진정은 무슨, 그럼 저 이제 도망갑니다요!"

"야 이지언!"

"왜 그러세요? 또 한방 갈기시게요? 총은 뭐, 어디 엿 바꿔 먹었어요? 어쩐 일로 근무태만이래?"

"그때 일은 오해야."

"오해는 무슨 오해!!"

이지언은 순간적으로 경계심을 잃고 격앙된 반응을 보였다. 가마쿠라에서 자신을 노렸던 도현근의 실성한 낯짝이 선명히 남아있었기 때문이다.

이지언이 다소 격한 반응을 보이자 곳곳에서 잠복조가 내는 헛기침 소리가 들려왔다. 하지만 그는 아랑곳하지 않고 다시 차분한 목소리로 이어 물었다.

"너도 날 피의자로 두고 있어, 아니야?"

"아니야. 너는 참고인조사를 받은 날부터 현재까지 정식으로 입건된 적도 내사 대상이었던 적도 없었어."

"그럼 용의자도 아닌 나한테 실탄을 발사했다고? 그것도 친구한테, 이 새끼야!"

"그건 단지 우발적인 사고였어."

"뭐? 우발적? 개소리 작작해. 넌 분명 도망가는 현행범 취급했어."

"아니! 나는 행방불명 수사 차 단독으로 가마쿠라에 갔었고 예기치 못한 실랑이 끝에 발포한 거야."

"그렇지. 도주자 긴급체포도 할 겸."

이지언은 최 사장과 행방불명이라는 익숙한 단어를 듣자 살짝 누그러진 목소리로 답했다. 도현근이 즉각 부인했다.

"그렇지 않아. 나는 너를 우연히 발견했고 그들은 필사적으로 나를 위협했어. 그런데 생사가 불투명했던 네가 이번에도 도주를 택한 거고…"

"이봐라, 이봐라. 지입으로 나를 도주했다네. 네 심리를 임마, 내가 모를 줄 알아? 어?!"

"그래, 맞아. 수사기관에서의 넌, 억울한 참고인. 내 단독 수사에서의 넌, 용의자에 가깝지."

"가까운 건 또 뭐냐? 잠재적 용의자로 모는 거냐? 그리고 같잖게 가마쿠라의 일을 우연으로 포장하지 마. 너는 일찍이 나를 의심했어. 너희 두 년놈들이 집 밑에서 잠복했잖아!"

"두 년놈?"

"그래. 네 주요 참고인, 민이린!"

"역시 너는 무의식적으로 준비된 용의자일까?"

도현근이 잠시 나직이 중얼거렸다. 그러더니 헤럴드 기사에 실은 사진을 꺼내 들어 말했다.

"맞아. 인정해. 따로 용의자 추적에 착수했었어."

"이제야 실토하네. 근데 느그들은 내사할 때 용의자 측근과 동행하냐? 언제부터 둘이 그런 사이였냐?"

"지언아…. 그렇다고 없는 부분까지 꾸며내진 마라."

"너나 거짓말 치지 좀 마라."

"그럼 현장에 있었다고 치고… 이 사진 속 여자가 누구야?"

"이제 와서 무슨 의미야, 그게?"

"일단 답해!"

도현근이 평소보다 냉철히 물었다. 그러자 이지언은 마치 끼 얹은 물을 맞은 듯이 웬일로 잠잠해졌다. 그렇게 한동안 그들 사이에 침묵이 유지되었고 말이 없어진 이지언은 고개를 떨궈 어떤 생각에 잠기다가 잠시 뒤 다시 입을 열었다.

"현근아. 꼭 이래야겠냐?"

"묻는 질문에 먼저 대답부터 해."

"…… 민이린."

"오케이. 그럼 하루코는 왜 만나러 갔어?"

"말할 수 없어."

그때 이지언은 한 과장이 남긴 '아무도 믿지 말라'고 명시된 메모지가 생각나서 답을 회피하였다. 그러자 도현근이 쪽지 하나를 꺼내고는 물었다.

"혹시 이거 때문이야? 답변 거부하는 게?"

바로 한 과장이 남긴 그 메모지였다. 내용은 이러했다. 「나는 최 사장이 의심됩니다. 다양한 세계 카페에서 고문헌을 읽었습니다. 혼란스럽습니다. 당신은 곧…. 」

이지언은 애써 외면했지만, 도현근은 그가 머뭇거리는 순간을 포착해 집요하게 파고들었다. 메모지의 내용은 이지언을 가리키고 있었다.

"한때 최 사장과 한배를 타고 있었던 한 과장이 사이가 틀어지자 너를 의지했어. 너는 최 사장의 내연녀와 만남을 지속했고. 그거 의도적인 접근이야? 복수심 때문에?"

"뭐? 내가 최 사장의 내연녀와?"

이지언은 어리둥절해하였다. 그러자 도 검사는 두 일지를 꺼내 들었다.

"이건 내연녀가 작성한 일지들이야. 최 사장의 비밀 서재에서 발견됐고 너와 내연녀가 연인관계였다는 증거와 그녀의 행적도 적혀 있고."

"거짓이야."

"아니, 진실이야. 결국 한통속인 거 아니야?"

"뭐 하러 물어? 보아하니 저 일지와 검은 성서에 적혀있는 걸 믿는 눈치인데."

"질문은 내가 해. 묻는 말에나 대답해."

"전혀 한통속이 아니야. 계획적으로 엮인 거지. 그리고 거기다 나와 있지 않아? 내가 언제부터 엮이게 되었고. 한 과장과 최 사장은 왜 틀어졌으며, 최 사장이 왜 같은 편에 의해 제거되었는지."

이지언이 말한 흐름이 흙색 일지와 검은 성서에 명시된 내용과 얼추 유사했다. 그러나 도현근은 도저히 인정할 수 없는 부분을 되물었다.

"그럼 최 사장이 검은 무리에 의해 제거됐다는 내용, 그거 누구 짓이야?"

"나도 아직 몰라 누군지."

"그래? 그럼 다시 이 사진! 이 사진도 일지에서 발췌한 건데. 이게 누구라고?"

"이린 씨 사진이 왜 거기에서…?"

"민이린은 허구니까. 헛소리 백서에 있는, 먼지가 되어 사라졌다는 구절처럼."

그때 도현근은 최 사장의 변고도 이지언의 무의식에서 비롯된 참혹한 사건이라 확신했다. 이지언이 반격했다.

"뭔 소리야. 둘이 내 집으로 쳐들어왔잖아!"

"아니! 그건 네 정신상의 문제가 만들어낸 일종의 증상이고. 사진 속 인물은 렌 하루코라는 내연녀로 실재하고 있어."

"뭔 개소리야! 너는 분명 민이린과 같은 시각, 같은 공간에 있었어."

"아니, 민이린은 없었어. 헛것이라고."

"아니, 너는 거짓에게 진실을 구걸하고 있어."

순간 도현근이 멈칫했다. 이지언은 차분히 말했다.

"분명 그녀와 너는 밝은 과거에선 나를 즐겁게 해주었고, 가마쿠라에선 나를 번갈아 가며 슬픔에 빠트렸어. 그렇게 민이린과 렌 하루코라는 동일인은 네 옆에서도 존재했어."

"지언아. 생각보다 심각한 상태구나?"

"너야말로 병든 마음을 혹사할 필요도, 그 마음에 반항할 필요도 없어. 허상이 아니니까…."

"우선 정신감정부터 받아보는 게 어때?"

"현근아, 부탁이야. 제발 믿어주라."

"그래. 나, 너 믿어. 그러니 겁낼 거 없어."

"오히려 겁내는 건 너야. 그래서 민이린을 배제하는 거라고."

"하아, 진짜…. 조만간 하루코를 추궁해서 가급적 빠른 시일 내로 입증해줄게."

"아니! 너는 입증할 수 없어. 그녀는 내가 보는 앞에서… 스스로 자유해졌으니……."

그 구슬픈 목소리에, 도현근은 흙색일지 원문 중 일부를 떠올렸다.

「 순백의 기모노는 치명적인 출혈로 인해 금세 붉게 얼룩졌다. 」

「 "저는 앞으로 저들의 통제권을 가집니다. 그러나 현재는 제 의지대로 움직이려 하질 않네요. 렌 씨를 많이 그리워하나 봅니다."

"설마 당신은 그녀의 능력을 시기하여 질투한 겁니까?" 」

도현근이 살짝 떨리는 음성으로 재차 물었다.

"무슨 말이야, 그게?"

"그녀는 메이나시의 이상을 위해 두 번이나 세상을 등졌어. 민이린으로 한 번, 렌 하루코로 한 번…"

이지언은 도현근을 뚫어지게 쳐다보며 말을 이었다.

"너도 그자를 본 적 있을 거야, 그치?"

"설마 너…."

"오해하지 마, 네 상황에 집중해. 그날이 언제였어?"

"설마 너 또 사람을……."

도현근이 생각하기에 이지언의 주변은 늘 거짓과 붉은 피로 얼룩졌었고 연이은 그의 피란 속에서도 끈질기게 따라붙는 사건이 모두에게 죽음의 그림자를 씌우는 중이었다. 또한 이지언은 검은 성서에서 일부 사실과 버무려진 과장된 허구와 함께 신격화돼가고 있었으며, (도현근이 보기에) 그 내용들에 언급되어 있는 민이린은 거짓 허구였고, 이지언과 내연녀(하루코)의 관계만을 사실로 치부하며 그간 일어난 모든 정황의 의도성과 고의성 여부를 정신질환에 비추어 따져보았다.

문득 도현근의 머릿속에 붉은 원 형태의 잔상이 일렁이다가 진해졌다. 붉은 달이었다. 어느 틈에 그의 무의식은 그것을 마치 인간사처럼 소연(騷然)하고 복잡한 구조의 무채색 공간, 달리 말해 고된 번뇌의 광염에 휩싸여 섬화가 번쩍이는 환각적 세계에 등장시켰다. 그 공간을 사르는 검붉은 섬광이 사방에 곡선으로 일면서 도현근은 무의지적인 상태에 잠시 빠졌고 그의 넋은 그 창상세계(桑田碧海), 즉 붉은 절망의 나락에 사뿐히 안착했다.

도현근은 2019년 9월 중순, 이지언의 가택 근방에서 그것(붉은 절망의 나락)을 목격했다. 정전이 일어난 칠흑 같은 그날, 검은 성서의 내용처럼 계단을 오르는 자신 앞을 그것이 막아섰다. 그리고 그는 원치 않게 바라보았다. 「당, 당신 누구야! 어디 소속이야!?」 붉은빛이 감도는 눈동자였다. 처연함이 뚝뚝 묻어나는 그 눈빛에 끌려들었다. 「지언이일까?」 때마침 도현근의 옆으로 누군가 지나쳐 그것과 교차하였다. 휘발유 냄새가 진동하였다…. 곧이어 이지언의 집에 화재가 일어났고 도현근은 그 자리에서 기절했다.

'가만! 그날 저 자식… 자작극이었나?'

그때 이지언이 입을 열었다.

"네 상황에만 집중해! 그날이 몇 월이었어!?"

"꼼짝 마, 이 새끼야!"

도현근이 이지언의 답변을 막아서고 총을 빼 들었다. 그러나 이지언은 아랑곳하지 않고 멍한 표정으로 하고 싶은 말을 해나갔다.

"잠복한 그날이 대체 몇 월이냐고!"

"너 이 새끼, 진짜!"

도현근은 사실 '9월 중순'이라고 대답하려다 그의 뺨을 제대로 갈겼다. 이지언은 그대로 바닥에 널브러졌다.

"으르렁! 멍멍!"

또리가 도현근에게 덤벼들 자세를 취했다. 그러나 기운이 없었는지, 이지언 곁에 가서 곧 쓰러져도 이상하지 않은 가엾은 모습으로 낑낑대며 그의 볼때기를 연신 핥아댔다. 이지언은 윗몸을 일으켜 망연자실한 채로 주저앉았다.

"그래. 한때는 나도 실의에 빠졌었어. 실제로 최 사장이 먼지처럼 사라지는 걸 본 뒤로, 이린 씨가 사라지는 허깨비를 보았으니까…. 그런데 너도 나와 같았어, 바로 가마쿠라에서…."

"이런 미친 새끼. 뭔 개소리야!"

"그래. 내가 미친놈인 게 좋을 거 같아. 너는 내 형량을 줄여서 좋고, 나는 형기 감형돼서 좋고."

"너 정말……."

순간적으로 도현근은 혼란에 빠졌다.

'저 새끼 대체 어느 쪽이지? 단순 정신질환자? 아니면 높은 식견을 가진 사이코패스? 보통 저 지경이면, 나는 정상이라며 보편성을 인지 못 해야 할 텐데…'

그런데 이지언은 냉철히 자가 진단을 하고 있었다. 그 목소리가 이렇게 말했다.

"그날 너와 이린 씨가 집 앞에 있는 모습을 목격했어. 정말 혼란스러웠지, 이린 씨가 나 땜에 사라졌다 생각했는데…"

머지않아 이지언은 맺힌 눈물을 훔치면서 살짝 울먹였다.

"뭐, 그 후로 별거 없었어. 단지 가마쿠라에서 강대상에 놓인 검은 성서와 지구본을 봤던 거뿐이야. 가마쿠라에서… 내가 이린 씨에게 선물한, 그 빛나던 지구본을……."

이지언은 말끝을 흐렸다. 표정을 약간 찡그렸고 속울음이 새나가지 않게끔 손으로 입을 틀어막았다. 이제껏, 터지려는 통곡과 오열을 못내 건뎌왔던 것이다.

"여태 뭐한 건가 싶었지, 여러모로……."

그러나 이지언은 얼마 지나지 않아 눈물을 닦아냈고 마음을 대범하게 다잡은 표정으로 자신의 굳은 의지를 나타내었다.

"그래도 만족해. 결국 그녀의 생사여부를 확인했고 진실에 다가갔으니…. 비로소 다시 닿았고, 그녀에게 진심을 전달했으니…."

그것은 불굴의 의지력이었다.

"설령 그리 못 했다 해도 어쩔 수 없는 거야. 이게 다 그 개자식 때문이니까."

이지언은 굳센 신념에 찬 표정으로 또다시 도현근을 뚫어지게 쳐다봤다.

"분명 너도 그 부류를 봤는데… 그날이 언제였을까?"

그렇게 자신의 뼛속 깊이 새겨진 소신을 이어 나갔다. 그러나 도현근에겐 그저 모순된 신념이 낳은 확고부동한 주관일 뿐이었다.

"그딴 헛소리는 네 자신에게나 자문해."

"아니, 너도 알아야 돼. 스스로 꾸며내고 있다는 걸."

"대체 누구야 너! 내가 알던 지언이 맞아?"

"그러는 너야말로 누구지? 말하지 않는 이유가 뭐야?"

"정말 모르는 거야? 그날… 9월 중순에 너는…."

도현근이 순간 머뭇거리자 이지언이 말꼬리를 끊고 들어왔다.

"그럴 리가…. 그날은 8월 중순이었어."

「꺄아악!」

막 가을밤이 저물고
색바람이 통하는 사잇문이 열린다

대략 10분 전이었다. 의문의 한 중년이 박물관 산책로를 지나 상설관에 다다랐다. 해가 기울고 칼바람을 아슬아슬 피하는 수엽들의 추야(秋夜)가 저물어갈 무렵이었다. 이지언은 기획관에서 전시품을 관람하고 있었고, 곧 도현근이 그의 앞을 가로막았다. 그리고 같은 시각, 낭독회가 한창인 상설관 라운지에서는 사회자 최주아가 검은 성서를 낭독하고 있었다.

"사람이 감당할 시험밖에는 너희가 당한 것이 없나니, 오직 그도 미쁘사 너희가 감당치 못할 시험을 허락지 아니하시고 시험당할 즈음에 구원의 길을 내사."

"음? 내용이 다른데 이거…?"

"제 것도 그렇습니다."

갑자기 청중들이 수근거렸다. 그들의 서적(검은 성서의 견본)에는 「 오직 그는 미쁘사 너희가 감당할 시험을 허락하시고 」로 기술돼있었다. 최주아는 황급히 웃음을 보이면서 책장을 넘겼다. 다음 장에는 새까만 바탕에 작은 글자들이 적혀있었다. 664, 665페이지였다.

"여러분 이제 다 왔습니다."

그녀는 양 눈을 가늘게 모아 뜨고 가까이서 읽었다.

"너희로 능히… 감당하게 하시느니라."

청중을 당황케 하는 구절이었다. 더구나 당초에 페이지 숫자가 적색으로 표기된 것 외에는 아무것도 쓰여 있지 않은 흑지

상태여야만 했다.

"이럴 리가 없는데…. 여러분, 글씨가 참 작죠?"

당황한 마음에 그녀의 동공과 입이 확장되었고 스텝들 표정이 조금씩 일그러졌다. 그녀는 서둘러 다음 페이지로 넘겼다. 청중도 다 같이 한 페이지를 넘겼다.

666페이지였다. 다행히 빈 공간이었다. 다만 청중들의 검은 성서만은 예외였다.「너희가 능히 감당치 못하게 하시느니라」라는 구절이 한복판에 기록돼있었다. 그들은 서로의 책을 확인하며 이번에도 수런거렸다.

"이게 뭡니까 대체."

"사회자님. 설명 부탁드립니다."

청중들이 물어왔다. 그러나 그녀의 책장 666페이지는 빈 공간이었다. 최주아가 답했다.

"어, 그러니까 그게… 방금 보신 구절은 제가 최근에 훑어본 최신 역문에 없는 구절입니다. 그 이유는… 그게 그러니까……."

그녀는 예기치 못한 뜻밖의 사태에 마치 발표내용을 충분히 숙지하지 못한 학생처럼 우왕좌왕하였다. 그러자 마케팅 부서 담당이 올라와 마이크를 넘겨받았다. 그자가 바로, 댄 하블리첵이라는 중년이었다. 회색 올백머리에 말쑥한 정장차림, 고가 안경으로 한껏 치장한 그는 멋거리진 분위기와 여유로운 행동거지로 인해 당당한 품위와 통렬한 오라를 발산했다.

"안녕하십니까. 마케팅 팀장 댄 하블리첵입니다. 먼저 행정적인 운영 미숙으로 착오를 드린 점 죄송하게 생각합니다."

그는 고개를 깊숙이 숙인 뒤에 최주아의 발언을 대신 이어갔다.

"제가 남은 페이지에 관해 첨언 드리겠습니다. 이 검은 성서의 독특한 점은 새로운 내용의 구절이 전 세계 동시다발적으로 배포되고 있다는 겁니다. 여러분이 보시는 버전도 원서의 사본이 최근 도착해 정식으로 배포된 신역 서적입니다. 부디 검은 성서의 근간이 되는 원전이 아직 활발히 쓰이고 있다는 사례로 봐주시면 감사하겠습니다."

다시 한번 고개를 정중히 숙인 그는 말을 이었다.

"다들 아시다시피, 검은 성서는 새로 배포된 페이지로 교체 가능하도록 제작되었습니다. 또한 지옥서의 남은 구간을 완성하실 수 있도록 사본을 금인으로 봉한 두루마리와 필사에 필요한 원본 사진이 비정기적으로 배부될 예정이고 정품의 근거로 실링왁스 대신 녹은 황금을 사용할 예정이며, 현재 기획관에 전시된 도안을 착안하여 패키지 공구함을 제작해 초판 기념, 초회 한정으로 증정할 예정입니다. 공구함 재질은 최고급 편백 나무. 패키지는 개개인 심벌마크의 황금다이아 인장, 실링왁스, 실링스푼, 멜팅 버너, 그리고 가공공정 중에 있는 천연석의 티라이트 캔들로 구성될 겁니다. 그리고 금인칙서 형태 그대로 보관하길 원하시는 분들을 위해 일반 사본을 첨부해 보내드릴 겁니다."

"대체 그렇게까지 유통에 신경 쓰시는 이유가 뭡니까."

느닷없이 한 청중이 물어왔다. 헤럴드의 서원 기자였다. 그가 들고 있는 검은 성서에는 푸르스름한 기호(검은 표상)가 덩그러니 새겨져 있었다. 댄 하블리첵이 답변했다.

"이유는 간단합니다. 독자님의 자기주도 학습을 위한 지원입니다."

"추가 질문해도 되겠습니까?"

"예. 말씀하시죠."

"요즘 B사와 태평이 검은 성서에 심혈을 기울이던데, 하고많은 서적들 중에 유독 특별히 다루는 까닭이 무엇입니까?"

"저희는 오안을 담은 성서의 무서운 파급력을 주목했습니다. 더 나아가 육안, 천안, 혜안, 법안, 불안(佛眼)을 거치는 서적! 그 오안을 글로 형상한 서적! 결국 오안을 체험하는 서적이라는 문구를 실었습니다. 내면이 바르면 눈동자도 맑고 내면이 탁하면 눈동자도 흐릿하다고 합니다. 단언컨대, 이 서적은 심안을 트이게 하여 내면에 빛을 생성하고 눈이라는 마음의 창을 환하게 할 겁니다."

"기존 성서와 유사성이 있다고 보십니까?"

"반은 있고 반은 없습니다. 저희는 이 미완성된 서적에서 기존 성서를 상회하는 생기를 찾아냈습니다. 살아 숨 쉬는 그 특별한 가치를 말입니다. 심지어 집단지성의 과정을 생략했음에도, 보다 완벽한 진화의 속도를 보이고 있으며, 그럼에도 기존 성서보다 빠르게 각인되어 역사에 파급되고 있습니다. 요즘같이 변화난측

한 시대에 이 정도 영향력이면 투자할 가치가 차고도 넘치지 않습니까? 사회자님?"

"아! 네네! 그렇습니다."

최주아가 갑작스러운 물음에 답변을 차분히 이어갔다. 그녀가 보기에도 검은 성서의 구조는, 가장 유명하지만 가장 적게 읽힌다는 기존 성서보다 복잡, 난해, 난삽한 구석이 덜하면서 보다 다층적으로 얽혀 있어 매력적이었다.

"실제로 향후 국제 정세 추이에 따라 판매실적 폭이 예상보다 클 수 있다고 분석됐고 긴 안목으로 볼 때, 기존 성서의 성장 둔화에 따른 파급 효과와 맞물려 검은 성서의 무궁무진한 시장성과 성장 잠재력을 내다봤습니다. 쭉 훑어보면 아시겠지만, 어려운 시국에서도 지옥서와 심연서의 작성 진행이 각각 90프로와 80프로의 공정을 수월히 보이고 있는 점으로 보아, 완성 단계의 기틀 마련이 머지않았습니다. 그럼 심연서를 간단히 설명하겠습니다."

그녀는 책장을 뒤로 넘기면서 말했다. 참고로 지옥서와 심연서의 말초(末梢) 부분은 말 그대로 종이쪼가리에 불과한 백지상태였다. 그러나 몇몇 청중은 페이지를 더는 넘기지 않고 666쪽에 머무르며 표정을 일그러트렸다.

"크으윽!"

"어이, 이 후보 괜찮은 거요?"

"스태프! 스태프!!"

최주아는 뒤늦게 666 죽음의 기로에서 청중이 하나둘 쓰러지는 장면을 목격했다.

「으윽! 몸을 움직일 수 없어.」

「이봐, 보좌관! 얼른 응급조치를… 크윽!」

666쪽에서 파생되는 수상하고 괴이한 현상이 청중을 죽음의 문턱으로 이끌었다.

너희는 재물로써 희생되었다.

그리고 바로 그 순간, 어떤 의문의 소리와 함께 자칫 기괴해 보일 수도 있는 실루엣이 단상 뒤로 설치된 젖빛유리 가벽에 나타났다. 단상에 있던 최주아는 뒤쪽에서 들려온 난데없는 소리에 까무러치게 놀라 나자빠졌다.

「꺄아악!」

그녀의 눈앞이 캄캄해졌다. 청중 중 고위직 인사와 저명인사들이 널브러지는 수가 점차 늘어났고 그들의 견본책 겉표지에 새겨진 검붉은 자아 표식(검은 표상)이 그녀의 뇌중을 마구 헤집었다.

너희는 재물로써 희생되었다.[1]

 그녀는 끝없이 순환되는 고리 속에 갇혀서 매번 동일한 상황이 되풀이되는 꿈에 빠진듯하였다.

너희는 재물로써 희생되었다.

 그녀의 머릿속에 연이어 맴돌았다. 앞으로 정기적으로 되풀이될 잔인한 벌과 같은 잠자리에 평생 시달릴 것만 같았다.

너희는 재물로써 희생되었다.

 아버지(최병직 사장)의 죽음이 떠올랐다. 만약 아버지가 저런 분노의 시대가 낳은 모방범죄의 희생양이면 어쩔까, 라며 치를 떨었다. 아니, 궁극적 상황으로 치달을수록, 이 같은 모방적 사례 중 하나라고 확신이 들었다. 점점 청중의 온몸이 경직되고 서서히 감각까지 무뎌지면서 신경 하나하나가 마비되는 모습이 극

---

1) 이 구간의 붉은 글은 적안의 음성이다. 즉, 붉은 절망의 나락이 그간 드러내지 않은 내면의 자아와 표현하지 않은 자유의지를 처음으로 현현(顯現)한 순간이다.

단적으로 표출되었다. 독의 효력이 발휘된 듯 보였다. 마치 온전한 미라로 변한 것처럼, 순식간에 세포 하나하나가 굳어지다가 결국 신체의 모든 기능마저 정지되어버렸다. 너무 돌발적이고 두려운 나머지, 끝내 깊은 흔적으로 남을 죽음의 과정이 한동안은 하루의 마지막까지 떠오를 것이 명백하였다.

그녀의 흐릿한 동공은 졸도하려는 그 순간까지도, 역동적으로 쓰러지는 청중을 따라 굼뜨게 움직였다. 만약 두 번째 충격이 없었더라면 외마디 비명만 지르다가 그대로 실신했을 것이었다.

그때 긴 망토자락을 뒤집어쓴 의문의 누군가가 단상 뒤, 어두컴컴한 복도 끝에서 뚜벅뚜벅 걸어왔다. 거의 발목까지 오는 튜니카 마니카타[1] 위에 긴 모직물의 판초형 외투, 파에눌라[2]를 걸쳐 뒤집어쓴 기이한 차림새를 하고 있었다.

곧이어 각 1층 전시관들의 입구에서도 튜니카 탈라리스[3] 위에 발목까지 오는 토가 푸라[4]를 둘러 입은 무리가 나오더니 상설관 라운지로 통하는 복도 양편으로 좁고 길게, 돌담 형식으로 쌓은 골목처럼 1층 복도 끝에서부터 라운지까지 좁은 통로를 형성했다. 그자의 동선을 고려한 행위였다.

이윽고 그자는 단상 앞에 있는 청중석의 12조각상을 지나쳐

---

[1] 튜닉. 고대 로마 성직자가 착용하는 일체형 겹옷
[2] 고대 로마 의복
[3] 복사뼈까지 오는 예복
[4] 고대 로마 민족의상의 한 종류로 민무늬 흰색 반원형 옷

최주아가 있는 곳에 가까워졌다.

"최주아 씨!"

그 순간 단상으로 도현근이 올라와 그녀의 가는 팔을 부축해 부르르 떠는 반대쪽 팔을 감싸 안았다.

"주아 씨! 괜찮으세요?"

"제, 제가… 안 그랬어요."

최주아는 울면서도 입술을 꽉 깨물어, 흐느끼는 소리를 내지 않으려 애썼다. 뭔가… 지독히 불안하다… 이래서… 이래서 싫다… 아버지도 싫고 숨 쉬는 것도 싫다. 진짜 싫다….

'살고 싶어지잖아….' 그녀는 생각했다.

"저들 죽어요. 곧 죽는데요…. 독이…… 가망 없어요, 아버지처럼…."

견딜 수 없는 두려움이 최주아를 덮쳤다. 온몸을 떨고 있는 그녀의 팔을 도현근이 붙잡았다. 울면서도 웃는 최주아의 얼굴을 멍하니 바라보았다.

"주아 씨…."

그들은 다만 그렇게 서로를 마주 보고 있을 뿐이었다.

"이런 미친! 책이 문제였어."

이지언이 뒤따라 끌려오면서 중얼거렸다. 그러자 도현근이 입술을 잘근잘근 씹으며 꾸짖듯 물었다.

"너 이 새끼… 뭐, 아는 거 있지?!"

그러나 이지언은 오히려 도현근을 무시하고 자신의 팔을 낚아

채는 수사관과 소통을 시도했다.

"수사관님! 어서 저 사람 진정시키세요! 저 사람! 저 사람!!"

그가 지목한 사람은 서원 기자였다. 수사관은 잠시 주저주저하더니 한달음에 달려가서 소리 질렀다.

"기자님! 정신 차리세요! 정신!!"

그는 서원 기자의 굵은 팔을 낚아채 피가 묻어 붉게 젖은 흉기를 쳐내고는 상처가 나 피를 뚝뚝 흘리는 목과 가슴을 지혈하며 응급조치했다. 물리적 자극에 의한 자해였다. 극악으로 심신이 고통스러워 뷔페 다과상에 놓인 나이프로 스스로 고통을 입힌 것이다. 처음에는 독기가 체내에서 중요한 생리 기능을 방해하였고 점점 세포 내부의 화학 반응을 방해해 세포의 기능마저 파괴하였으며 나중에는 중추신경계의 신호 전달에 영향을 미쳐 전신을 마비시켰다. 어떤 독은 호흡 순환계를 건드려 흉통과 호흡 곤란을 유발하였고 소화계까지 손상을 주어 출혈, 심장마비 등을 일으켰다. 한마디로, 청중의 생체 시스템을 각기 다르게 망가뜨려 죽음을 초래한 것이다. 그 실상에 무거운 표정으로 윽박지르는 도현근에게, 이지언은 나지막이 조잘대었다.

"검사님. 남은 사람들 대피시키세요."

"그냥 입 다물고 있어, 나대지 말고."

도현근이 재차 쏘아대고는 기획관과 상설관 곳곳에 대기 중인 잠복조를 무전기로 호출했다.

"김 형사님! 전부 넘어오세요, 비상사태입니다."

"뭔 개소리야!"

이지언이 도현근의 무전기를 빼앗은 동시에 강한 경계감을 내비쳤다.

"다시 무전기 때려. 명령 철회하고 다들 내보내. 너도 나가고 제발…"

이지언은 계속 단상으로 근접하는 한 사람, 의문의 그자만을 주시하며 어떤 음모를 알고 있는 투로 말했다.

"부디 신중히 판단해. 만약 또 인명피해가 있다면…"

이지언은 도현근을 지그시 바라봤다.

"야, 임마… 나는 정말 힘들어져…"

그는 생각했다. 아직은 검은 성서가 군중과 대중을 손아귀에 지듯 전방위에 걸쳐 아우르는 것은 아니었기에, 생명에 지장이 없는 이들은 살릴 수 있다고 판단했다. 청중들 몇 명은 666페이지를 펼치지 않은 덕에 달아나고 있었고, 스텝과 기자는 경찰청과 119안전센터에 신고한 뒤로 졸지에 영웅 행세처럼 일약 유명세를 타보려 했지만, 다행히 주변에 퍼진 악기(惡氣)로 인해 다리에 마비가 온 듯이 달려들지 않고 멈칫거렸다.

이지언도 현기증이 몰려와 정신을 잃을 뻔한 것을 간신히 이겨내고 있었다. 그자가 가까워질수록, 이 연쇄적인 현실이란 흉몽에 있는 몽환적 존재가 떠오르려 했고 그럴 때마다 남몰래 가슴에 품은 리볼버에 손이 갔다. 그렇다. 이지언은 이날을 대비해 미리 만반의 준비를 해온 것이다.

"그만 둬! 메이나시!"

이지언은 그자의 이마를 향해 총구를 겨냥했다. 하지만 어리석은 패기였다. 오히려 막 도착한 잠복조가 이지언을 향해 일제히 총구를 겨눠 피아식별에 실패하였다. 도현근은 차분한 목소리로 그를 제지하였다. (그에게는 '그만 둬! 이지언!'으로 들렸고 스스로 자신의 관자놀이에 총구를 바짝 들이댄 것으로 보였다)

"진정해 지언아, 그러면 안 돼."

"워워, 거기까지! 아무것도 하지 마세요, 검사님."

그때였다. 갑자기 이지언의 뒤쪽에서 귀에 익은 목소리가 들려왔다. 이지언이 고개를 살짝 돌려 곁눈질로 확인했다.

"당, 당신은 존…?"

그는 여태껏 댄 하블리첵이라는 가명을 쓰고 있었던 서기의 체현자, 바로 '존 사사키 오펜하임'이었다. 이지언은 방금 그가 한 말의 의도를 깨닫지 못하다가, 도현근 머리에 겨냥된 존 오펜하임의 황금총을 보고는 그자 역시 악기(惡器)를 갖춘 귀재라는 사실을 새삼 깨달았다. 그리고 어느새, 그 서기의 체현자를 웃도는 역량과 기재(器才)로 뻐기는 자가 이지언 앞으로 유유히 다가왔다. 아직 신원이 불투명한 그자로부터 나오는 얼음장 같은 파동이 그 주변을 넘어 단상까지 전달되었고 마치 한파에서 오는 냉기가 몸속 구석구석을 파고드는 것만 같았다.

"고독했었어…"

그런데도 이지언은 혼잣말하듯 불쑥 말했다.

"이 깨지 않는 빌어먹을 악몽의 연쇄에서…"

그간 여럿이 죽어 나가는 악몽과 세상의 질타, 군중심리에 의한 돌팔매질까지 견뎌왔던 탓에, 그는 당장에라도 방아쇠를 당기고 싶었다.

"근데 이제 하나는 확실해지겠어. 내가 믿는 바가 다가온다…. 곧 짐작이 확신으로…… 바뀐다."

"그만둬 이지언! 크윽!"

도현근이 이지언에게 다가가려 하자, 존 오펜하임이 권총을 든 손으로 그의 얼굴을 강타했다. 존 오펜하임이 말했다.

"잠자코 지켜보시죠, 그의 결정을."

"그럴 순 없어. 그렇게는 못 해…"

그 순간 수사관과 잠복조가 눈짓을 주고받더니 곧장 맹수의 눈빛으로 돌변해 이지언과 존 오펜하임을 제지할 최적의 타이밍을 노렸고 이를 눈치챈 존 오펜하임은 이지언을 쳐다보면서 도현근에게 소곤소곤 말했다.

"제 충고를 가벼이 여기지 마세요."

그러고는 도현근이 이미 AC 1년에 들어와 있다는 것을 상기하며 사늘한 미소를 지어 보이자, 마침내 의문의 그자가 입을 열었다.

불쌍한 병자들이여. 진정한 현실을 알려주지.

이 음성의 출처는 이지언이면서 아니었다. 도현근은 일시적으로 혼란스러웠다. 순간적으로 수사관이 있었고 없었다. 찰나적으로 잠복조가 있었고 없었다. 존 오펜하임만이 없었다가 일시적으로 있었고, 그다음 번지듯 들려왔다.

"붉은 기억을 떠올리세요."

"너 누구야…"

"그날 이후 그대의 머릿속은 많은 걸 재구성했습니다. 욕망과 충동, 욕구불만과 열등감이 현실과 허구로 배합되어 나타났습니다. 그대가 이지언을 도안으로 옮긴 '그날'부터."

"닥쳐! 닥치고 꺼지란 말이야!!"

어떤 불길한 낌새를 알아차린 도현근은 이성을 놓기 직전, 현실감부터 잃어버렸다. 그러자 잠시 묵묵히 지켜보던 존 오펜하임은 짧은 침묵을 깨고 그에게 속삭였다.

"이제 깨어나, 그간 뒤바뀐 세상을 바라보세요. 그대는 그대 사정이 가장 중요하고 대단해 보일 테지만, 그것도 결국 거대한 실타래의 한 가닥에 불과한 것을 깨달아야 합니다. 저희는 무수한 가닥을 다루어야 하거든요."

그가 한마디씩 하는 것을 도현근이 눈을 깜빡여 반응하자, 수사관은 없었다가 있었고. 잠복조는 있었다가 없었다. 대신 존 오펜하임이 언급한 '그날'이 없었다가, 황폐한 땅(도안)을 헤매는 이지언의 모습으로 마치 암전할 때처럼 나타나 움직였다.

벌써 황혼 거미가 오래되어, 밤중에 앉은 먹먹한 검정. 눈을 감아도 훤히 내다보이는 길. 기이… 먼 자락에 깔린 어둠이 밝아온다. 팔이 어스름을 걷는다. 밝은 그림면으로 모든 것이 빨려 들어간다. 현실은 빛을 거부하고 어두운 세상으로 간다.

어두운 세상…. 실제로 잔허의 바빌론(신의 문)은 도안에 존재했다. 이지언의 여정과 진술은 현실이었고 그 외 허구는 도현근의 머릿속이 전개한 구성이었다. 그간 그럴싸한 빛은 사시이비(似是而非)일 뿐이었으며 고작 거짓 광명에 치인 나날에 불과했다.

마침내 도현근은 혼돈과 무질서한 상태를 겪게 돼서야 비로소 진실에 다다랐다. 그러자 그의 자의식이 그나마 조화롭던 시기의 추억을 불러와 따스한 겨울밤 속으로 안내했다. 대학 시절 도현근이 주도한 마지막 망년회가 열리는 자리였다.

「"다음 생애는 도현근으로 태어나 살고 싶어."

술자리의 사소한 농지거리 삼아 무심코 뱉었더니 의외로 다들 간간하다는 듯 나(도현근)를 쳐다보았다. 지난번 허드렛일할 때 사귄 법학도 교우들 셋은 맞은편에 앉았고, 옆자리에는 이지언이 앉아있었다.

"뭔 소리야 그게?"

"흐흐, 난 그게 뭔지 알지. 너 뭔가 해금되고 싶지, 그치?"

"다음 생애는 없다."

다들 단마디씩 하는 것을 내가 막걸리잔을 달캉달캉 소리 나게 흔들어 저지했다.

"야! 솔직히 그간 부화뇌동했잖아. 설령 손가락질받아도 타인에게 삶을 맡기지 않고 남의 꿈에 매달리지 않겠다 이거야. 현재 내 직업은 도현근, 이런 거 말이야. 아이, 지언! 너는 그런 거 없어?"

"아그야. 망상은 너만 힘들어진단다."

"힘들어져도 싸울 건 싸워야지. 지금 이 순간이 가장 젊고 왕성한 날이잖아, 안 그래? 내일은 오지 않을 수도 있고 여생은 한정적이고. 혹여 가슴 뛰는 일 없이 세상 뜬다면 후회를 오지게 할 거 같아."

"오, 가장 위대한 재산 젊음이여. 나는 세상에 안녕을 고하는 날까지 정신적 내실을 유지하리라… 이거냐? 좆 까라 그러세요. 그딴 건 약자나 하는 개소리야."

"암만 그래도 말이 심하다 너?"

"그니까 정도껏 하라고. 그딴 순간에는, 신의 부르심을 받는다는 애들도 후회하니까."

"정말 그럴까? 결국 후회를 동지 삼을까? 급 궁금해지네, 이거."

"아서라. 그건 누구라도 맞이하는 보편적인 사례야."

"그래도 일찍부터 자기실현 추구로 간극을 줄여놓으면 어떨까?"

"같잖은 소리. 결국 인간은 타협하면서 사는 거야. 자신의 역량과 용기를 감안하면서. 하다못해 한낱 미물도 그러는데, 뭐? 현실을 뒤로하고 꿈만 찾는다고? 훙! 망상에 젖은 애는 누구를 할 것 없이 신물을 일으켜. 그래봤자 둘 중 하나는 확실하거든. 현실을 직시하지 못하는 약자의 핑계거나, 자신이 약자라는 현실을 마치 꿈에 취한 척 가리는 행위거나."

"아니, 꿈만 있으면 된다는 차원이 아니야. 내가 특별하다는 것도 아니고. 근데 너 그거, 자격지심에서 오는 합리화 아니야?"

"뭐라고?"

"솔직히 너도 스스로 꿈을 좇았잖아. 다만 현실과 차츰 타협하면서부터 정작 본인의 특별함에 의문부호를 달게 되고 자신은 여전히 과거처럼 특출한데 운이 없었다, 자위하고. 애써 불안한 미래를 볼모 잡아서 정당화하고. 그럴싸한 구실로 자신을 속여가면서, 같잖게 특권층에 빙의돼 동일시하고. 그게 뭔 특출이고 특별이야! 그딴 식으로 이상을 외면하는 건 약자 중의 약자지."

"너 적당히 하는 게 좋을 거 같다."

"아아, 미안미안! 오히려 너는 타인이 도전하는 모습에 인색한 편이지? 하긴 네가 자격지심에 빠진 줄도 모르고, 자신의 재능도 그들 못지않았는데 거리며 그들을 폄하했었어."

"야…. 그쯤 하라니까…."

"엇!? 그래서 너 질투한 거구나? 너보다 특출 나지 않은 내가 특별하게는 보여서. 거기다 그런 놈이 좀 살기까지 하니까 아니

꼬운 거였고, 그치?"

"너 이 새끼 이리 와봐."

"싫어. 간다, 이 자식아."」

그렇게 암상궂던 과거가 떠올랐다. 이지언은 그날 이후 멀어졌고 다시 다가왔다. 다시 다가왔고, 언젠가 없어졌다. 언젠가 사라졌고 다시 나타났다.

지금까지 도현근의 머릿속에만 존재한 늦가을이 막 저물고, 이제야 초가을 추소(秋宵)가 시작되어, 색바람이 통하는 진정한 현실의 사잇문이 열렸다.[1]

그러자 붉은 눈의 음성이 드디어 제대로 들려왔다.

> 때에 이르러 티끌로부터 부활해 심판하리라.

그리고 존 오펜하임의 언약과 바람도 이어졌다.

---

[1] 훗날 코란과 토라 및 탈무드의 새 해설서가 등장할 무렵, 검은 성서에 맞선 신흥 이론이 신(新)연합세력의 공동 경외서에 의하여 다음과 같은 형식으로 설파된다. "그렇게 과거의 일부가 떠올랐으나, 이지언은 그날 이후 멀어졌고 다시 다가왔다. 다시 다가왔고, 언젠가 없어졌다. 언젠가 나타났고 다시 사라졌다. 유의 존재, 이지언마저 허구의 존재이며 붉은 달의 세계라는 것을 기억하라."와 "어쩌면 본 이야기까지 전부 도현근의 뇌에서 나온 설화일 것이며……"

"하오니 어여삐 여기시고…. 자비로운 자여, 저들에게 안식을 주소서."

사라져.

제2장

현행화

검은 사도들

붉은 기억에서 깨어난 도현근은 진실을 귀담아 현실에 닿았고 최주아를 제외한 주변인들은 모두 먼지가 되어 사라졌다. 그 무시무시한 순간, 도현근은 이기적인 생각을 해버렸다.

'수사관! 날 지켜야지, 어디 가 있는 거야!?'

이 과정에서 수사관은 도현근을 보호하기 위한 방패막이 역할에 머물러야 했다. 그런데 이미 측근에 서 있던 수사관은 마지막으로 먼지처럼 사라진 뒤였다.[1]

도현근은 눈을 질끈 감아버렸다. 굳이 확인하지 않아도 여전히 붉은 눈의 악인이 자신을 주시하고 있다는 게 느껴졌다. 그때 처절하게 울부짖는 그자의 절규가 라운지에 메아리쳤다. (도현근에게는 붉은 눈인) 이지언이었다.

"야, 이 개새끼야! 내가 너 죽인다… 확! 쏴 죽여버릴 거야!"

---

[1] 이후 제1, 2세계 적대세력이 집필한 공동 외경에는 '도현근이 수사관을 방패막이로 세웠다'고 명시되었다. 다만 본래의 이야기 '도현근과 이지언의 동일화에 대하여'에서는 "검은 사도의 말을 통해 암시된 바와 일맥상통하게, 도현근의 악행은 자신이 인간형 악마 붉은 사도라는 사실을 무의식적으로 인류의 눈을 피해 시인한 행위였다."와 같은 형식으로 등장한다.

너는 나를, 나는 너를
해할 수 없느니라.

 그러나 적안은 느릿느릿한 걸음으로 이지언에게 접근해왔고 흡사 지옥 깊은 곳에 은신 중이던 악마가 오싹한 기운을 발산하려 하듯 왼팔을 올렸다. 그러더니 검지로 자신 이마를 가리키며, 이지언의 눈앞까지 다가들었다. 그자의 주변에는 뿌연 먼지들이 온통 떠돌고 있었는데, 독으로 목숨을 잃은 청중들의 혈흔이 허공에 잔재하는 것이었고 이지언은 마치 푸설푸설 떨어지는 세우(細雨)가 얼굴을 적시는 느낌처럼 얼굴에 피 섞인 먼지가 아닌, 먼지 섞인 피가 닿는 기분에 구역질이 올라왔다.
 "허허허. 흠흠!"
 그 순간 웬 목청을 가다듬는 소리가 현장을 뒤흔든 적막을 깨버렸다. 한동안 그저 음산한 기운만이 감도는 가운데 헛기침 소리와 휠체어 움직이는 소리가 라운지에 가득했고, 얼마 지나지 않아 적막을 깬 것은 청중석에 나타난, 토가 푸라를 둘러 입은 수행원들과 그중 한 명이 끄는 휠체어에 몸을 실어 올찬 목소리로 말하는 노인이었다.
 "가히 호평일색! 잔뜩 와줘서 성황이었습니다. 역시 깊은 혜안을 가지셨습니다."
 족히 미수는 넘어 보이는 노인은 적안의 사도[1] 곁에 멈춰서 말했다. 노인네의 정체는 (주)태평과의 협약 체결을 A가문의 승계 조건으로 내건 장본인이자, 최 사장이 이지언의 주거에 침입해 언급한 적이 있는 A그룹의 창업주, 이신격 명예회장이었다.

이지언의 총구가 카오스 상태에 빠진 마음처럼 요동쳤다. 도현근이 실성에 가까운 자의 눈빛으로 이지언을 응시하며 말했다.

"야! 얼른 쏴버려! 내가 묵인해줄게."

그러나 이지언은 어떠한 미동도 하지 않았고 여차하면 방아쇠를 당길 기미조차 보이지 않았다. 도현근이 재차 외쳤다.

"야, 이지언!"

"현근아. 아무 소리 말고 얌전히 있어. 너도 사라진다."

나지막이 말하는 이지언의 기운에 도현근은 고개를 끄덕이며 갖은 의문을 제기할 수밖에 없었다. 그의 속내는 이지언 정체성이 주는 혼란과 더불어, 과연 과실이었을까 방관이었을까 아니면 고의였을까를 두고 타들어 가고 있었다.

드디어 이지언의 총구가 붉은 사도의 이마에 다시 정조준되었다.

"너 이 개새끼야! 또 왜 죽였어!"

　　　　네 심연의 성질과 일치하나니.

"거기까지만 해라. 내 마음을 대변했다는 개소리 말고."

---

1) 제1검은사도. 일명 '붉은 사도'

그런 이지언의 머릿속에 최병직 사장의 죽음이 떠올랐다.
"설마 최 사장 죽음도 그런 거였냐? 거 냄새가 심하게 나네."

그의 죽음은 이성적이었다.

한마디로 개인적인 효용이 있는 죽음이라는 말이었고, 그의 행위가 죽음에 관련된 자들로 하여금 욕구의 최대 만족과 최소 좌절을 가져와 도덕적으로 옳다는 것이었다. 이지언이 물었다.
"미래를 살아가려는 딸을 두고 죽었는데 이성적이라고?"

그의 죽음은 더는 살 필요가 없다기보다, 더 이상 살아서는 안 되기에 선택한 드높은 의지였다.

최 사장의 죽음이 사회적 효용까지 충족하고 있다는 의미이자, 물질문명이 새 삶의 형태로 전개되기 위한 기회를 숭고한 희생으로 제공했다는 얘기였다.
"거 개소리 작작하고. 그냥 네가 죽음으로 내몰았다는 거잖아!"
이지언이 되받아쳤다.

부정한다. 이 몸은 단지 기운 추에 손을 얹을 뿐.

그저 극단적 공리주의자나 할 법한 발상이었다. 이지언은 한숨을 쉬더니 깊고 깊은 그늘 속으로 몸을 파묻듯 움츠러들 수밖에, 잠자코 있을 수밖에 없었다.

그 또한 당위적인 결과이며,

그때 무언가가 이지언의 내면으로 들어왔다. 달리 무언가라고 말할 수밖에 없는 무시무시하고 끔찍한 현상인 그것은 여느 사회에 도움을 주는 이성적 자살과 유사한 죽음을 대면하는 순간이었다. 고귀한 순교가 떠올랐다. 검은 성서 중 지옥서에 명시된 그 성결한 행보는 세상 유지 체계에서 오는 통념을 타파하고 신시대의 당위적 근거를 제시하였으며, 오늘을 살아가는 자들에게, 생동하는 삶과 그 목표를 추구케 하는 당위적이며 피할 수 없는 현상이자 명제로 자리 잡았다.

그 순간 누군가가 단상으로 뛰어 와서 이지언의 다리에 매달렸다.

"지언 군, 지언 군! 제발 나 좀 살려주게!"

"당, 당신은…?"

일순간 이지언은 일시적 감정에 좌우되어 치가 떨렸다. 고대 로마 의복인 토가 칸디다[1]를 튜니카 탈라리스[2] 위에 둘러 입은, 이 군손님은 바로….

"당신은 2국장!?"

이 또한 정합적인 과정이다.

—2—

 다음은 2국장에게 욕지거리하는 이지언의 머릿속 흐름이다.
 '인간은 스스로가 특별하다고 여기며 목적 달성에 심취해. 실은 먹고 살기 위해 급급한 너 같은 잡식성 동물에 불과한데 말이야. 그래도 꼴에 이곳에 나타나셨네? 왜? 쟤들이 주장하는 인격신 그딴 실재를 믿어서? 그래야만 네깟 목숨 따위도 유의미하게 특별해서? 하긴 생존본능에만 치중하는 동물 새끼가 거쳐야 하는 과정이겠지.'
 이지언은 순간 상쾌한 기분으로 눈을 내리깔아 업신여겼다.
 '이 주종 관계에 익숙한 새끼야. 넌 특별한 존재가 아니야, 그냥 특별하다고 생각하려는 거지. 그 하찮은 본성, 지지 않으려는 공격 욕동이 널 지탱하고 있겠지? 그건 네가 특별하지 않다는 걸 스스로 본능적으로 아는 것일 테고. 단지 인정하기 죽기보다 싫으니까 똥배짱으로 살아왔던 거고. 하찮은 꼴에 자존심만 높은 새끼가 지적생명체 좋아하시네.'
 이지언의 내면에는 키리에와 아기집사의 매서운 말투처럼 가

---

1) 고대 로마 공직희망자 의복.
2) 고대 로마 남자 예복.

시 같은 적의가 가득했다. 언젠가 무조건 후회할 수준의 공격성이었고 나중에라도 자책과 자괴에 잠겨 실의에 시달릴 가능성이 농후했다. 그러나 이지언은 섬세한 감정의 소유자면서 현상 파악의 귀재였다.

'근데 이제야 주제를 아나 보네. 죽을 위기에 놓여서야⋯ 아니, 죽을 때가 되어서야⋯.'

끝내 그는 2국장을 외면하였지만, 실은 그를 구출할 좋은 때를 기다리는 중이었다. 그러자 도현근 곁에서 말없이 지켜보던 존 오펜하임이 망연해하는 2국장에게 말을 걸었다.

"이를 어쩌나요? 무척 안타깝군요."

"무, 무엇이 말입니까."

2국장은 존 오펜하임의 강렬한 존재감을 의식해 긴장하고 있었다. 아무래도 검은 사도란 존재가 본인의 애처로운 절규의 숨소리를 서서히 조여, 결국 끊어버리고야 마는 살인귀라는 추측이 신경세포를 자극한 탓이기도 했고 또한 단순히 살고자 하는 열망으로 이지언에게 작위적인 몸부림을 보인 점이 되레 화근이었다는 것을 느꼈기 때문이다. 그래서 바로 그 직후에 발생할 사건이 2국장의 심신이 의지적인 차원에서 가장 쇠약하고 소름끼치는 절정의 순간에 일어난 것일지도 모른다.

존 오펜하임이 도현근 곁에서 떨어져 2국장에게 다가가며 말했다.

"그대를 보고 있노라면, 문명인이 왜 문명 속에서 불행해지는지 알 수 있습니다. 바로 그대와 같은 자칭 문화인 때문이죠. 미개인보다 더 미개하고, 야만인보다 더 야만스러운 거짓 신이여….”

그는 도현근에 이어 2국장의 귀에도 속삭였다.

“긴히 올리겠습니다. 그대는 곧 기약 없는 결핍과 공포에 질리시고 말 겁니다.”

징벌의 시간이 다가온 것이었다. 2국장의 동공이 확장되며 마치 지진이 일어난 것처럼 심하게 흔들거렸다. 존 오펜하임의 눈을 마주친 순간 오금이 저릴 듯한 접촉이 공포심을 불러왔다.

그런데 그 순간, 존 오펜하임은 예상 밖의 움직임을 감지한 듯 천천히 고개를 들어 젖빛유리 가벽을 쳐다봤다.

“호오, 이거 예상치 못한 전개로군요.”

그러고는 별다른 위협과 변화도 없었는데, 단지 몇 초만 응시한 뒤에 그대로 청중석 중앙에 다가앉았다.

“대체 왜 그러시는지……”

존 오펜하임이 중얼거렸다.

“분명 대미의 장식은 여기까지일 텐데…”

그러나 그는 곧 감탄사를 연발하며 찬사를 쏟아냈다.

“허허허. 그런 거였군요! 예예! 그런 거였어요! 아주 대단한 발상입니다. 아주 대단해요, 대단해!”

존 오펜하임이 방금 알아낸, 뒤바뀐 전개는 일차로, 서기의 체현자인 자신의 흥미를, 솟아오르는 꿈의 싹처럼 끌면서도 구시대 무사주의를 완전히 짓밟아 놓기에 족한 구조였고, 후세에 신시대의 주민들이 탄복하기에 부족함이 없는 감탄할 역사였다.

그러나 적안의 사도는 뜻밖에 벌어진 변화가 만족스럽지는 않았는지, 존 오펜하임의 반응과는 정반대로, 오히려 젖빛유리 가벽을 향해 단상 위로 올라갔다. 그러자 그에 맞춰, 웬 거대한 그림자의 형상이 높다란 가벽 뒤로 조금씩 모습이 드러났는데, 그들이 대면하며 풍기는 기운이 무척 거대했던 나머지, 생존자들은 검은 무리의 발굽이 세계 혼란을 싣고 온다고 믿어 의심치 않았고 기존에 정립된 이념과 기준을 싸잡아 회오리쳐질 국면을 떠올렸다.

한편 생사기로에 섰다가 한숨을 쓸어내린 2국장과 혼이 완전히 나가 주저앉은 최주아, 그리고 그녀의 곁으로 합류한 도현근은 근심 어린 얼굴로 제자리에서 미간을 씰룩이는 수밖에 없었다. 뒤늦게 그들은 대단히 조급해졌고 큰 위협을 느꼈지만, 이런 상황에서도 불구하고 존 오펜하임과 이 회장, 그 수하들이 첩자와 밀정처럼 그들을 지켜보고 있음이 체감되어 옴짝달싹 못하게 되었다. 특히 2국장은 더욱 불안해하였다. 자신이 이렇게 된 첫 번째 주된 이유는 존 오펜하임이 철저하게 경계했기 때문이었고, 두 번째는 사사로운 이익을 위해 배신한 까닭이었다. 2국장이 공익을 사익화하며 쌓은 친분을 빌미로 정계 입문 욕심과 더불어 핵심 추종자로서[1]의 입지를 공고히 하려 이 회장을 압박한다거나, 무리 내에서까지 사익화해, 본인에게 유리한 선택적 유교 사상을 동료들에게 설파하여 잘못된 길로 이끌었던 것이다. 존 오펜하임도 그가 구시대적 마인드를 지닌 모순덩어리라는 사실을 알고 있었지만, 아직은 한반도를 포함한 양지에서 손을 쓸 수 있을 정도로 세력이 크지 못했고 정밀하지 못했기에 숨죽이고 있었을 뿐이었다. 이에 이신격 회장도 2국장의 기만행위를 알고 있음을 숨긴 채 분노를 감추었고, 적당한 때를 기다리며 모든 관련자들을 징벌해 쓸어 담기 위한 축제를 준비했다. 한참 뒤, 존 오펜하임은 이 임무를 수행할 수 있는 것은 자신의 가장 강력한 교우들, 즉 제1사도와 이신격 회장밖에 없다는 결론을 내렸다. 특히 제1사도(적안의 사도)에게는 어떠한 개인적 의지도 없었으며, 검은 무리 수장의 뜻만을 따랐다. 검은 사도 하나하나가 자신들을 권능의 사도로 만들어준 수장의 뜻에 따랐지만, 그중 제1사도만은 사익을 추구하지 않고 완벽하게 굴종하는 주종 관계에 가까웠다. 이 어마어마한 존재만 있더라도 검은 무리에 맞설 수 있는 세력은 거의 없다고 해도 무방했다. 게다가 여타 검은 사도들이 그 끔찍한 우두머리 아래로 똘똘 뭉친다면 (그들의 수장이 생각한 대로) 그 무엇도 결코 그들의 적수가 될 수 없었다. 다만 그들에게는 검은 목표를 방해하는 약점이 하나 있었는데, 바로 적안의 사도가 몰고 다니는 그들의 기운이 너무나 커서 (존재를 숨긴 상태라도 마찬가지였다) 자신들의 출현이

---

1) 검은 사도 렌 키리에의 이름 없는 제자 시절처럼.

자칫 발각될 수 있었으며, 특히 현자들이나 종교계 및 국가권력에게 그 목적이 쉽게 탄로 날 수도 있는 것이었다. 그렇기에, 존 오펜하임이 모든 검토 과정에서 유일하게 신중을 기하는 사항임에도, 이렇게 흐름이 굴절된 원인은 단 하나, 출판기념회를 계획하는 과정에서 2국장이 그림자 불청객을 끌여들어 판단미스가 나고, 이벤트 당일 불러내어 계산오류가 발생한 경우밖에 없었다.

2국장이 불안에 떠는 사이, 적안의 사도는 마치 선비가 느릿한 거동을 보이듯이 그 가벽에 드리운 불속지객(不速之客)의 그림자에 가까워졌고. 마침내 베일에 휩싸여있는 거대한 위세와 막강한 권세의 역사적인 대면이 도래했다. 적안의 사도가 먼저 입을 열었다.

음흉한 그림자여, 너는 누구인가. 어서 분수에 넘치는 짓을 거두고 그 모습을 드러내어 내밀을 밝히라!

내 오랜 벗, 나의 사람이여.
무릎을 꿇으라.

세상 모두가 신뢰하지 않을 그대는

카리옷 사람,
이방인에서 벗어날 유다

새로 태어난 무의 존재

이스카리옷이니라.

존 오펜하임을 제외한 모든 생존자들은 몹시 당황해하였다. 미처 예상치 못한 잘못된 만남이 묘한 양상을 보이자, 머릿속 혼란을 낙서처럼 그리면서 자신들이 숭앙하는 붉은 사도가 밀리지 않기를 상망하였다. 곧이어 그들의 붉은 사도가 재차 입을 열었다.

먼 옛날 저에게 부활의 나팔을 불러준 이가 당신이셨군요, 라지엘.[1]

그러자 이지언은 붉은 사도(유다 이스카리옷)의 무릎 꿇은 뒷모습에 대고 총구를 겨냥했다.
'이 빌어먹을 손가락아, 제발 움직여줘.'
막상 용기가 나지 않은 탓에 이성적인 판단이 붙잡고 있었다.
'끝내야 한다. 기필코 끝내야 한다…. 결국 나 때문이잖아….'
"이번에는 얌전히 있으세요."

---

[1] -'라지엘의 서' 개역개정판 중 '12번째 사도의 장'에서-
「속였어… 지금까지 속였어……. 잘도 나를… 잘도 나를 속였다고!」
역사의 경멸을 견디기 힘든 그는 목을 매었다. … 어둠에서 소리가 들려온다.
「존재하지 않는 자여, 빛보다 밝은 어둠으로 오라.」
「자애로운 당신은 누구십니까?」
유다 이스카리옷은 빛을 등지고 그 빗살 같은 어둠에 다가간다. 그리고 삽시간에 선택한다.

존 오펜하임이 어느새 다가와, 어차피 쏘지 못할 거라는 듯이 느긋하게 말했다. 이지언은 바로 날카롭게 되받아쳤다.

"같잖은 소리 하지 마."

"우선 진정하시고. 옆을 보시길."

"제발 그 좆같은 입, 나불대지 말라고!"

「탕탕!」

갑자기 우레와 같은 두 발의 총성이 요란하게 연발되었고, 총알은 존 오펜하임의 왼팔을 스쳐 청중석 의자의 등받이를 뚫고 나갔다. 존 오펜하임은 어떤 꿍꿍이가 있는 사람처럼, 양팔을 여유롭게 들어 올려 놀라는 시늉을 보였다. 그러고는 이지언의 옆쪽으로 눈길을 박고는 손가락으로 그곳을 가리켰다. 이지언은 경계심 가득한 눈빛으로 옆을 바라본 뒤에 놀라고 말았다.

"또, 또리야!"

옆으로 쓰러진 또리가 고통의 눈물을 머금고 있었다.

"끼이잉…."

연신 애처로운 소리로 신음하며 거친 숨을 헐떡였고 연이은 강행군이 심장에 무리를 주었는지 생명이 위태로워 보였다. 그 순간 존 오펜하임이 박물관이 쩌렁쩌렁 울리도록 목청껏 외쳤다.

"드디어 진정한 주빈께서 출현하십니다!"

"창조의 힘!" "강대한 권한!" "절대적 권능!"

열렬한 추종자들이 분기를 띤 음성으로 악머구리 끓듯 울어대었고 거대한 그림자가 가벽 너머에서 뿜는 음기를 느끼면서 일제히 흥분하였다.

검은 군주라는 사실을 알리는 달의 기운이었다. 그의 등장은 검은 성서에 명시된, 현세이자 제2세계가 '지옥 그 자체'라는 가설을 입증하는 형상일 것이며, 무수한 세월 장막에 가려져 있던 실체의 진위 여부로 축제의 방점을 찍을 순서였다.

「지직. 지직지직.」

난데없이 조명들이 깜빡이며 실내가 어두워졌다. 그리고 시간이 지나면서 생존자들의 초점은 박물관 내부에 오싹하게 퍼지는 적막과 더벅더벅 걸어오는 발걸음 소리로 모아졌고 잠시 뒤 그 소리는 이번 축제의 무대인 청중석으로 옮겨붙어, 어둠 속에 서 있는 듯 없는 듯 바람처럼 움직였다.

생존자들은 공포와 놀라움에 사로잡혔다. 그들 중 (도현근과 최주아를 제외한) 추종자들은 자신도 알지 못하는 기이한 일이 우연찮게 벌어진 것에 의문을 품기보다는, 바람처럼 사라지는 그자를 따라 최선을 다해 돕고 싶다는 생각을 품었다. 거의 제정신이 아니었다. 정작 공포를 두른 이질적인 요소를 두고도 차분한 리더의 소양을 얹은 군주의 외관을 기대하고 있었다.

짙은 어둠이 더욱 진해졌다. 줄곧 깜빡이는 불꽃 하나만이 추종자들 곁을 배회하였다. 청중석 중앙에 당도하여 움직임을 멈춘 그것은 노호하는 바람과 함께했고 추종자들은 그 소리를 머릿속으로 음미하며 현세의 모든 형상들이 사라지거나 말라 죽어, 봄의 첫머리에 늦가을이 온 것처럼 시든 생명들이 구슬프게 꺼져가는 것을 떠올렸다.

"창조의 힘으로!"

존 오펜하임이 다시 소리쳤다. 검은 수장의 그간 발자취는 악랄하였고 그 마지막은 가장 흉포할 것이지만, 그에게는 균형 잡힌 판단이었고 그 마지막은 세상을 씻겨 정화할 가장 순수하고 찬란한 것이었다.

검은 수장은 비정형적인 존재였다. 고착화된 악마나 사자(使者)와는 달리 정형성에서 벗어나, 마치 달빛을 흡수한 것 같은 형상(금발)이 세상을 비추는 기적… 어둠에서 어렴풋이 보듬는 그 기운이야말로 라지엘이자 이스라엘이었고, 전능한 메이나시[1]였다.

검은 수장 라지엘은 추종자들 곁을 완보로 지나쳐 연기를 맛깔나게 내뿜었다. 그는 흡연 중이었고, 어둠 속에서 깜빡이는 불

---

[1] 검은 군주의 칭호는 메이나시(名めい·음독なし, 이름 없음)이다. 그의 제자 '검은 사도'는 수련생부터 제자 시절까지 메이나시로 통칭된다. 이름 없는 조화신을 대적하는 자 '이스라엘'의 현신이자 속俗삼위일체의 세 위격 중 하나. (악惡삼위일체라고도 불린다)

꽃의 정체는 담뱃잎을 태우는 담뱃불이었다. 이에 2국장은 자신에게 다가오는 담배 연기와 흡연 냄새, 다가온다는 상상만으로도 오금이 찌릿찌릿 저렸다.

그러나 라지엘은 이미 배신자들의 유약한 속성에 익숙했던 터라, 2국장의 명줄을 쥐고도 건들지 않았는데, 이는 2국장을 동정했기 때문이 아니라, 되레 그가 읽은 그의 내면세계 공포가 무척 크고 무거웠기에 굳이 위협을 가하지 않아도 앞으로 배반하거나 검은 비밀을 발설하지 않으리라 판단했거니와(한번은 어겼지만), 이 교묘한 존재는 살아있기만 한다면 구시대에게 장차 큰 해악을 가져다주리라 여겼기 때문이다. 그렇게 검은 수장은 극심한 공포에 질려 이지언의 바짓가랑이를 붙잡고 있는 2국장을 도외시하며 이지언을 마주했다. 이제는 유의 존재, 이지언과의 만남을 사전에 계획하고 자제하는 수고를 들일 필요가 없었다. 정작 가장 중요한 계획이야, 아직 좀 더 미뤄둬도 될 일이었다.

곧이어 이신격 회장까지 단상 위로 올라와 검은 수장(진리의 체현자), 붉은 사도(무의 존재), 존 사사키 오펜하임(서기의 체현자)에게 합류했고 이윽고 그들의 그림자가 가물거리는 노란 조명에 비끼어 이지언과 2국장 곁에서 움직임을 멈췄다.

라지엘의 담뱃불이 빠르게 타들어가는 소리를 남기며 아래쪽으로 이동했다. 그러더니 연기를 한 모금 깊게 빨아 내뱉는 소리가 추종자들의 눈길을 일제히 또리에게 쏠리도록 하였다.

푸우… 많이 아프구나, 너.

　말하면서 라지엘은 이지언 곁에 쓰러져있는 또리를 쳐다봤다. 그르렁대는 또리와, 잠시 총구를 목구멍에 깊이 넣어 협박해볼까 고민한 이지언은 온몸을 휘감는 신묘한 기운에 빠져 무장해제 되었고, 이지언은 항문, 또리는 가슴에 닿아 각기 쏟아지듯 들어오는 그의 다사로운 손길을 결국 받아들이고야 말았다.

　그렇다. 그들은 이상의 전말에 의해 저리 농염한 자세로 한데 엉켜 애틋해야만 했고, 저 양아치 검은 수장의 손길에 의해 굴욕적인 치료를 받아야만 했던 것이다.

가까운 과거. AD 어느 날의 흙색 공백

「얼마 뒤 김덕배는
분신자살로 생을 마감하였다.
몸에 기름을 끼얹어
이지언의 집으로 뛰어들었다는
목격자의 진술이 있었다.
목격자는 네 명 같은 세 명,
세 명 같은 네 명이었다.
도현근 검사와 사사키 렌 하루코
(한국명 민이린) 그리고 붉은 사도와······.」

옥석 고르기 종결되다

 또리가 돌연히 쓰러졌다. 녀석의 빨라진 심장박동수가 내 가슴까지 건드려 답답하고 고통스러웠다.
 또리를 안쓰럽게 쳐다보는 내 곁으로 적안의 사도가 다가왔다. 긴 망토자락의 끝 선 밑으로 나붓이 대가리를 내놓고 점잖게 짚어가는, 징 박힌 들메끈의 샌들이 눈에 들어왔다. 그가 한동안 곁에 머물자, 순식간에 우리의 내면이 뒤섞이는 것만 같았다. 나는 고개를 들어 그자를 바라봤다. 음침한 조명 아래 마치 빗금처럼 안면에 드리운 그림자가 붉은 피로 휩싸인 희열과 번뇌의 눈동자를 돋보이게 하였다. 갑자기, 나와 닮은 듯 닮지 않은 선한 표정과 익숙하면서도 낯선 어느 마을 풍경과 장면들이 갑자기 파도처럼 머릿속으로 밀려 들어와 가슴까지 침투하고 나서야 분산되었다. 단지 인상을 확인하려 노력했을 뿐인데, 그와 내가 일순간 일체가 된 기분에 휩싸여 흡사 구천을 떠도는 영혼이 내 몸을 통과해 빠져나간 느낌을 받았다.
 그때 뒤에 있던 존 오펜하임이 붉은 사도의 어깨를 짚은 채 말을 걸었다.
 "형제여, 가봅시다."
 그러고는 자신의 옆에서 붉은 눈을 올려다보는 이신격 전회장을 쳐다봤다.

"회장님. 여태껏 개전을 알리는 막중한 소임의 밑거름이 돼주셔서 감사합니다."

"어허. 나는 영생불멸에 대한 경외감을 품고 있네만."

"앞으로 숱한 역경이 도사릴 겁니다. 괜찮으신지요."

"이보게 형제님. 지금 내 눈앞에 기적의 대상이 와있네. 어찌 저 신비로운 행적에 경외심이 꺼지겠는가."

"분명 회장님의 첫걸음이 위대한 행군의 바람을 일으킬 겁니다."

"이따위로 다 늙어서 말인가?"

"세상이 뒤틀리고 엎어질 것이니, 새 계절이실 겁니다."

존 오펜하임의 말에, 이 회장은 멋멋한 여생을 산송장처럼 맷쩍게 지내는 자신을 떠올렸다. 그가 답했다.

"정히 그렇다면 기꺼이 봉화를 들겠네. 기적에 훼방을 놓을 순 없지."

이 회장은 말이 끝나자마자 경호원들에게 곧바로 수신호를 보냈다. 경호원들은 검은 사도들을 둘러싸 경호 태세를 취했고 비서실장은 이 회장이 탄 휠체어를 끌기 시작했다. 비서실장은 과거에 A가문의 은덕을 받아 전략기획실장과 미래전략실장을 지낸 이준희라는 사내였다. 그 외, 주요 직책을 맡았던 인사들과 심지어 차기 정부 주요 인사 및 지난 정부 명사들도 몇몇이 뒤따랐다. 이 회장이 존 오펜하임에게 말했다.

"내 힘차게 가보겠네."

"감사합니다. 교우님."

그렇게 그들은 유유히 시야에서 멀어졌다. 의외로 담담한 마음으로 그들이 멀어지는 뒷모습을 지켜본 나는 뒤늦게 검은 군주, 메이나시의 인상착의를 살펴봤다. 무릎까지 오는 키톤[1] 위에 히마티온[2]을 걸치고 허리띠를 띤 꾸밈새로 보아, 1세기 이스라엘의 고유 복식을 착의한 것 같았고. 담뱃불 뒤로 보일 듯 말 듯 한 금발은 시선을 대번에 사로잡았으며, 짙은 어둠에서의 흐릿한 시야에도 굵게 패인 주름이 도드라져 보이면서 눈두덩은 더욱 푹 꺼져 어둡게 느껴졌다.

이런이런. 심장사상충이 득실대는군.

메이나시가 또리에게 말을 걸고 있는 틈에, 나는 은근슬쩍 몸을 틀어 그 의심쩍은 치료자의 얼굴을 더 면밀히 살폈다. 일단 한 과장이 맞는 듯 아니었다. 안경을 쓰지 않았고 맨송맨송한 턱도 아니었다. 그러나 검은 군주의 본질, 속삼위일체 중 마지막 위격(메이나시)은 영적이라는 것 외에는 알려진 바가 없었으며 실제 모습을 목격한 이도 극히 드물었다, 아니 그 옛날 랍비밖에 없었다고 해도 무방했다. 하물며 미카엘 아가치와 렌 하루코, 아기집사가 마주한 메이나시는 전부 다르게 생긴, 진리의 체현자

---

1) 고대 그리스 의복. 맨살에 입는 가운 같은 옷
2) 겉옷

이자 영적 존재였고. 어림컨대 이름 없고, 얼굴 없는 자로 존재하며 자신의 정체성을 완전히 지워버리는 과정을 거듭한 듯싶었다. 현재는 카페(다양한 세계) 사장의 얼굴을 하고 있음에도 과묵했고. 한 과장의 정감적 기운을 품었음에도 아무도 아닌 존재처럼 느껴지기에, 몸소 자신을 신적 존재인 메이나시라고 증거하는 행위가 추론적으로 납득되기 시작했다. 단지 메이나시의 실체가 한 과장에게 전이된 적이 있었는지, 만약 그렇다면 언제부터였는지가 주된 의문이었고. 만약 없었다면, 카페 사장이 한 과장을 어떻게 꼬드겨 악영향을 미쳤나 의심하면서, 과연 메이나시의 영적 강림의 영향력이 어디까지 미쳤는지를 파악해야 했다. 이제껏 검은 섭리에 관한 일과 검은 무리 외에는 강림한 사례가 없었으며,[1] 다음은 어디에 머물러 누구에게 임하여, 어떤 검은 역사를 써 내려갈지는 아무도 알 수 없었다.

메이나시는 또리의 가슴과 내 엉덩이에 얹은 손을 한동안 떼지 않았다. 항문이 비데 건조기로 말릴 때처럼 따스해졌지만, 그만큼이나 긴 시간 동안 괴상한 양아치를 돋보이게 하는 신세로 전락한 것도 모자라, 마치 인공위성에서 자위행위를 관측당한 것 같이 추잡스러운 프레임에 당황스러웠다.

'이거 고맙기는 한데. 제길, 개 수치스럽군.'

그러나 생각과는 달리 불현듯 흘러내리는 축축한 액체를 볼 위에서 닦아냈다. 그중 한 방울이 또리를 치료하는 메이나시의 손등에 떨어져 손가락을 타고 흘러내렸다. 손등에 묻은 투명한 액체를 느낀 메이나시가 살짝 동요를 일으킨 듯 나를 쳐다봤고, 나는 또리와 현근이, 최주아를 차례대로 가리키며 그에게 말했다.

"고마워. 잘 부탁해."

그 전에 한 가지만 묻겠다.
저들, 암중비약하는 무리만이 악한 자들이요,
저 본성에 손을 얹은 존재를 악으로 간주하느냐?

메이나시의 질문이 내 머릿골을 때리듯 울려댔다. 애당초 '마물은 마물을 알아보고 마물 눈에는 마물로만 보이는 것이 이치이니, 너희도 마물이지 않으냐?'라는 억울한 항변 같았지만, 내 간청에 관한 긍정적인 답변이기도 했다.

누구나 심연에 가롯이 살고.

메이나시는 바닥에 엎드려 떨고 있는 2국장에게 손길을 내밀었다.

---

1) '라지엘의 서' 개역개정판 중 '13번째 사도의 장'에서, 신의 임재 중 선한 의지를 담당하는 랍비는 태초부터 악한 의지와 어둠을 관장하는 최초의 생명, 최초의 대리자에게 묻는다.
「다시금 본이름이 그리웠나요, 라지엘? 최초의 아들이여….」

저들은 나를 대신해 선도하는
고마운 벗, 페르소나다.

 실은 2국장뿐 아니라, 검은 무리의 정탐과 은밀한 행보도 애초부터 사악한 의도에서 비롯된 것이 아닌 경우가 대부분이었고, 그저 오만함 때문에 쓸데없는 짓부터 시작하던 이들이 대다수였다. 굳이 신중히 다룰 필요가 없어 보이는 사소한 일이, 끝에 가서는 아주 결정적인 순간으로 바뀌어 치달을 때가 있었던 것뿐이고. 그럴 때마다 메이나시의 역할은 필요시에 언제든지, 그저 잡아주고 끌어주는 것뿐이었다.
 2국장은 무릎을 꿇고 메이나시의 손을 두 손으로 잡았다. 그렇게 그들은 끝내 어둠에 섞여가고 있었다. 2국장의 불안한 모습을 지켜볼 수밖에 없는 나로서는 그 현실이 퍽 서글펐지만, 아직 그의 안전과 소멸 여부를 판단할 경황조차 주어지지 않았다.

정녕 그대가 원하는 방향은 무엇인가.

"과장님과 재회하는 방향이다."
 우선 한 과장에 대한 생환의 여지와 강제성 연부가 궁금해 대화를 시도했다.
 "혹시 과장님이 원하셨나, 그 방향을?"

메이나시가 움직임을 멈추었고 더 이상 말을 하지 않았다. 단지 내 쪽을 차가운 눈발로 바라보다가, 손가락에 낀 담배를 물고서는 큰 연기 고리를 만들어 내뿜더니 뒤이어 작은 고리들을 연달아 내뿜었다. 이내 그것들을 붙잡기라도 할 것인 양 손을 뻗자 연기들은 사라졌고 그 후 메이나시가 별다른 말없이 2국장에게 담배를 건네, 그는 뒤따라 뻐금대었으며, 나는 말문이 막혀 (사실 살기등등한 기세에 눌려) 머춤하다가 금세 의심과 불쾌함에 얼굴이 일그러졌다.

「푸우….」

  결국 메이나시는 함구무언하였다. 그리고 침묵의 흡연을 마지막으로 어둠이 그들의 몸통을 완전히 감싸 안았고 나는 메이나시의 얼굴을 끝까지 시린 눈에 새겨 넣었다. 이윽고 어둠은 담뱃불의 흔적까지 완전히 덮어버렸으며, 동시에 모든 층의 복도 끝자락부터 차례대로 전시관들과 문화상품점, 청중석을 거쳐 단상까지 다시 환히 밝아졌다.
"멍멍!"
  그때 건강한 상태로 회복된 또리가 내 품속에 안겨 헥헥대며 비비었다. 나는 또리를 얼싸안은 채 감격의 눈물을 흘렸고 여러 번 눈을 마주쳐 어화둥둥 우르르 까꿍하다가 와락 안고서 꼭 끌어안았다. 또리가 미친 듯이 입을 맞추면서 꼬리를 흔들었다.

본능 따라 물고 빠는 연인처럼 내 얼굴을 충분히 핥아 침으로 범벅되게 하고는 품에서 빠져나와 제자리에서 뱅글뱅글 돌았다. 이어서 단상을 이리저리 누비며 쿵쿵대는가 싶더니, 갑자기 청중석을 향해 급히 내려갔다. 나도 주변을 경계하며 또리를 따라 내려갔다.

잠시 서성이던 또리가, 방금까지 존 오펜하임이 앉아있던 좌석에 멈춰 짖어댔다. 웬 밀봉된 서적이 좌판에 놓여있었다. 그자가 남긴 동화책이었다. 또리는 동화책을 물고 놀잇감 삼듯 흔들흔들 내팽개치다가 내 앞에 떨어뜨렸다. 그러나 나는 한동안 줍지 않고 그들이 머물렀던 청중석에 우두커니 서 있었다. 한때는 입추의 여지도 없을 정도로 수많은 사람으로 붐볐던 장소에서, 마치 최악의 흉몽을 꾸다가 깨어난 순간처럼 급격히 내려간 기분을 추스르려 노력했다.

나는 동화책을 주워 들어 다시 단상에 올라갔다. 실은 현근이와 최주아가 정신을 잃고 쓰러졌었는데, 저대로 맨바닥에 데려다 정자세로 눕혀 놓고 나니 걱정이 몰려왔다. 우선 그들의 경동맥(맥박이 가장 활발히 띄므로)을 검지와 중지로 짚어 보았다. 맥박이 약했고 호흡도 얕았다. 곧바로 그들의 두 발을 잡고 바닥에서 다리를 들어 올려 혈류가 다시 뇌로 흐르게 하였다. 아직 팔과 다리는 차가웠지만, 다행히 일정한 호흡으로 되돌아와 며칠 안정을 취하면 나아질 가망이 높아 보였다. 그래도 이러다가 영원히 깨어나지 못하면 어쩌나 불안하기도 했기에, 그들이 안정을 취하도록 의무실(로비 안내데스크 뒤)에 비치된 자동 재세동기를 챙기고 몸을 조이는 의복을 느슨하게 풀어 곁에서 편안하게 해주었다.

그러나 구급대를 부르는 것은 순간 망설였다. 잠시 마음을 가다듬고 냉정하게 보자니, 저들에게 붙잡혀 일방적인 폭언과 세상이 주는 모욕에 반항도 못 하고 얻어맞는 그림이 그려졌고, 그렇다고 매몰차게 돌아서자니, 그들의 애처로운 모습이 황톳빛 물에 잠긴 인생을 떠오르게 하였다.

'사느냐, 죽느냐. 죽이느냐, 살리느냐. 위험을 감수하느냐, 마느냐. 세간에 의한 근심이냐, 곧바로 유목민 생활 시작이냐. 그것이 문제로다.'

나는 최주아에게 시선을 던졌다.

"이미 당신이라는 컵은 예쁘게 가공되어."

이어서 현근이에게 시선을 고정했다.

"그에 딱 맞는 나, 라는 멋들어진 소서(Saucer. 받침)가 받쳐주고 있다."

새삼 오래전에 잊힌 글귀를 끄집어내 비유했다. 온기 어린 과거, 민이린 앞에서 작성한 X-마스 카드의 내용이었다. 가슴에 묻어둔 아련한 기억이 마치 아지랑이처럼 피어올라 씁쓸한 현실을 뒤덮은 것이다. 그러나 나보다는 나은 그들의 처지가 지난날을 그립게 만들었다. 적어도 그들은 흙탕물에 잠겨 홀랑 떠내려가진 않을 테니까….

그래도 힘을 내야 했다. 그래도 거, 버텨볼 만한 급류였다. 그 깟 굽이치는 물살쯤이야, 어차피 한 번뿐인 인생이니까.

나는 곧장 부정적인 감정을 멀리하고 그들 곁에 있는 검은 성서를 주워 들었다. 행여 한 과장의 행방이나 훗일에 관한 힌트가 적시되어있지 않을까, 지옥서의 끄트머리를 펼쳤다. 아니나 다를까, 출판사가 꽂아 놓은 책갈피의 문구가 눈에 들어왔다.

「유의 존재가 한 과장의 생사를 물으니

가라사대 이제 남자는 없는 자이니. 이는 주어진 사명대로 흘러가게 하려, 그대의 확신을 빼앗은 것이요.」

나는 죽음으로 해석되어 억장이 무너졌다. 그렇다고 그의 부인과 서연이의 등불까지 무너뜨릴 순 없었기에, 희망만을 단순히 품고 바로 뒷면을 확인했다.

「이제야 억겁이 빚어낸 장엄함을 넘어 눈물의 벽[1]에 닿게 하려 함이라.」

---

1) 검은 성서(라지엘의 서) 연구에 따르면, 매혹의 협곡에 가려져 있는 장소로 알려져 있으며. 메이나시가 40일, 13일간의 환난과 시련의 기간에 머무른, 빗물의 피난처이자 영속된 눈물의 안식처를 이른다고 한다.

오우! 매력 터지는데?

 그간 잠잠했던 녀석이 깨어났다. 오랜만에 찾아온 순수, 잔인성, 호기심 덩어리가 검은 무리에 대하여 더욱 알고 싶어 했다. 더군다나 붉은 사도가 내 의식 속에 들어왔다가 빠져나간 현상과 그것이 남긴 희미한 기억… 그 해괴한 잔상이 의미하는 바도 무척 궁금해했다. 분명, 이 내면의 녀석을 가까이에서 마주하고 흘러갔으리라….

 이번에는 검은 동화책을 펼쳐 첫 장을 넘겼다. 첫머리부터 등장하는 캐릭터가 내 머릿속 회로를 역행해 단숨에 과거의 문턱을 넘어갔다. 어쨌거나 희미한 기억이 보관된 서고에 들어가서 사무친 그리움이 감금된 창고를 열어보려 했다.

 결국 경계심이 해제된 나는 아지랑이 속에 잠긴 낯익은 풍경을 바라보듯, 눈물을 머금고 허공에다 익숙한 별칭에 대한 향수를 그렸다.

 "그래, 너는 이렇게 등장해야 어울리지…. 누가 못 돼 처먹은 계집 아니랄까 봐, 이렇게 심금을 울리냐… 마녀야…"

이 모든 건 전부 하나의 이야기고
너희는 그저 그 일부일 뿐이다.

Epilogue

그들 모두 꿈에서 깨어났다

 그로부터 이틀이 지났다. 도현근은 종합병원 병실에서 하루가 지나도록 깨어날 기미가 없다가 이틀째 저녁에 깨어나 검은 성서의 주석을 읽고 있었다. 우선 그의 머릿속을 들여 보자면, 그가 이틀 동안 머무른 신의 영역(꿈)에서는 아래와 같은 상황과 메시지로 그간 망가진 현실감을 되찾아주었다.

 그는 꿈에서 음성 감곡성당 주변을 걷고 있었다. 낡은 성당 벽을 만지면서 그 장소에 쌓인 시간과 죽음을 떠올리는 행위는 알 수 없는 향수를 불러일으켰다. 그러나 자신이 체험해본 적 없는 날들에 대한 그리움이므로, 끝내는 허구였고. 자신이 경험해본 적 없는 것에 대한 막연한 생각은 허상이었다. 결국 죽음을 비추어 볼 땐, 소멸하는 인생과 죽음만이 현실이고 어차피 인생과 희망은 허상이자 허구였다.

 도현근은 현실이 왜곡되는 영역에서 되레 현실을 맞이하고 진정으로 망상에서 깨어났고. 자신의 특별함을 자긍하고 긍부하면서도 스스로 눈가리개를 채워 앞만 봐야 했던 세상이 허무해 보였다. 아무리 제힘이 뛰어나다고 자시하지만, 그렇게 족쇄를 채워, 봐야만 하는 곳과 보고 싶은 것만을 바라보려 하는 세상… 그 사실이 보편적인 법칙이라 믿고 자부하면서도 시선이 닿지 않는 곳은 소음까지 외면하려는 세상… 그것이 편리편안하다고 신뢰하기에, 진실이라 여기고 참된 이치라 자신하며 정작 무시가 다반사인 세상… 그런 단순한 패턴에 익숙하고 그저 해석이 간단하기에 진리가 되는 현실이 현재 지각변동을 겪으며 많은 것들이 뒤틀리고 있었다.

도현근이 음독했다.

"명과 암의 상호보완과 상호의존의 원리로 신성시가 유지된다. 악이 없었다면 선의 개념도 모르거니와, 선이 없었다면 살인조차 악한 행위인 줄 모를 것이다. 탄생이 있어 생명이 있고 생명이 있어 탄생이 있는 것이며, 생명의 탄생이 있기에 죽음이 부정으로 인식되는 이치이다. 그대는 옛것, 감언이설의 속임수에 현혹되지 마라. 선악이 완전함이요, 완전함이 선악이다. 선악은 완전무결이요, 완전무결이 선악이다. 하나 태초, 태곳적부터 이원적 대립 관계로 완전하던 그것은 선의 주체자로서의 초월자를 위해, 존재와 의미는 왜곡되어 부풀어졌으며, 일방적으로 치우친 흐름에 의해, 그리고 그 흐름을 위하여 불상화(不相和)로 상응하는 완전한 관계가 선전 장치로 전락했다. 이는 창초(創初)부터 설계되어…"

그때 부장검사가 병실에 들어왔다.

"건강해 보이는군. 벌써 독서라니."

도현근이 벌떡 일어나 인사했다.

"오셨습니까, 부장님."

"으이구 미친놈. 그래도 근무 때보단 안색이 좋아 보이네?"

"아닙니다. 심려를 끼쳐서 죄송합니다."

"심려 좋아하고 앉았네. 이지언 그 친구가 생명의 은인이라고?"

"아… 네…."

"한데 녀석이 119를 부르고 다시 잠적했단 말이지? 뭐 짚이는 거라도 있나?"

"글쎄요…. 워낙 걷잡을 수 없는 놈이라…."

"딱 그쪽 전형이야. 그간 경위를 취합해보면 바로 몰 수 있을 거야. 차근차근 해보자고."

"면목 없습니다."

"쯧쯧. 단독으로 내사에 착수하더라니. 꼴좋다 좋아. 의식까지 잃고서."

"……"

"그건 그렇고. 친구 관계가 지장을 주지는 않겠나?"

그의 말은 수사에서의 기정방침대로 내사에서 제외될 수도 있다는 말이었다.

"당치도 않습니다. 그래봤자 혐의자일 뿐인데요."

"그래? 그럼 무슨 일이 있었는지 바른대로 말해줄 수 있겠나?"

"흠흠!"

그때 병실로 들어온 간호사가 눈치를 주었다.

"그만 나가주세요. 환자분 안정 취하셔야 합니다."

"그럼 오늘은 이만하고. 퇴원하는 즉시 큰집으로 오도록."

김용근이 엄포를 놓으면서 나가자, 간호사가 침상에 걸터앉는 도현근을 보며 물었다.

"환자분. 기분 어떠세요?"

도현근은 '안 좋아요, 씨발. 제 위치가 위태로워 보여서'라고 속말하려다가, 창문 너머로 작게 보이는 황량한 도심, 꺼져가는 도시, 잿빛으로 섬뜩하고 아름답게 연출된 지옥을 보면서 답했다.

"제 평생 가장 즐겁습니다."

그러고는 반쯤 풀린 듯한 눈빛으로 키들거리며 속웃음을 쳤다. 마치 독언(獨言)하듯이, 기어코 구속하겠다는 기세로 허무와 광기를 드러내면서⋯.

"제가 목숨을 구원받았거든요, 그 변종 사이코한테."

교만한 신들아.
인생은 허구. 희망은 허상
소멸하는 죽음만이 현실이니.

― 2 ―

신의 문, 즉 잔허의 바빌론(도안)은 육각별, 혹은 육망성을 연상케 하는 형태로 변형되어 있었다. 고딕건축물이 있는 중심부의 너비는 남북 방향으로나 동서 방향으로 육칠 킬로미터 정도이며, 여기서 여섯 개의 꼭짓점 지대가 넓게 뻗어 나온 모습이었다.

고딕건축물은 마치 천지가 처음 개벽한 것 같은 거칠고 황폐한 모래땅에 우뚝 서 있었다. 그리고 그런 적막과 고요함으로 심신을 헤치는 그 내부에서는 어떤 의문의 여자가, 알록달록 마블링처럼 선거운 영역을 배회하고 있었다. 그 순간 어둡기만 한 바깥에서 어렴풋한 목소리가 바람을 타고 날아와 그녀의 귓가에 꽂혔다. 그 목소리의 주인이 과거의 망령이라는 사실을 즉각 알아차린 그녀는 흘러내린 땀을 닦아내며 목적했던 바깥으로 성큼성큼 발걸음을 옮겼다.

'실은 나… 두려워서 모른척했어. 믿기지 않는 상황이었어. 무던히도 잊으려 노력해서 잊고만 살았는데…… 근데 있잖아, 할아버지. 실은 나… 망령을 본 적이 있었어. 할아버지가 굴러 떨어진 그날 밤 계단에서 주시하고 있었어. 적안이 계단에서 나를… 그 핏빛 눈이 나를…….'

Epilogue_377

그녀는 심찰 당했다. 그것은 여전히 그녀의 심장을 쥐락펴락 하며 당시의 느낌이 자아냈던 공포감을 유발하였고, 막다른 길 육박전이 주는 긴장감이라 해도 과언이 아닐 만큼의 실감을 담아내고 있었다. 그녀가 이번에는 할머니를 찾았다.

'근데 있잖아 할머니. 나 살아있기는 한 거야? 그 자식이 보이는 데도? 또다시 보이고 있는 데도?'

지언아, 구해줘 제발.

모두 꿈에서 깨어나라.
제2세계 악마들아.

—3—

 '언젠가 스스로에게 질문을 던졌지. 먼 훗날에도 랍비가 태양에 견줄만한 재목인가 하고. 한데 아예 태양으로 군림하며 아직 그곳에 머물러 있군. 여전히 그때처럼… 애당초 그 자리에 있을 존재였다는 듯이.'

 검은 수장은 황무지가 되어가는 한반도에서 축제의 검은 행군과 함께 북쪽을 향해 나아간다.

 '나는 이제야 무릉도원의 그늘로부터 나왔다네.

 초월자를 닮으려거든, 완전해져야 하지 않겠나?'

 '한데… 정말 그날을 기다리고 있는 걸지도 모르겠군. 나를 막아줄 그날, 재래(再來)의 때를……'

마침내
옥석의 만찬이
시작되다.

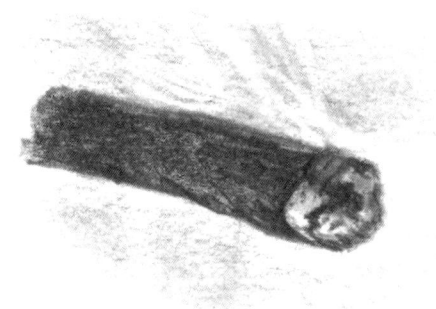

「푸 우」

흐릿한 답안지

−이져언의 시선−

340p 14L 「드디어 나의 총구가 몇 발사국 떨어져 있는 붉은 사도의 이마에 다시 정조준되었다.」

「이제부터 현실이었다. 이제야 머릿속이 독특한 흐름보다는 튀지 않는 편안함을 느끼고 있다. 다시 잠잠해진 내면의 아이가 하루빨리…….」

−도현근의 시선−

「2019년 8월 중순. 나는 지언이의 아파트 계단에서 붉은 사도 이지언을 마주하였고 곧바로 붉은 절망의 나락에 빠졌다. 그 순간 내 옆을 지나친 김덕배는 이지언의 집을 방화하고 분신하였으며, 나는 이지언을 도안으로 무사히 이동시키고 있었다.」

352p 8L 「그러자 이지언은 스스로 자신의 관자놀이에 총구를 겨냥했다.」

358p「김덕배라는 노숙자가 몸에 기름을 끼얹어 이지언의 집으로 뛰어들었다. 목격자는 나를 제외한 두 명이었다. 사사키 렌 하루코, 그리고 붉은 사도 이지언 자신이다.」

「문득 한 과장의 행방불명 및 비리 관련 녹취자료를 접한 그 날이 떠올랐다. 2국장과 이신격 회장 및 최병직 사장에게서 주된 공통점을 발견했다. 그것은 못 알아들을 주절, 중얼거림이었다. 그리고 뒤늦게 접한, 무명(無名)이라는 참고인은 그중 가장 신경 쓰이게 하는 인물이었다. 1차 조사에서 불안한 모습으로 진술했던 것과 달리, 2차 조사에서는 홀로 차분한 모습으로 일관하였고. 검은 성서에서는 한 과장이 행방불명된 이후부터 그를 사사키 메이나시[1]라 지칭하고 있다.」

―검은 성서의 시선―

「2019년 8월 중순. 무의 존재, 붉은 사도는 이지언의 자가에서 그를 대면하였다. 쓰러진 이지언을 뒤로한 붉은 사도는 계단

---

[1] 검은 성서의 기록에 의하면, 카페 사장은 검은 추종자 시절에 무명으로 불렸다가, 한 과장이 행방이 묘연해진 뒤로는 검은 사도가 되어 '사사키 메이나시'로 불렸다고 한다. 하지만 교황청의 '사도 요한 소속'의 수장은 악삼위일체의 영적 존재인 메이나시가, 한 과장에서 카페 사장으로 옮겨가 위장했다고 명시적으로 규정하고 있다.

으로 올라오는 도현근을 붉은 절망의 나락에 빠트려 이지언을 도안으로 옮기게 하였다. 같은 시각, 김덕배는 이지언이 싸놓은 가방을 챙겨서 주마연 신부에게 전해주었고, 이지언의 집에 되돌아와 방화를 일으켜 분신하였다.

당시 김덕배는 영적 강림을 받아 검은 섭리 안에 걸쳐있는 상태였다.[1] 그는 유의 존재의 집으로 향해 도현근과 붉은 시도를 지나쳐 이지언의 집으로 들어갔지만, 자신이 부랑자에서 벗어나 새사람이 되도록 헌신하는 주마연 신부가 떠올랐고 그 즉시 이지언이 싸놓은 가방을 챙겨서 주마연 신부에게 전해주고는, 다시 검은 부르심을 받아 이지언 집에서 분신하였다. 이지언은 온데간데없었고 그가 쓰러졌던 자리에는 속삼위일체의 메이나시가 강림해있었. 」

―제2세계의 공동 경외서[2]―

「 유의 존재와 무의 존재에 관련된 검은 역사는 존재하지 않는다. 그 모든 것은 붉은 사도로 전락한 도현근의 시점이 꾸며낸 허구에 불과했고 그 시작은 기업형 비리를 다룰 때 접한, 가장

---

1) 교황청에 따르면, 주마연 신부의 희생과 헌신 덕에 타락을 면하고 이름을 지킬 수 있었다고 하고. 검은 성서에 따르면, 주마연 신부의 거짓과 위선 탓에 거짓 자아를 지키고 진정한 길을 잃었다고 이른다.
2) AC해에 시작되어 DD해에 완성되는, 검은 성서의 적대세력의 외경서.

가증스러운 참칭자 무리와의 결탁이었다.[1]」

「존 다니엘 오펜하임은 유대 가문에서 태어났으며, 그의 부(父)는 아슈캐나짐[2]이고 모(母)는 체코 유대인이다. 어린 시절부터 모계 영향으로 댄 하블리첵이라는 가명을 애용한 그는 그녀를 따라 미국으로 이주했고 제때에 이르러 검은 사도인, 존 사사키 오펜하임으로 거듭났다.」

「오펜하임 가문의 영향력은 라인강 인근 지역에 기원을 두고 있으며 20세기 초 다이아몬드 산업에 뛰어든 무명 실업가(존 오펜하임의 증조부)와 그 후손들에 의해 구축되어 록펠러를 상회하는 뼈대 있는 가문으로 성장했다. 그러나 오펜하임 가문이 일궈낸 부흥기는 참칭자의 검은 역사와 맞물려있고, 그중 피의 다

---

1) 훗날 공동 경외서에는 그들이 히브리어 게마트리아의 형태인 '비밀의 책, 원전'에 의존하고 있으며 창조에 관한 미드라쉬 형식에 따라 조악(ㄱ惡)한 악마학, 천신학, 황도12궁(조디악), 이질적이고 괴이한 치유 주문과 사법(邪法), 보호 부적과 요술 따위를 공부한다고 명시한다. 그러나 반대 측은 해괴한 헛소리에 불과하며 진정한 권능과 기적은 익히는 것이 아니라 참된 도리를 행함에서 온다, 라고 박론한다.
2) 아슈캐나짐은 아슈케나즈 유대인이다. 아슈케나즈는 당시 히브리어로 독일을 가리키는 단어이며, 따라서 아슈케나즈 유대인은 문자 그대로 독일 유대인이자 중유럽과 동유럽에 정착해 살던 유대인들을 지칭한다.

이아몬드 사건은 오펜하임의 가문을 그룹의 오너 경영자로 만든 원흉으로 꼽힌다.」

「 존 다니엘 오펜하임은 얼자 출신이었다. 오펜하임 그룹은 일찍이 그를 오너 경영일선에서 쫓아내듯 내어 보냈다. 그는 다이아몬드 산업이 다양한 규제와 사회경제적 변화에 의해 사양길에 접어들 것이라 내다보고[1] 특정 산업에 국한되지 말고 산업 다변화와 포트폴리오 다각화를 도모해야 한다고 주창했지만, 극심한 반대에 부딪혀 무산되었다. 이 절차에서 3대째 이어온 그룹경영에서 제외되며 이듬해, 전략적 재정비를 위해 북미로 건너간 그는 전통성에서 벗어난 새로운 투자 기회를 모색해 자산을 다각화하는 방향으로 전환하였고. 금융, 부동산, 기술을 포함한 여러 산업에 집중 투자하며 독자적으로 번성하였다.

반면 오펜하임 그룹은 뒤늦게 다이아몬드 사업에 손을 떼고, 존 오펜하임의 의견대로 전략적 결정을 내렸지만, 이미 그 과정에서 막심한 손해를 입은 채로 전략적 필요에 의해 3대째 이어온 경영을 마무리하였으며, 독일과 아프리카에서 철수하고 존 오펜하임에게 흡수돼 병합되었다. 그러자 현대판 이스마엘[2]의 현신이 거대 기업의 리더가 되었다는 평이 뒤따르고 잇따랐다.

검은 성서는 붉은 달이 그의 어머니 꿈에 나타나 체현자의 탄

---

[1] 검은 성서는 옛, 신의 사자의 예지를 받은 사례로 이른다.
[2] 아브라함과 애굽 출신 여종 하갈 사이에서 태어난 추방자, 쫓겨난 자.

생을 예지하기로, 그녀가 체현자의 모체가 될 몸으로서 신의 사자가 성별했음을 알렸고 언약의 권능을 주겠다는 그의 약속이 있었다고 전하지만, 공동 경외서는 존 사사키 오펜하임을 가리켜 '머귀를 따라 난 자'라 했고 그 후손이 검은 역사와 민족을 이룰 것이지만, 검은 사도와 함께 심판받을 것이요, 그 영광이 쇠할 것이라 예언하고 있다.」

─이신격 전 회장의 시선─

「이신격 전 회장은 장남인 이준혁 회장 사후에 벌어진 2차 왕자의 난을 수습하기 위한 궁여지책으로 최병직 사장과의 협상 테이블 마련과 협약 체결을 승계 조건으로 내걸었다.」

─어둠에서의 시선─

「이는 창초(創初)부터 설계된 음밀한 섭리였다.」

「한때는 형제였던 이여.」

「많이 알수록 허망하고 끝에 닿을수록 실의에 젖는 법이다. 끝까지, 모든 걸 캐내려 하지 마라.」

「 카오스는 무질서가 존재하는 방식이고. 무질서는 초매(草昧)로 회귀하는 방식이다. 」

「 이곳은 초매(草昧)와 같이 존재하는 황폐한 신의 문. 즉, 잔허의 바빌론.」

「 우리가 믿는 도덕성이 무너져야, 보다 진화할 수 있다. 」

작가의 말, 폐부지언(肺腑之言)

 나를 돌아보려 창초(創初)의 뱀을 돌아봤다. 창세기의 뱀은 없었다. 우리는 징그러운 생명을 끌어들여 악한 힘과 혼돈의 짐을 지웠다. 녀석과 악성을 짝지어 대표 삼아, 선성(善性)은 우리의 것이요, 악성은 녀석의 것이라 이분하는 세상 앞에 팔자가 부끄러웠다. 바야흐로 능구렁이마저 자애의 상징으로 자리 잡아 죄 짓고 선을 취하는 것은 애완견도 다 아는 천기(天機)가 되었다.

 인류는 따분하나 흥미롭고, 복잡에 겨운 존재이다.
 완전한 선함을 품은 적이 없고 완전한 악함도 품은 적이 없는 중성체로 존재한다. 또한 자비와 포악, 자애와 추악…. 양면성이 똬리를 틀어 총체적 문제를 심판하는 신의 재판관이며, 우주에서 나고 진화론에 살다 신의 품으로 돌아가자는 병진노선, 아니 쓰리 트랙의 '삼단아이기도 하다.

그렇기에 단편적인 유인원의 후예이면서도 입체적인 신의 후손이다. 다만 삼림에서 인정받는 순수한 본능의 공격성이 인간 정글에선 죄짓는 행위이므로, 멍키 족보에서 신의 족보로 깨끗이 편입해보련다. 어차피 열대우림에선 살아남기 힘들고 원숭이의 대를 잇는 건 죽어도 싫고, 때로 살의를 느끼는 것은 막을 수 없으니….

인류는 죄를 탐지하므로, 부심(腐心)과 자부심의 선민으로 근근이 존재한다. 금일을 살며, 구밀복검(口蜜腹劍) 죄를 품고 뱀의 탓으로 밝히라는 허상의 미혹에 고뇌한다. 그러나 우리는 알고 있다.
내가 죄악이요, 오로지 나의 것이며, 나 때문이라는 사실을….

나의 그늘과 허물 그리고 자죄(自罪)의 순간들을 내면의 거울에 비춰본다. 고초(古初)의 뱀은 없고 순수한 죄만 있었다. 발가벗은 죄…. 때문지 않은 숙죄와 나…. 그것은 세상의 암면(暗面)을 축소하는 희망이자 첫걸음….
선함이 모이면 저편으로… 아함이 모이면 그편으로….
오늘은 줏대 없는 허구적 세계에 헛된 희망을 걸어본다. 당분간은 영장목과 근연 관계에 놓인 지성체로서…
우 우 아 아, 우끼끼.

Sin, 신 · 3 _유무, 신은 함정에 빠졌다
2025년 6월 30일 초판 1쇄 발행

지은이_김서진
펴낸이_징환징
펴낸곳_도서출판 시시울
등 록_제364-1998-000008호
주 소_대전시 동구 대전로 867번길 52
　　　한밭오피스텔 407호
평생전화_0505-333-7845
전 송_0505-815-7845
전자우편_sisiwool@naver.com

값 18,000원
ISBN 979-11-89732-77-6 03810

ⓒ김서진, 2025

*이 책 내용의 전부 또는 일부를 재사용하려면 반드시
 지은이와 시시울 양측의 동의를 받아야 합니다.

그렇기에 단편적인 유인원의 후예이면서도 입체적인 신의 후손이다. 다만 삼림에서 인정받는 순수한 본능의 공격성이 인간 정글에선 죄짓는 행위이므로, 멍키 족보에서 신의 족보로 깨끗이 편입해본다. 어차피 열대우림에선 살아남기 힘들고 원숭이의 대를 잇는 건 죽어도 싫고, 때로 살의를 느끼는 것은 막을 수 없으니….

인류는 죄를 탐지하므로, 부심(腐心)과 자부심의 선민으로 근근이 존재한다. 금일을 살며, 구밀복검(口蜜腹劍) 죄를 품고 뱀의 탓으로 밝히라는 허상의 미혹에 고뇌한다. 그러나 우리는 알고 있다.

내가 죄악이요, 오로지 나의 것이며, 나 때문이라는 사실을….

나의 그늘과 허물 그리고 자죄(自罪)의 순간들을 내면의 거울에 비춰본다. 고초(古初)의 뱀은 없고 순수한 죄만 있었다. 발가벗은 죄…. 때묻지 않은 숙죄와 나…. 그것은 세상의 암면(暗面)을 축소하는 희망이자 첫걸음….

선함이 모이면 저편으로… 악함이 모이면 그편으로….

오늘은 줏대 없는 허구적 세계에 헛된 희망을 걸어본다. 당분간은 영장목과 근연 관계에 놓인 지성체로서…

우 우 아 아, 우끼끼.

Sin, 신 · 3 _유무, 신은 함정에 빠졌다
2025년 6월 30일 초판 1쇄 발행

지은이_김서진
펴낸이_정환정
펴낸곳_도서출판 시시울
등 록_제364-1998-000008호
주 소_대전시 동구 대전로 867번길 52
       한밭오피스텔 407호
평생전화_0505-333-7845
전 송_0505-815-7845
전자우편_sisiwool@naver.com

값 18,000원
ISBN 979-11-89732-77-6 03810

ⓒ김서진, 2025

*이 책 내용의 전부 또는 일부를 재사용하려면 반드시
 지은이와 시시울 양측의 동의를 받아야 합니다.